独角兽书系

作者简介

秋风清

秋风清，知名奇幻作者、编剧。编剧作品有《古董局中局：掠宝清单》《云海传》《听风》《器灵2》，中短篇常见于《飞·奇幻世界》，代表作《五陵·西陵阙》《梦幻王朝》《恶魔之石》《大预言时代》等。出版有《超能者》《真理世界》系列。

秋风清 著

新九州
乱离之域

新九州系列长篇巨作

THE TURBULENT OCEAN

重庆出版集团 重庆出版社

图书在版编目（CIP）数据

新九州·乱离之域 / 秋风清著. -- 重庆 : 重庆出版社, 2025.4
ISBN 978-7-229-17166-7

Ⅰ. ①新… Ⅱ. ①秋… Ⅲ. ①幻想小说－中国－当代 Ⅳ. ①I247.5

中国版本图书馆CIP数据核字(2022)第180363号

新九州·乱离之域

XIN JIUZHOU · LUANLI ZHI YU

秋风清 著

联合出品:新九州
责任编辑:邹 禾 唐弋淄 魏映雪
装帧设计:谢颖设计工作室
封面图案设计:汪禾洋
责任校对:刘小燕
排版设计:池胜祥

重庆出版集团
重庆出版社 出版

重庆市南岸区南滨路162号1幢 邮政编码:400061 http://www.cqph.com
成都国图广告印务有限公司 印刷
重庆出版集团图书发行有限公司 发行
邮购电话:023-61520646
全国新华书店经销

开本:890mm×1230mm 1/32 印张:11.625 字数:280千
2025年4月第1版 2025年4月第1次印刷
ISBN 978-7-229-17166-7
定价:89.00元

如有印装质量问题,请向本集团图书发行有限公司调换:023-61520678

目录

楔子 · 〇〇一
第一章 · 〇〇三
第二章 · 〇一〇
第三章 · 〇一七
第四章 · 〇二三
第五章 · 〇二八
第六章 · 〇三六
第七章 · 〇四一
第八章 · 〇四七
第九章 · 〇五三
第十章 · 〇五八
第十一章 · 〇六六
第十二章 · 〇七四
第十三章 · 〇八五
第十四章 · 〇九一

第十五章 ·〇九八
第十六章 ·一〇四
第十七章 ·一一一
第十八章 ·一一七
第十九章 ·一二四
第二十章 ·一三一
第二十一章 ·一三七
第二十二章 ·一四三
第二十三章 ·一五〇
第二十四章 ·一五七
第二十五章 ·一六三
第二十六章 ·一六九
第二十七章 ·一七七
第二十八章 ·一八四
第二十九章 ·一九〇

第三十章 ·一九七
第三十一章 ·二〇五
第三十二章 ·二一一
第三十三章 ·二一八
第三十四章 ·二二四
第三十五章 ·二三一
第三十六章 ·二三七
第三十七章 ·二四三
第三十八章 ·二四九
第三十九章 ·二五五
第四十章 ·二六二
第四十一章 ·二六八
第四十二章 ·二七五
第四十三章 ·二八二
第四十四章 ·二八八

第四十五章 · 二九四
第四十六章 · 三〇〇
第四十七章 · 三〇六
第四十八章 · 三一二
第四十九章 · 三一八
第五十章 · 三二五
第五十一章 · 三三二
第五十二章 · 三三八
尾声 · 三五三

楔子

在我记忆里，父亲是一个沉默寡言的人。

那时候，我们住在一座海边的小镇上。镇上大概有三十几户，基本都靠制造缆绳为生。小镇背后有座山，生满了荨麻之类的玩意儿，这是缆绳的重要原材料。

缆绳是航海的必需用品。但我们这个镇子，并没有人出海。这里地势不好，延绵十几里的海岸线都是高耸的石崖，小镇就建在石崖上。从这里出发，要走上一整天才能抵达最近的港口。

我的父亲同样不出海，但也不做缆绳。他是一个木匠，在工坊里帮人造船。从我记事起，我们总在港口和小镇之间来回奔波。我问过父亲，为什么不干脆搬到港口去住，但他只是摇摇头。

日子一天天过去，平静得仿佛死水。如果不是因为一个不请自来的陌生人，也许我永远不会知道，父亲……还有我，其实有一个传奇的身世。

关于身世，请恕我先卖个关子。反正自此以后，单调的生活有了变化。那个人经常来找父亲，他们有时促膝长谈，有时又剑拔弩张。我隐隐约约听到，那人想要父亲去做些什么，但父亲始终没有答应。

那人是个独眼龙，面貌凶恶，看上去不是良善之辈。他总是带着失望离去，却又百折不挠。很长一段时间里，他是家里唯一的访客。有一回，他们发生了激烈的争吵，频繁地提起一艘船。父亲用斩钉截铁的口吻否定，说他不知道有什么船。

但我知道一条船。那是一只木头船模，大约半尺长，通体刷着黑色的漆料，光可鉴人。船帆用的是一块雪白的手帕，那是我母亲的遗物。父亲对这只小小的木船很珍视，我不止一次看到过，夜深人静的时候，父亲默默把玩它。

时光就这样一点一滴溜走，独眼龙来的次数越来越少，父亲依旧那样沉默。直到我十八岁那年，一场意外发生了。船厂的木料倒塌了，足有上千斤的干燥木料压在身上，父亲甚至没有留下一句话。

但很多话，并不需要说出来。我脑海里总能浮现出父亲把玩木船的景象。我记得父亲就这样盯着它，有时能坐上半宿。

我永远忘不了那个画面。

——段思成

第一章

一艘木壳帆船驶入了港口。残破的风帆垂头丧气地挂在桅杆上，船舷一片焦黑，满是刀砍斧凿的痕迹。它几乎失去了控制，歪歪扭扭地撞上了码头的栈桥，像条死鱼一样不再动弹。

栈桥剧烈晃动，几根涂了防腐漆料的原木栽桩被拔出来。围观的人群发出惊呼，鸟群一样四散。段思成显露出来，他一动不动地站在原地，死死盯着那条船。帆船和栈桥的撞击激起两人高的浪头，打得他浑身湿透，可段思成的心比身上还要凉。

完蛋了。他想。

这艘帆船属于白石商会，来往于几个岛屿，倒买倒卖。段思成在这趟货运中投了一点儿钱——“一点儿”是相对整个船队来说的，对于段思成，则是倾其所有。

为了这趟生意，他甚至卖了自己在小镇上的房子。段思成想要搏一把，然后去过上等人的生活。就像白石商会的老板那样，出门衣着光鲜，跟着三四个横眉立目的随从，顿顿都是大鱼大肉。

但现在，他该考虑今天晚上住哪儿的问题了。

帆船放下踏板，几个慌里慌张的水手开始往下搬东西。段思成突然又生起了一丝希望，也许没那么糟？

对，没那么糟！就算遇上了海盗，但船毕竟回来了不是吗？货物应该并没有损失，而且就算损失了，他也可以找商会老板软磨硬泡，要一些补偿。商会老板财大气粗，根本看不上他那点儿钱，也许……

段思成迎了上去，揪住一名水手。“你们怎么样？”

“海盗……”水手嘴唇哆嗦，“我们遇到了海盗！”

“货呢？”

“全完了！为了摆脱海盗，全都扔进海里了！”

段思成仿佛挨了一闷棍。他晃了晃，急忙问：“老板呢？我要见他！我跟他一起做生意，很熟的！”

水手努努嘴。段思成这才发现，这些人抬的并不是货物，而是一具具尸体。段思成很轻易地发现了脑满肠肥的商会老板，他躺在破木板上，面目扭曲，胸前插着一支箭，整个人已经凉透了。

段思成呆住了。他一句话也说不出来，只想大哭一场。

“节哀吧，人死不能复生。”水手拍了拍他的肩膀，感慨，“我算想明白了，谁都有这么一天。这次我运气好，也许下一个就是我呢。”

“不，下一个是我。”段思成怔怔地说。

“别这样。能有您这样的朋友是老板幸运。您可别……哎……”水手叹了口气，从他身边走过。

段思成毫无反应，开始考虑从什么地方跳海死得比较痛快。一具具尸体从他身旁运过去，人群渐渐消散。

“要是冰海之王还在，肯定会替我们出头的……”

“唉，三十年啦……”

几个苍老的声音议论着，渐渐飘散在海风中，栈桥从喧闹变得寂静。天色暗了，除了段思成，码头上空无一人。海浪哗哗地拍击着栈桥，残破的帆船随之摇晃，仿佛一个被玩坏了的玩具。

突然，段思成眼中冒出了一丝火光。他盯着那条船，却透过它看到了别的。

船……

船……

段思成舔了舔嘴唇，快步离开了码头。

白石港是一个不错的深水湾。岛屿南岸延续下来的石崖在这里降低了高度，只留下一串脚印似的白色岩礁。港口最精华的部分都集中在北部，南端则是大片的棚户区。一条碎石小路连通两端，富人却从不涉足此处。

棚户区充斥着各种苦力和杂工。段思成小时候，父亲为一家船厂造船，在这里临时住过几次。段思成最大的印象不是穷困，而是这地方到处都是贼，门锁永远只是装饰。时间已经过去那么久，他的印象依旧没有改变。

段思成在棚户区穿行。他能感受到，一道道审视的目光从角落里射出，大约在评估自己的身价。随着段思成走向一个破院子，那些目光很快失去了兴趣。那个院子在棚户区显得挺高端，有一圈海柳枝条围成的篱笆墙。

段思成想要去推开门，突然，一个瘦小的身影从旁边跑过，撞在了段思成身上。段思成一个趔趄，对方则一屁股坐倒在地。

“嘶！”段思成揉了揉胸口。他看清了脚下的人，那是一个少年，很矮，估计拉直了也只到自己胸口。很明显，他有河络血统。这不算稀奇，稀奇的是这小子可真瘦，浑身上下就剩一把骨头。

“想碰瓷吗，小子！”段思成做出一副恶人的样子，“老子把你这把骨头碾成渣滓喂鱼！”

“不不！没有！”少年吓坏了，掉头就跑。

段思成露出满意的嗤笑。在棚户区就得这样，否则会被当成肥羊。他推开栅栏，走进了院子。

穿过院子里的两堆干柴，段思成来到木屋前。他拍了拍门，门板发出嘎嘎的响声。段思成注意到，木门有一道横贯左右的裂痕。

里面没有反应。段思成直接推开门，屋子里光线昏暗，仿佛一个山洞。里面没人，段思成判断。他正想去别处找找，突然听到后院传来咔咔的声音。

段思成绕过木屋。后院有片空地，一个赤着上身的男子正在用斧头劈柴。他浑身肌肉虬结，高高举起的斧头有些锈蚀，锋口却磨得十分锐利。

咔的一声。

木桩纹丝不动，却已经被整齐地分成两半。段思成站着看，那个男子就像不知来了客人似的，只是低头劈柴。

过了一会儿，段思成终于开口：“你之前说的话还作数吗？老瞎？”

被称为老瞎的男子停了下来，直起腰身。他其实算不上老，四十几岁的样子，头发黑白相间，看上去饱经风霜。他一只眼睛完好，而另一只眼窝里则延伸出一条不规则的暗红色伤疤，就像瓷器炸开的裂痕。

“什么作不作数？”老瞎的声音很粗糙，轻描淡写的口吻也能给人一种岩石般的压力。他慢吞吞地说：“你是问对你上次投资的评价？还是那句话，你得赔得脱裤子——现在怎么样了？”

“让你说中了。”段思成叹了口气。

“你总想赌，却看不清时机。”老瞎毫不意外地笑了笑，“你得清楚，自从九州人到了这边，一切都变了。”

该死的九州人！段思成暗中咒骂。但却不得不承认，他们也带来了机遇。放在往年，这个岛屿一潭死水的样子，段思成根本没机会投资航运。自从羽族公主雪凌澜的舰队打通了航道，那些九州人就像快要渴死突然遇到溪水一样，一窝蜂奔过来。有商人，有探险队，有秘术师……这些人促进了溯冰海域的繁荣，也带来了种种罪恶。

海盗，就是罪恶的沃土中最繁茂的花朵。这些亡命徒狼群一样集结，在各个岛屿间往来如风。甚至，有些不规矩的商会——大多数来自九州——也会扮演这种不光彩的角色，脸上带着真诚的笑，背后的双手却握紧了刀剑。

如今，溯冰海域就像一锅煮开了的水，咕嘟嘟冒着气泡，人心在里面翻滚。扪心自问，要不是这样，段思成会变得那样急躁，倾家荡产去赌一把吗？

段思成认为肯定不会，但老瞎却不觉得。他老早就看穿了这个二十出头的年轻人。瞧瞧他的眼睛吧，里面几乎在烧着两团火。老瞎见过这种眼神，赌场上那些打算捞一把就走的赌徒都这个样。

可惜，这种人通常血本无归。

“我说的是更早以前的事儿。”段思成看着老瞎，“你跟我提过的，关于那条船。你说只要找到它，就能发大财。”

“我是说过。”老瞎摇摇头，“可惜除了你父亲，谁也不知道船在什么地方。他到死也没说。”

“很多话不需要说。他有一些秘密，你不清楚，我却知道。”

借着黄昏的最后一缕光，老瞎打量着眼前这个年轻人。他精瘦的身材裹在一套青色的短衫里，似乎有些单薄，却奇异地蕴含着行将爆发的力量，仿佛即将爆炸的火药。老瞎不太明白自己为什么会有这种想法，事后回想起来，才明白这和力量无关，主要取决于段思成当时破釜沉舟的态度。

这青年始终是个赌徒，赌徒从不缺乏魄力。

“你想说什么?”老瞎沉默了一会儿，问。

“如果找到那条船，我当船长，你来给我当大副。”段思成盯着他，“咱们再拉上一些人，然后出海!”

“出海?”

“对，干你的老本行。”段思成目光灼灼，“我知道，这么多年来，你一直在想这个。三年前，你还带我去看过那片墓地。”

老瞎没说话，清理了一下地面，重新竖起一根木桩。他举起斧头，狠狠劈了下去。这一次，他格外用力，震得地面发出砰的一声巨响。

——木柴飞出去，在段思成脚下滚动。

老瞎攥着斧柄，一步步走到段思成面前。他的眼中，闪烁着和斧刃相同的寒光。“凭什么你当船长?”

“那是我的船。”段思成舔舔嘴唇，毫不退让，“我祖父凭着它闯出了名号，至今还有人对他念念不忘。我该继承这一切，我是天命所归!”

老瞎没说话，突然举起斧头，朝着段思成劈过来！段思成吓了一跳，却极力控制自己，盯着老瞎一动不动。

啪的一声，段思成脚边的木柴断成两截。老瞎扔掉斧头，看着段思成嗤笑：“但凡要赌一把的时候，你总是很大胆。能不能告诉我为什么？因为你的命不值钱?”

“我相信我能赢。”

“哈！一个刚刚输掉房子的人!”

“你答应了?”

“我答应了。”老瞎点点头，“段思成，告诉我那条船在哪儿。”

“我身上。”

“什么?”老瞎惊疑不定。

“很有意思，不是吗?”段思成笑了，“一条船的线索，隐藏在另一条船中。那是一只小木船，我父亲留下的遗物。它有秘密，就是关于‘远方号’的。虽然还没破解，但我相信……”他伸手向怀中摸去，笑容突然僵住了。

船呢?

段思成撕开衣襟，里面空空如也。

第二章

三十年前，溯冰海域有一条著名的海盗船，它叫“远方号”。

这条船闻名遐迩——或者说臭名远扬。海盗们成群结队，来去如风。“远方号”是海盗王的坐舰，是海盗们的旗帜、灯塔，勇气之泉。

与真正的海盗不同，“远方号”从不骚扰穷人，只会突袭为富不仁的海商。甚至，穷人们还能得到“远方号”的救济，以渡过难关。

富人痛恨“远方号”的船长，叫他“该死的海盗头子”，穷苦人则称他海盗王，或者冰海之王。

但有一天，冰海之王突然失踪了，连同那条船一起再也不见踪迹。没有了旗帜，海盗们星落云散。

谁也不知发生了什么。有传言说，海盗王遇到了可怕的海怪。他杀死了海怪，自己也付出了极大代价——比如因此身死，比如“远方号”沉没。

但老瞎知道这不是事实。那时候，他是这条船上最年轻的水手。他严守着一切秘密，只是一次又一次地邀请海盗王的儿子重出江湖，再次扛起冰海之王的旗帜。

多少年来，他得到的只是一次又一次的拒绝。

直到段思成出现——这个海盗王的孙子表现出了异乎寻常的兴趣。甚至向老瞎提出，打算见一见自己爷爷的旧部。

那一天，那是三年前，他把段思成带到一片荒地，那里满是密密麻麻的坟茔，埋葬着海盗王所有的部下。

两人在墓地前沉默了很久，段思成明白了时光荏苒，老瞎则明白了时不我待。

今天，老瞎终于等到了机会。但是，段思成说——丢了？

“你大概是来找我逗闷子的。或者，想用这个瞎话骗点儿钱？”老瞎盯着他，不紧不慢地问，“说真的，我真没想到你敢这么干。”

“等等……”段思成发现老瞎有站起来拔刀的趋势，赶忙摆手，“我说的是真的！等我想想……”

段思成抱着脑袋，回忆一个个细节。突然，一个干瘦少年的形象在脑中晃过，段思成眼睛一亮。

“我想起来了！”段思成咬牙切齿，用手比画，“一个半大孩子，个子只有这么高，瘦得就剩一把骨头。他故意撞了我一下，手可真快！”

“我知道了。那孩子，我们都叫他骨头。”老瞎站起身，一把拉起段思成，“走，我带你去找他。”

从老瞎的院子出来，朝北走片刻，有棵歪脖树。树干上挂着一张满是破洞的帆布，两侧垂下来，四角用粗树枝钉在地上。这是最简易的窝棚，在棚户区都堪称寒酸。老瞎停下脚步，示意就是这里。

段思成快步走过去。没有门，伸手撩开帘子，立刻登堂入室。窝棚里带着陈腐的味道，黑洞洞的仿佛深渊，在黑暗的最深处，一双眸子微微闪着光。有那么一刻，段思成只看到这些，然后慢慢适应过来。

“你是谁?”一个小小的声音问。

段思成终于看清了，窝棚里缩着一个小女孩。五官和骨头很相似，应该是妹妹。她同样瘦弱，脸色苍白得要命。

他迟疑了一下，旋即发现，小女孩身前，正摆着一只小木船。它陷在一团破烂棉絮里，显得非常没有存在感。

“我的船!”段思成眼睛一亮，抓向木船。小女孩吓坏了，身体向后缩着，却一把将木船抓起来。段思成抓住了另一头，居然没能一下夺过来。女孩用尽全身的力气，死命抓住不放。

“这是我哥哥的!”女孩叫着。

放屁！段思成愤怒地想。但他真的不太敢用力，女孩的手臂瘦得像根小木棍，似乎用点儿劲就能折断。

“骨头!”他突然听到老瞎在外面大吼一声。

段思成感到背后传来风声。回头一瞧，骨头正红着眼睛扑过来，手中攥着一把匕首。段思成吓了一跳，下意识用手里的东西挡了一下。当的一声，骨头的匕首崩飞出去，段思成手中的东西也断成两截。

“不!”段思成呆住了。

小木船被匕首一分为二，一部分在手中，另一部分跌落在地面上。断口带着惨白的颜色，和段思成的脸色一模一样。

小女孩在一旁嘤嘤地哭。骨头在安慰她，同时用胆怯的目光看着段思成。段思成木着脸，渐渐把目光移过来。

“别打我妹妹！要打……就打我!”骨头哆嗦着嘴唇，一点儿也看不出刚才暴起杀人的狠劲儿。

其实段思成的目光只是在无意识游移。他现在大脑一片空白，发财的梦想就像阳光下的肥皂泡，看上去瑰丽夺目，却啪的一下消失了……

“怎么回事儿……”老瞎走进来，突然呆住了。他惊愕地盯着地面。慢慢蹲下去，把半截木船捧在手里。

“‘远方号’……这是‘远方号’！”老瞎的呼吸粗重起来。他倏然起身，盯着段思成。“这是你父亲做的？”

“对。”

“他瞒了我半辈子，还想把它带到坟墓里去！”

老瞎恨恨地说着，把半截木船翻来覆去琢磨。他没看出什么特别，就从段思成手里拿过另外半截，严丝合缝对在一起。

“手真巧，和‘远方号’一模一样。”老瞎皱着眉端详，“我真搞不懂，他到底图个什么？如果讨厌我的那些提议，为什么又造这只船？”

“但他并不讨厌‘远方号’。”段思成沉默了一会儿，说道，“这么多年，他肯定想了很多。如果等到今天，也许他会改变主意，但……一切没来得及。”

“为什么等到今天会改？就因为人人都希望冰海之王重新出现？”老瞎冷笑一声，“算了吧，他不是那块料。”

“我不想再说关于他的事。”

“我也不想说。让我先看看这艘船……”老瞎摆弄着小木船，从各个角度观察，一面说，“真是一模一样……我想你早就研究透了，这条船表面上没什么秘密。如果……”

“等等，这是什么？”

老瞎摆弄的时候，段思成突然发现，从木船断口的底部，支出一根线头。他拿过来，顺着线头一扯，一张泛黄的绢布慢慢脱落出来。

“地图！”老瞎叫了一声。

绢布展开，上面依稀有一些线条。绢布是卷好塞在桅杆里的，要不是船被切成两半，决然不能发现。

“这小子还立了功。”段思成瞥了骨头一眼，看到他瑟瑟发抖的轮廓——这小子真胆小。

“我看看。”老瞎把地图凑到眼前，但除了一团线条，什么都看不清。光线彻底没了，窝棚里漆黑一团。老瞎问：“有灯吗？”

骨头摇了摇头——段思成猜测他摇了摇头。老瞎撩开窝棚的帘子，朝着自己家走去，段思成赶忙跟在后面。

老瞎家里有灯，一盏熏得发黑的破油灯，底部那点油脂发黑结块，弄了三次才勉强点燃。凭着一点儿昏黄的灯光，木桌上的地图显露出痕迹来。

线条是用炭棒勾上去的，很潦草。要不是下方有个奇怪的船形记号，根本看不出是一张地图。老瞎盯了半天，也没看出那是什么地方。他瞧了段思成一眼。“你能看得出来？”

“有点儿眼熟。”段思成盯着地图，那堆乱糟糟的线条在脑海里飞舞。他在拼命比对，但毫无结果。其实真正让他眼熟的，也就是横贯绢布，最长的那条线。它弯弯曲曲，起起落落，简直就像……

“我明白了！”段思成灵光一闪，大叫起来，“石崖！这条线是那条石崖！”

“对！没错！”老瞎呼吸急促起来。

“我看看……这个地方……”段思成用手按住一个圆圈，“这是我家的那个镇子，没错，就是这儿。从这边出去，几步就能看见海，我小时候经常从上面扔石头。下面就是船……船居然在石崖下面？这不可能！”

“不……也有可能……”段思成思忖着，“我想起来了，石崖下面有个岩洞，船能直接开进去，能当一个不错的秘密船坞——这么多年，我居然没想到！”

说着，段思成瞥了老瞎一眼，问道：“老瞎，之前的话算数？”

“哈哈！”老瞎笑起来，怪有趣地瞧着段思成，“我也不清楚。你知道，我之前是个海盗。那你觉得海盗说话该不该算数？”

“你可不是普通的海盗。”段思成说，“你是我爷爷——冰海之王的手下。而我，正打算继承他的遗志。”

“得了吧！你只是想发财。”老瞎早就看透了他，摇摇头，“其实你不用担心，有了这条船，我们就可以去寻找宝藏……”

“宝藏？”

一个尖细的声音响起来，把两人都吓了一跳。老瞎陡然从木桌下面抽出一把刀来，忽的一声劈过去！

“不……”声音尖叫起来。

钢刀停下来。借着灯光，段思成看到被钢刀逼住喉咙的家伙。居然是那个叫骨头的少年。他瘫坐在地上，脸色惨白，头发直立，像一只吓破胆的豪猪。

“你……”老瞎怔了怔，皱眉问，“你怎么来的？”

段思成同有此问。刚才两人在屋中密谋，居然没发现身边多了个活人！这小子是怎么做到的？

“来……来了一会儿了……”骨头吞了吞口水，直勾勾看着老瞎问，“宝藏！真有宝藏吗？”

“说不准。”老瞎收起刀，冷笑着问，“你想发财？”

“做梦都想！”骨头拼命点头，眼睛放出光来，“只要能发财，让我干什么都行！”

老瞎没说话，瞧了一眼段思成。段思成皱着眉，如果为了保密，可以一刀把骨头杀了。但段思成不是那样的人，而且他也在考虑出海需要船员，总不能就自己和老瞎两个人。那么……

他看了看骨头，对方正用讨好的目光瞧着自己——如果有尾巴，大概会摇得很欢。

“干什么都行？”段思成想了想，问道，“如果让你杀人呢？”

“杀！”

“怕不怕死？”

“会……会死吗？”

“为什么不会？”老瞎在一旁哂笑，“天底下哪有这种好事，只有你杀人，不让别人杀你的？”

“要是能发财，我可以不怕，”骨头咬着牙，“如果我死了，就把钱给我妹妹，你看行不行？”

段思成盯着骨头瞧。他发现这个矮小的河络少年，表情十分真诚。他依旧胆小，但段思成觉得，胆小里面包裹着的，是一种奋力一搏的力量。

他喜欢这种人，因为自己就是。

“行吧。”段思成敲了敲桌子，“管住你的嘴，现在回家睡觉，明天一早就出发。”

第三章

“我可什么都没说！真的，我根本没说船的事情！”

第二天清晨的薄雾中，骨头一脸无辜地竭力解释。但段思成一个字也不信，目光落在他身旁那个大个子身上。

对方非常高。目光平视，段思成只能看到一副宽厚宛如石墙的胸膛。他有一身油亮亮的深棕色皮肤，包裹着胀鼓鼓的肌肉，一攥拳头，仿佛有几条蟒蛇在胳膊上扭动。

这是一个有夸父血统的壮汉，与骨头一同出现在了约定好的汇合地，而且形影不离。

“我再给你一次机会！”段思成冷冷地看向骨头。

“我……”或许是感受到了目光的压力，骨头只好说实话，“我就是说要去发财，拜托他照顾我妹妹。毕竟发财有可能会死，那我妹妹怎么办？没人护着，就算有了钱也守不住。可他不想让我死，非要跟上，我有什么办法？”

很合理……段思成张了张嘴，发现竟无可反驳。他无奈地点点头，仰头看着那个大个子。“刚才骨头说……你叫黑山？”

大个子点点头。

“你会什么？”

“我有的是力气！”黑山攥了攥拳头，咧嘴笑，“在码头上扛货物，一次能扛五大包——别人要扛五次！”

“别的呢？”

“还要什么？”黑山瞪眼发呆。

段思成看了老瞎一眼，老瞎却满不在乎，只是摆弄手中那口刀。这是昨天从桌下摸出的那一口，没有鞘，用布条整个缠住，看上去又细又长。

罢了罢了……段思成在心中叹气。他又安慰自己，这条巨汉哪怕什么都不会，站在这里都能唬人。真带上，也算不错。

“怕死吗？”他问。

“不怕。”黑山摇头。

“敢杀人吗？”

“为什么要杀人？”黑山瞪大眼睛，一脸不解。

“你要上的，可是冰海之王的船。”段思成说，“当年我爷爷从不骚扰平民，可手里也没少沾人命。更别说现在海上到处都是九州来的海盗，你不杀人，别人也会来杀你。难道你就伸着脖子，等别人来杀吗？”

“没人能杀我。”黑山说。

“那我这船上要你干什么用？”段思成不快。

“我扛货！”

“你回去吧。”段思成摇头。

段思成带着老瞎和骨头朝前走，把黑山扔在后面。他听到沉重的脚步声，发现黑山正寸步不离地跟着自己。

“我真的能扛货。”黑山咧嘴笑。

段思成一阵头痛。他狠狠瞪了骨头一眼——都是这小子招来的祸端！他决定忍下来，以大局为重。但旋即，迎面又走来一群衣衫褴褛的男人。

这是一群明显营养不良的汉子，将近三十人。大部分拿着武器——基本都是木棍，只有一人拎着把锈迹斑斑的斧头。段思成先是吓了一跳，然后依稀认出来，这些人都是棚户区的，大部分在码头上碰过面。而且那把斧头……他觉得有点儿眼熟。

“那是我的斧头！”老瞎大怒，“你们这群混蛋！居然干这种事儿！”

老瞎在棚户区很有威慑力。拿斧头的露出不好意思的神情，嬉笑起来。“老瞎，别这样。你不是要发大财了吗，还在乎这个？”

“发什么财？”

“别再装傻了，我们都听骨头说了！”众人异口同声。

“我根本没说船的事情！”骨头立刻大叫起来，“我就是说要去发财，找人照顾我妹妹。毕竟发财有可能会死，那我妹妹怎么办？我……”

“再听一遍我也觉得很有道理。”段思成面无表情地点点头。上前一步，对拿斧头的人说，“借我用一下。”

段思成拿过斧头，愤怒地朝骨头追去。骨头大声惨叫，绕着圈子乱跑。段思成边追边骂：“照、照顾你妹妹……照顾个屁啊，王八蛋！你他娘的找了多少人！”

“没……没了！再也没了……”骨头小心翼翼躲在黑山背后。

段思成呼哧呼哧喘气，他开始后悔，当初真该一刀把这小子宰了！

“怎么办？”他看老瞎。

“我怎么知道？”老瞎一副事不关己的样子说，“你不是船长吗？

这种事儿就该你拿主意。”

“啊哈！你记得我是船长！”段思成被噎了一下，立刻反唇相讥，“现在有一位船长要听听大副的建议！马上！立刻！”

“可以。”老瞎慢条斯理地说，“我不知道你在担心什么。怕泄密？反正找到船，我们立刻就出海，别人知道了又能怎么样呢？本来你也需要有人替你宣传——冰海之王的后裔重出江湖，这不是很传奇吗？”

“可是……”

“可是还有问题。你有没有打算过，去哪里找水手呢？”

段思成愣了愣，真没想过这件事。他一直在考虑怎么找到船，认为只要有了船，其他的都是细枝末节。或许真的是这样，但再细枝末节的事情也要亲自去做，然后就会发现一大堆的麻烦和不如意。

深想一下，这事儿真有些为难。他要招募的不是一般水手，而是敢于厮杀的亡命徒。在段思成的“宏伟构想”中，他的生意就是劫掠那些海盗，所谓黑吃黑——当年“冰海之王”就是这么干的。所以安善良民，肯定干不了这种活儿。

但亡命徒并不好找。或许整个溯冰海域不缺这种人，但这里海岛星罗棋布，一个个岛屿搜罗，那“生意”要等到什么时候才能开张？况且，这种人通常难以约束，且没什么道德观念。到那时，恐怕自己就真成了海盗，“冰海之王”在坟墓里会气得跳脚吧？

“你的意思是说……”段思成心中一动，看了看老瞎。

“这不是挺好吗？”老瞎朝前努努嘴，“一群活不下去的穷光蛋，愿意把命扔在大海上。而且他们看上去很听话。唯一的问题就是，你得把他们训练成真正的水手。但天底下的事情，总没那么称心如意的，对不对？”

“好吧……”段思成吸了口气。他走向那群满面饥色的汉子，大声问："你们真想上我的船？"

"想！太想了！"众人激动起来。

"行，但丑话说在前头！咱们要做的是玩命的买卖，不听话的，怕死的，都他娘的给我滚蛋！上了船就不许反悔，万一遇到要紧的时候，谁要是敢尿……"段思成一斧子剁在地面上，恶狠狠地说，"老子就砍了他！"

没人说话，也没人后退。因为海盗肆虐，白石港一日不如一日。这群靠码头吃饭的汉子早撑不下去了，哪儿死不是死呢？

简单粗暴的誓师后，一群人浩浩荡荡离开了白石港。棚户区的路口，骨头的妹妹眼巴巴瞧着——不光是她，还有一些老弱妇孺也在凝望。期盼和忧伤同时凝在眼眸中。不久的将来，这些人或许会带着财货回到这里，又或者从此在大海上销声匿迹。

大海能承载希望，也能埋葬一切。从前如此，今后亦然。

根据地图所示，远方号就藏在海边石崖的下方。众人足足走了一整日，终于在天黑前赶到此处。

海边的落日总是很晚，鲜红的太阳压着海平线，仿佛在用尽全力往下面钻。整个海面微微抖动，似乎在费力地抵挡。但太阳终究钻了下去，半截身子沉入海面。血红的光影在海面上拖曳，一直映照到了石崖上。

纯白的石崖变得通红，有些像透明的玛瑙。段思成站在石崖顶端，他有些疑惑，不记得自己见过这幅场景。

老宅虽然卖掉了，但这条路他从小到大，不知走了多少遍。就像他和老瞎说的，百无聊赖时经常来这里扔石头。伴随着成长，石头扔得越来越远，胸中那份寂寥也越来越强烈。壮阔的海天早已凝成一种形式——除了扔石头，再无其他意义。

但现在，他却头一次感到海天的壮美。这种景象也许每天都在发生，却从没有真正映入段思成的眼帘。

真美啊。他想。如果从这里驾船出海，迎着落日扬帆，实在是一件快事。

但首先，要找到船。

段思成往脚下看，石崖有几十米高，夕阳染红的波涛在崖底撞碎，化作一簇簇火焰。但看不到船，也看不到小时候看到的洞穴。

“什么都没有啊。”骨头也在趴着往下看。

“现在是退潮。”段思成感觉到骨头狐疑的目光，嗤笑，“要是有洞穴的话，也在石崖腰处，不然涨潮的时候，不就全淹了吗?”

段思成一面说着，一面四下看。他找到了一块椭圆形的巨石，把事先准备好的麻绳盘在上面系好，另一头扔下石崖。

“现在，需要一个手脚灵活，胆子大的家伙。”段思成目光在众人中扫过，最后停在骨头脸上，“就你了。”

“可……可我胆子不大呀!”骨头抗议。

“练练吧。快去!”

骨头根本不想去。但没人肯帮他。段思成一把揪住，把他拖到石崖边缘，狠狠地说:“现在我教你海上的第一个规矩——船长说什么，你就要听什么！你是自己爬下去，还是等我把你扔下去?”

“不要啊!”骨头大声尖叫，“黑山！黑山快救我!”

黑山挠了挠后脑勺，有些苦恼地朝前走了一步。段思成警惕地看了他一眼，但黑山并没有帮骨头打架的意思，而是用商量的口气问:“头儿……要不，我来?”

“你?”段思成愣住了。

“你?”骨头顿时露出劫后余生的惊喜。

第四章

“啊啊啊啊啊啊……不要啊！”

骨头大声惨叫。他被麻绳拦腰捆住，扔下了石崖。黑山粗壮的手臂死死攥住另一头，轻松地把骨头吊在了半空。

——这就是“我来”的意思。

骨头在半空中飘荡，痛恨自己居然对黑山抱有那样的期望。自己对他那样好——他曾经偷过一串糖葫芦，分给过黑山一颗——这家伙居然恩将仇报！

他大声咒骂，声音被呼啸的风声扯碎，连自己都听不太清楚。过了一会儿，他停止了毫无意义的行为，冷静下来。

其实没那么可怕。骨头发觉，自己并不恐高，飘来荡去的甚至挺有意思。他的恐惧毫无根由，似乎只是因为“这件事很危险所以我应该害怕”这种逻辑上的结论。但现在，骨头真的不怕了。

他平衡身体，双手扶住岩壁，向上面示意。黑山慢慢放松绳子，骨头一点点向下。这块石崖并不是直上直下，中间稍微突出，越过这个位置，骨头终于发现了从上面看不到的情形——接近海面几米的地方，真的有个岩洞。

骨头拼命拽绳子，想让黑山多往下放一点。黑山手一松，好悬，把骨头直接扔到海里。骨头骂了几声，终于用脚尖钩到了岩洞边缘，手脚并用地爬了进去。

岩洞很宽大，但里面黑乎乎的，什么也看不清。骨头不敢轻举妄动，他解开腰间的麻绳，在一块笋形石柱上系牢。他向上面喊话，过不多时，段思成和老瞎顺着绳索爬了下来。段思成点起火把，终于看清了岩洞的全貌。

这个岩洞开口极为宽阔，几乎能把一栋房子装进去。脚下湿漉漉的，两侧岩壁生有苔藓，海水漫过的痕迹十分明显，大概涨潮时能有一人多高。若有一条吃水浅的船，确实可以开进去。段思成和老瞎对视，都从对方眼中看到了兴奋。

他们举着火把，一步步走向岩洞深处。岩洞越走越宽，段思成无法想象，这样的结构，为何不会塌陷，只能感叹大自然的鬼斧神工。另一个，就是佩服自己父亲，当年是怎样找到这样一个好地方的。

三人大约走了几十步，看到地上有一个长长的木架，就像码头干船坞里的轨道。轨道用木架支撑起来，刚刚高过涨潮时的海水。段思成吸了口气："我有点儿不相信了。我父亲一个人不可能搞出这么大的工程。"

"你父亲?"老瞎撇了撇嘴，"要说是他干的，我一点儿也不信。包括这个地方，他凭什么能找到? 肯定是头儿干的。"

老瞎口中的"头儿"是段思成的爷爷，当年的海盗王，冰海之王。但段思成有点儿怀疑。"那你会不知道?"

"头儿的心思那么多，谁猜得到?"老瞎这话说得理所当然，仿佛无论海盗王干出什么来，都是天经地义的。

他们沿着木架继续走。很快，在火把抖动的光芒中，一艘漆黑的大船显露出来。

——那是“远方号”。

船体纯黑。长十九丈，通体狭长，最宽处不过三丈七尺。微微翘起的船首更加削薄，宛如一把锋利的刀。

这些数据早已印刻在老瞎脑海里，永远不会遗忘。

但现在，老瞎也只能凭借这些数据去勾勒“远方号”的原貌，三十年过去了，这艘船早已面目全非。

它坏了。锋利的舰首仿佛被砸过，完全瘪了下去。一侧的船体彻底坍塌，船板掀开，露出一根根木肋。

它就像一条死亡的黑色巨鲸，腐烂后露出庞大的骨骼。以这种方式让人震撼，去遐想它生前的壮丽姿态。

段思成震撼，而老瞎只有心痛。因为，那幅景象他早就知道，他参与过，他就是图景里的一部分。

“远方号”旁边，倾倒着一根长长的桅杆。桅杆是纯白的，和船体同侧摆放，比这艘船还要长。它保存得很好，应该是被人有意卸下来的。否则，这条船也没办法开进这个岩洞。老瞎走过去，蹲下去轻轻抚摸桅杆，又抬头看着只剩下骨架的“远方号”。

“哈，哈哈……”老瞎似哭似笑，失去力气般地坐倒在地，“‘远方号’，这就是‘远方号’……怪不得他不肯说出来。原来……哈哈！”

骨头两眼发直。他想不了那么远，却也知道发财需要一条船。而现在……他揉揉眼，有点儿想哭。

段思成却没有沮丧。他围着“远方号”转了几个圈子，又走到近前，在船板上敲了敲，金铁般的声音在岩洞中回荡。最后，他重重踹了一脚龙骨，疼得龇牙咧嘴。

他无视老瞎看神经病一样的目光，嘿嘿笑起来。“你觉得我父亲不告诉你，是因为这个原因？不，我不知道他为什么不肯说，但肯定不是因为这个。因为这艘船保存得很好，他完全能修好。”

“真的？”老瞎呼一下站起来，眼中放出光来，“只有他能修？还是……我们去抓一个船匠来！”

“我就能修。”段思成舔舔嘴唇，拍了拍“远方号”的船板问，“但这材料我没见过……什么木头？”

“铁冷杉。”老瞎肯定地说。

“怪不得。”段思成皱了皱眉，“但这种木头绝种了，我们得找别的代替。让我想想……哦，冰柏就不错。”

“不行！”老瞎叫起来，“冰柏？那木头是白的！”

“那怎么了？”

“你问我怎么了？”老瞎怒气冲冲，“你要是这么搞，这条船得变成什么样子？黑一块儿白一块儿？太他妈可笑了！”

“笑个屁，这座岛上能用的只有冰柏。”段思成说，“就算你去别的岛上找，也没有铁冷杉。黑色的木头我还知道一种，黑松你见过吧？那种木头又糟又软，烧柴倒是不错，你敢用来造船？现在就两种选择，冰柏，或者黑松。你选。”

老瞎哑口无言。用黑松那是找死，可是冰柏……一想到“远方号”可能变得怪模怪样，他比死还难受。

“看吧，你也没别的办法。”段思成耸耸肩，然后用安慰的口吻说，“放心，我是一个讲究格调的人。要不是从小就穷，也许能成为艺术家呢。就算是用冰柏，我也能把这条船修得漂漂亮亮。”

“得了吧，你小时候只知道从我这里骗钱花。”老瞎哼了一声。但看上去，他不那么坚持了。

说服了老瞎，一切都变得简单了。段思成把所有人都集中到洞穴里，在老瞎的协助下，段思成确立了自己的领导地位。一切慢慢展开，他们白天睡觉，晚上干活。他们的“活儿”多种多样，比如骨头，在段思成的带领下重操旧业，跑到白石港的船厂偷了不少工具。这件事可不是骨头一个人干，差不多所有人都在通力合作，几乎搬空了船厂的仓库。

想一想船厂主发现后，面如死灰欲哭无泪的模样，段思成就有一种报仇的快慰——他父亲就死在这家船厂里。

利用这些工具，他们在石崖小镇后的山上砍伐树木，用工具制做船板，修补船只。活儿挺累，但所有人都干得很起劲，有一种叫作希望的东西正在胸中慢慢发酵。但老瞎的脸则一天比一天黑，因为他发现，段思成的承诺都是狗屁！

这条船现在的模样……反正，老瞎只想一刀把段思成砍了。

修船的过程持续了一个月。所有人也进行了各种空想训练，努力把自己装成专业的水手以及海盗。火越烧越旺，段思成觉得那些期待的目光几乎能把自己烤化。他再也没法子忍耐，正如所有人都没法忍耐一样。段思成觉得自己胸中，同样被火焰烧灼。

终于，在一个风和日丽的早晨，“远方号”被大家齐心协力推入海水中，沿着洞穴缓缓向外漂去。

“远方号”要出发了。一个传奇的故事即将开始。

第五章

雷声阵阵。

一团团阴云相互挤压，闪电从缝隙中钻出，迸发出刺目的光芒。那一瞬间，云层被映照成紫红色，海面上波涛翻滚。

闪电鞭笞着波浪，大海报以狂怒的吼声。在阴云与海面之间，一匹赤红的骏马正在飞奔。

骏马狂肆地劈开海浪，在一层层白雾中疾进。蓦然，骏马发出一声长嘶，带着暴烈的情绪人立而起！

天青珞单手勒缰，优雅地保持着平衡，另一只手在马颈上拍了拍。骏马四蹄着地，不情愿地打了个响鼻，在原地慢慢徘徊。

已至船头，再前一步就是汹涌的海面。天青珞的衣衫被海水打湿，露出窈窕的身姿。她浑不在意，只是盯着海面。

真是无聊。天青珞想。

“少主。风浪大，回去吧。”一个苍老的声音说。

说话的人叫莫隐，商队的护卫头领，一个五十多岁的老军官。他穿着一件暗红色的长袍，海风掀动衣袂，露出里面的黑色甲胄。

黑红相间的色泽很是威严，但那张脸却平淡无奇，有些不大相衬。如果非要对他的面容进行褒奖，大抵也只能选择“老成持重”这种词。

“飞麟还没尽兴。”天青珞撇撇嘴。

“飞云号”已经足够大了，但对于骏马来说，依旧显得太小，必须来回往返多次才能散尽它的狂性。而风浪又越来越大，浪头一个接一个地拍上来，遍布船舷的落水孔正在拼命排水，甲板的水位却依然上升。

“算了。”天青珞有些意兴阑珊。她跳下马，缰绳交给一名老水手，“给飞麟刷刷毛，记得用毛巾擦干。”

老水手应了。他看着天青珞的身影消失在甲板上，也牵着马打算走下甲板，去马棚里照顾飞麟。

莫隐突然叫住他：“待会儿过来喝一杯？”

老水手一怔，再回头已经看不到莫隐的影子。声音早被海风吹散，他甚至怀疑自己有没有听到过这句话。

天青珞穿过通道。两侧舱壁都雕刻着舒展的云纹，那是天氏商会的标志。她早就看腻了，只想快点回房间换身干衣裳。经过船长室的时候，她发现里面亮着灯，就有些好奇地推门瞧了瞧。

船长室很宽阔。洁白的四壁有些空旷，只挂了两把海盗弯刀。“飞云号”交付的时候，这里镶满了羽族特有的装饰品，比如白荆花，云鹤羽毛，杜枝编织什么的。但都被天青珞扔到库房里去了，她不怎么耐烦这些东西。

房间中央有一张巨大的木桌。桌面上铺着地图，地图上摞着半人高的资料。一个年轻人正在资料后面，用一支墨水笔写写画画。那是一个看上去令人赏心悦目的年轻人，他穿着一身贴身的柔软白袍，这身打扮既符合羽族传统，又衬得他清逸俊朗。

天青珞突然有点儿心虚，正当她打算把门关上的时候，年轻人抬起头，“飞麟最近看起来好多了，我觉得你遛马卓有成效。”

“连牧桓……”天青珞呆了呆，歪着脑袋问，“你这是在讽刺我，一定是吧？”

“怎么会？”连牧桓皱了皱眉，“我确实是这么想的。难不成……我的话让你误会了什么？”

“从小到大，你就没有一句话不让我误会的。”天青珞抚着额头，生无可恋。

连牧桓眉头愈发紧皱，似乎正在反思。

“好了好了。”天青珞走进来，凑过来看看，“你在写什么？”

这似乎提醒了连牧桓，他低头继续写。云笺纸做的册子洁白如雪，上面满是一丝不苟的笔迹。这样的册子，在他身边还有一堆。

“这次商贸的方案。”连牧桓头也不抬。

“你明明写过了呀！”天青珞大吃一惊，“出发前你让我必须看完，摞起来一人高，我现在还头晕脑涨！”

“计划永远在变动。明天我们就能到达第一个港口，有些方案需要修正。你先去换衣服，如果生病的话，会影响后续的交易。”

“如果不是最后那句话，我险些以为你在关心我了！”天青珞没好气地说。她并没有离开，只是看着连牧桓工作。

说实话，她有些不懂连牧桓。他是天氏商会最有前途的年轻人，才智无双，还是最优秀的航海士之一。在同辈人中，他如同星辰一般耀眼，天氏商会的会长天誉衡——也就是天青珞的父亲——破格对他委以重任。

他身上唯一的缺点，是血统。连牧桓是一名人族，而天氏商会是羽族的大商团。但连牧桓礼仪娴熟，进退有据，哪怕最为坚持传统的羽族也挑不出任何毛病。

这样一个人……天青珞不明白，为什么要主动上自己的贼船。因为自己的少主身份？别说笑了，她可不是第一顺位继承人。

她那位求贤若渴的大哥，不止一次招揽过连牧桓。但这个青年始终不为所动。

“究竟为什么？”天青珞下意识说出了心中的疑问。

“什么为什么？”

“你为什么要加入这次商路开拓？”既然问了，天青珞索性就问个明白，“从一开始你就不在计划里，我父亲根本不想让你来。商会里有那么多事情等你处理，他找到你的代替者了吗？”

“因为很重要。”连牧桓停下笔，抬头说，“天氏商会在九州已经没办法再扩张了。如果不能打开新的商路，那么只会慢慢衰退。就像人一样，商会也有生命，也需要新鲜的空气。”

“你用这个说服了我父亲？很有道理，但肯定不是真心话。我太了解你了，但凡你一本正经地说一件事情，那你的目的肯定不是这件事本身。你从小就这样。”天青珞盯着他，“所以，真正的原因是什么？”

连牧桓与天青珞对视，但始终不说话。这气氛让天青珞难受，烦躁得直想抓头发。终于，连牧桓开口了。

“把这件事做好，我就是这么想的。你呢，你怎么想？”

“我？哈……”天青珞瞬间想起很多，又什么都懒得想。冷笑了一声：“我的想法很重要吗？所有人都更关注我大哥怎么想。”

“但如果你不想来溯冰海域，没人能逼你。”

“让我继续待在家里，整天游手好闲，让那些老古板对我指指点点？我早就受够了！从小到大，那些人一直看不上我！”

连牧桓沉默了。两人可以说是一起长大的，天青珞所经历的，连牧桓都看在眼里。世界上有无数人羡慕天青珞的出身，羡慕她优越的生活，但连牧桓却只看到了一头困在笼子里的幼兽。

“其实我明白。”连牧桓说。

“你明白？”

“就像你说的那样，别人更重视你大哥的看法。所以你需要证明自己。”连牧桓说，“我一直建议你认真去看那些资料，就是这个原因。你需要把这次开拓做得足够漂亮，才有争夺继承权的可能。”

天青珞瞪大眼睛，仿佛在听一个不可思议的笑话。

“我说得不对？”连牧桓愕然。

“简直不可思议！我为什么要去争夺继承权？”天青珞指着自己的鼻子，“你是不是觉得我疯了？”

“那你……”连牧桓皱眉。

“好吧，我确实有一个目的。”天青珞突然换上一副神秘兮兮的表情，“你知道吗？溯冰海域的一个传闻？”

“我给你的资料？”

“不，从别处听来的。你知道冰海之王吗？”

连牧桓皱眉。“那只是个传说……”

“对！传说里他有一座满是宝藏的海岛。他用黄金和珠宝填平了海岛中间的湖泊。然后他发现还有好多剩余，就在上面堆起了一座金山……”

“那是不可能的。”连牧桓冷静地打断她，“按你说的规模，整个天氏商会填进去都不够。”

“你这人无趣透顶！”

“这件事是谁告诉你的？”

“我怎么记得？反正好多年前我就听说了。”天青珞打了个哈欠，“我得走了，困得很。只要船没沉，不要提前叫醒我！”

连牧桓看着天青珞离开的背影，眉头渐渐锁紧。

与此同时，莫隐正在自己的房间招待一个人。就是之前给天青珞牵马的那个老水手，刘老三。

刘老三长着一张风吹日晒的脸，双颊通红，满头白霜。他看上去比莫隐大一些，两人隔着一张飞翼形的木几相对而坐，两只银酒杯斟满了浅绿色的酒浆。

莫隐不动声色地慢慢抿着，刘老三则有些拘束，只是低着头。莫隐笑了笑，把酒杯沿着木几推过去。

“喝一口吧，暖暖身子。”莫隐有些感慨，“老三，咱们俩有十年没见了吧？”

刘老三默默地喝酒，良久才说：“是。”

“瞧你，都跟我生分了。”莫隐笑着安慰，“咱们的交情外人不清楚，你还不懂吗？别弄得那么不自在。”

“不一样啊。”刘老三叹了口气，“我这辈子，就这样了。你呢，可是——叫什么……平步青云？不一样，不一样。”

“平步青云？”莫隐笑了笑。这笑容里隐藏着太多东西，刘老三看不透，甚至不敢去看。他的目光来回游移，雕刻着云纹的舷窗开着半扇，一道闪电突然在黑沉沉的夜色中炸亮！

海风灌入，刘老三打了个寒战。

“不要慌。”莫隐站起来，站在窗口向外望，“这股风后劲儿没了，看样子下不起来，待会儿就放晴了。”

他关上窗子，回头看着刘老三。

“不能不怕啊……”刘老三畏缩着身子，喃喃着，“三十年了……我什么都快忘了。怎么也想不到，竟有一天还能回来？”

“你究竟怕的是什么？”

“怕命。”刘老三喝了一口酒，幽幽地说，“这么久了，你想得到又能回来吗？你在东家那边干得好好的，竟给塞到了这支船队里面。这得有多巧？——我明白了，这都是命，是人就得认命！”

“这不是命！”莫隐一口干了杯中酒，冷笑一声，“实话告诉你，是我主动开口求的一个机会。至于你，名单里本来也没有——”

啪的一声。

刘老三失手打翻了纯银的酒杯！碧森森的酒液沿着纯白的木几流淌，一滴滴落在猩红的地毯上。

“是你？”他瞪大眼睛看着莫隐，仿佛在看一个不认识的人。

不，也许我从来就没认识过他！刘老三突然意识到，也许三十年来，他就没有了解过这个人！

一阵恐惧从脊背爬上来，宽阔的舱室顿时显得逼仄。这里到处弥漫着看不到的力量，压得他喘不过气。刘老三慢慢低下头，深深呼吸。

“我想和你要一样东西。”莫隐淡淡地说。

“什么东西？”

莫隐摊开手，一个蓝盈盈的东西出现在掌心。它是个立方体，通体剔透，仿佛一个蓝宝石制成的骰子。

“我猜你也有一个。”莫隐说，“把它给我。”

刘老三毫无反应。他像是听呆了，眼睛盯着那蓝光，宛如坠入了一场梦。良久，他突然摇头。“不，我没有。”

“我有，为什么你没有？”莫隐反问。

“你这毫无道理……”

“别装傻了。”莫隐冷冷地看着他，“我们都是从那个地方逃出来的。既然我有，你就没道理没有！”

刘老三瞪大眼睛看着他。莫隐静静等待。良久，刘老三摇摇头，“我真的没有……”

“不愿意给我？”

"我说了我没有!"刘老三叫出声来,"我都不知道这东西是什么!"

莫隐看着他,似乎在判断他有没有说谎。过了一会儿,莫隐点点头,"也许你真的不知道。"

刘老三松了口气,但旋即又紧张起来。因为他听到莫隐说:"……但不知道,不代表你没有。"

"这……"刘老三目瞪口呆,"我……不明白。"

"不明白吗?放心,我总归有办法的。"莫隐摆摆手,"你去吧。"

"……是。"刘老三不明白所谓的"办法"是什么。他迟疑了一下,向莫隐拱拱手,转身向门外走去。越接近门口,他就越感到紧张。可直到他出了大门,莫隐始终没有任何行动。

唯有甲板上一片漆黑。

第六章

刘老三终于松了口气。昏暗的夜色中海风鼓荡，猛地灌入他的衣襟，像是劈头浇了一盆冰凉的水。他打了个哆嗦，心里却一阵舒畅。

之前在莫隐那里，真可谓战战兢兢，如履薄冰。他几乎以为自己要横死在那里，谁知峰回路转，竟这么轻轻巧巧地出来了？

他自己都有些不可置信。

莫隐要干什么，他隐隐约约猜到一些。但正如刘老三自己说的，“不敢想，不敢猜”。那些念头在脑子里转一下，就把他吓了个半死！

很多年以前，刘老三干的是玩儿命的买卖，从没惧过生死。可那一次大难得脱之后，他才发现生命是如此宝贵。他变得小心谨慎了，什么事都不求有功，但求一个稳妥。这么多年来，他在天氏商会不声不响，恨不得把自己埋进土里，是以临到老了，依旧是一名普普通通的水手。

但他很满足。已经娶了妻生了子，又有一些积蓄。就等着退下来，踏踏实实地安享晚年了。

谁想到莫隐……

刘老三突然又觉得有些不对劲。莫隐费这么大功夫，把自己塞进这条船里，必然有他的用意。

就是为了那个东西？

刘老三有些紧张。因为他并没说实话，那个蓝色方块，他是见过的。但也不是完全在撒谎——他已经不记得，自己最后一次见到它是什么时候了。

那东西似乎只出现在梦里。倏忽而来，又倏忽而去。他没法理解，无法控制，极度恐惧。小小的蓝色方块勾连着一个更恐怖的梦——关于那片海，那些人……

但为什么莫隐不怕？甚至，还要求自己交出这东西？

如果可能，刘老三真想这么做。但他做不到，莫隐也不可能谅解他的苦衷，所以干脆就不承认。

现在看来，这一招还算管用。但刘老三终究还有一点儿疑虑。他想着莫隐最后的那些话——放心，我终归有办法。

他有什么办法？

刘老三想不明白。

此时海面微澜，波涛没有半点光亮，天空宛如漆黑的锅底倒扣下来，不见月华星辰。有那么一瞬间，刘老三突发奇想，感觉自己好像明白了世界的本质——世界是个砚台，天空、人海、船、自己……都是一团漆黑的墨汁。

倘若是个诗人，恰逢此时，定有名篇诞生。至于刘老三……他只是庆幸，脚下的甲板真硬，踩上去真踏实。

他朝前走了几步，打算去桅杆下面吹吹风，解解心中的乏闷。但不知为什么，一种无法言说的孤寂感挥之不去，令他想起很多年前，那场海葬的情景。

一具具尸体躺在木筏上，都是他的兄弟战友。他们渐渐漂远，海平线上，夕阳像条鲜红的舌头，将死者一口口吞下……

呸！

真他娘的不吉利！

刘老三不知道自己怎么了，他甚至怀疑，这是某种凶兆。但此时此刻，他已经下意识走到桅杆下面，下意识伸出手，想在桅杆上扶一下歇歇脚……

他的指肚传来熟悉的触感，兰槎木那种坚硬，让他感到安心。

突然！

刘老三脚下一空！甚至来不及惨叫，凭空摔了下去！

什么情况?！不可能……怎么会是空的……

惨嚎声中，他只来得及转过这个念头。

黑暗拥抱了他。

舰队在大海上航行。

五艘海船呈雁行排列，仿佛一群沉默的巨鲸。它们掠过海面，劈斩开的波浪向两侧荡漾，宛若潮汐。

领航的那一艘最为庞大，它通体纯白，却丝毫不显笨重，仿佛一朵飘在蓝天上的云。云上是层峦叠嶂的宫室亭台，若有人看到这艘船，一定会想起海外仙山的传说。

这就是“飞云号”，宁州天氏商号富可敌国的象征之一。

天氏商号是这些年九州大陆上崛起最快的商号。它的主人天誉衡早年靠贩卖丝茶起家，近年来将算盘打到了海上，斥巨资打造了一艘规模宏大的“飞云号”，遣其女天青珞领航出海，寻找新商路。

“飞云号”前后建造经历了九年，凝聚了羽族与生俱来的艺术与浪漫，以至于问世之前，九州商人常消遣说，天氏并不想做海上生意，他们只是想用“飞云号”来分家。据说天青珞自幼就不服自己那个作为正统继承人的大哥，认为自己能干得更好。是以，在她的胡搅蛮缠下，天氏顺水推舟打造了一个昂贵的玩具，把天青珞远远发配，来个眼不见为净。

不过，当这艘船第一次驶离船坞，这个笑话立刻消失了。

所有人都不得不承认：天氏对天青珞的“发配”有些认真，他们将享乐与野心悄悄结合了起来：奢华、迅猛、船坚炮利，让“开拓新商路”从一句戏言变成了可能。

在这座仙山般的巨舰上，最高处的船长室开着小窗，一个衣着华贵的少女——天青珞，正伸着腿、塌着腰，歪歪斜斜地坐在窗后的月牙桌前。

被打扰了懒觉的天青珞有一脑门子的不高兴，再见到船长室里满满当当，晃来晃去的人影，更加烦躁。

“我不是说了……”天青珞打了个哈欠，“没天大的事儿，不要打搅我睡觉。怎么，船翻了？”

管事们挤挤挨挨地靠着窗一字排开。因为了解船主的起床气，有人俯首帖耳，做了些捏鼻子、扯衣角等紧张却对当前局势毫无意义的小动作。

“没有。”连牧桓在人群中回答。

“那是？”

“死了一个人。”连牧桓朝前走了几步，让声音更清楚些，“一个叫刘老三的水手，昨夜突然死了。”

天青珞一怔，脑海里迅速闪过昨天的画面。那个老水手，她记得就叫刘老三。

“替我牵马的那个？”天青珞坐直身体，微微皱眉，“昨天还好端端的……难道生了急病？”

“不是生病。”连牧桓想了想，“死得有点儿……莫名其妙。看上去，他应该是自己失足跌死的。”

“看上去?”

“对。看上去。”

“我明白了。”天青珞点点头。目光扫过管事们，发现有人竟然在偷偷揉眼睛，显然是从床上爬起来没多久。她不由得冷笑。“所以，昨晚有人在船上莫名其妙地死了，诸位今早还能安睡到这个时候？因为死的不是你们吗?”

天青珞有一头银色的长发，眉角微微上挑，表情漫不经心，鹅蛋脸薄嘴唇，双眼明亮而锐利。整体上看，她美丽中带着刻薄——事实上也是如此。

没人敢说话，除了连牧桓。他皱了皱眉头。“你不是起得更晚?我把所有人叫起来讨论这件事的时候，你还在呼呼大睡呢。”

“所以这是我的错?”天青珞被噎得够呛。她有些生气地坐正身体，微微俯身。但因为座位较高，实则很有压迫感。这个动作完美契合她在天氏商会里流传的“混世女魔王”的风采。可惜连牧桓视若无睹。

“是我的错。”连牧桓诚恳地说，“你明明说过只要船没沉，就不要提前叫醒你……但我觉得，这件事有点儿等不起了。”

“连牧桓……”天青珞深深吸了口气，“你又在嘲讽我?”

连牧桓愕然。“有吗?”

天青珞觉得自己太阳穴在突突跳动。这家伙从小就这样，三两句话就能气得自己七窍生烟。可偏偏，他自己还一副毫无自觉的样子。天青珞真不知道，他这副样子到底是不是装出来的。

“走!”天青珞站起身，“去看看现场。”

第七章

“飞云号”的甲板极为宽大。抛开上层建筑占据的面积，剩下的部分仍然足以开一场露天舞会。在甲板中央，距离桅杆几十步的地方，一具尸体静静躺在那里。正是刘老三，那个其貌不扬、平平无奇的人族老水手。

他是摔死的。脖子断了，后脑凹陷。天青珞开始以为这家伙喝醉了攀爬桅杆，但经过连牧桓解释，才明白自己完全想错了。

这地方并不是死亡现场。刘老三死在了甲板的下一层，被发现后抬上了甲板。就在刚才，天青珞以及其他管事去了下层查看，那地方残留的痕迹准确无误地表明了这一点儿。

现在，他们回到了甲板上，围着这具尸体发呆。

“他究竟是从哪里掉下去的?”一个管事问出了大家的心声。

“肯定不是从这里，难不成他是个变戏法儿的，能穿透甲板不成?”有个聪明人当即发言，“或许他根本不是跌死的。”

“就是跌死的。”连牧桓说。他的语气平淡，却带着不容置疑的力量。

“那也不是没有办法。”那人道，“比如把他灌醉了，然后在下层舱室用绳索头下脚上地吊起来，再一松手……”

“不是。”连牧桓摇头，“若是这样，必然留下痕迹。”

猜测都被反驳，顿时无人再肯开口。连牧桓的聪慧敏锐在天氏享有盛名，因此也没人质疑他的判断。

天青珞围着尸体转圈，过了一会儿，突然噗嗤笑了。“这可真是个戏法儿。小时候读闲书，瞧过不少匪夷所思的案子，没想到真能叫我遇上。这个刘老三……莫头领，我记得此人和你是同乡吧？”

“回少主。是的。”莫隐从人群里走出来行礼。

“他可有什么仇人？”天青珞问。

莫隐摇头。“要说早年的话，应该没有。但属下这些年和他不在一个地方，关系早就淡了。昨天晚上，我叫他来房间里喝酒……”

“等等！”天青珞打断他，“昨天晚上？”

“对。属下也是昨天在甲板上，才发现遇到了故人。多年不见，想着喝杯酒叙叙旧。”

“你们都说了什么？”

“就是聊聊以前的事儿。至于这些年，听他的意思，过得还算心满意足，也没听说和什么人结过仇。”

“然后他出门没多久就摔死了。”连牧桓插了一句。

莫隐不动声色。“连先生，你这是什么意思？”

“陈述一句事实。”连牧桓问，“那么，是不是这样？”

“……是这样。”莫隐反而笑了。

对方这句话无可反驳，却听起来很别扭。怪不得天氏都流传，连牧桓是一个没法子亲近的人。

莫隐现在非常认同这个说法。

“这么短的时间内，想要杀一个人，还用这种方式……”天青珞倒没多想，只是琢磨，“实在是有点儿神乎其神了。”

“等等。”连牧桓打断她，说道，“是什么原因让你觉得，此人死于他杀？”

“不是？”天青珞偏头看他，失笑道，“难不成他真的穿透了甲板，自己一跤跌死了？连牧桓，你想这样告诉我？”

连牧桓没说话，向着桅杆走去。众人不知他葫芦里卖的什么药，也就跟着一起往那边走。天青珞非常不喜欢这种感觉，总觉得掌控权又被拿走了似的。但她还是定了定神，跟着走过去。

距离桅杆三步，连牧桓停下来。他指着脚前那一块甲板说：“他就是从这里跌下去的。垂直落于下面的舱室，跌破后脑，折断颈骨而死。从表面上看，这是一个意外。”

“那实际上呢？”

“实际上也是意外。”

“啊哈，连牧桓，原来你真的这样认为？”天青珞微微张开嘴巴，旋即大笑起来。她生得极为好看，无论怎么笑都显得好看，但熟悉她的人都知道，这笑声里包含着多少讽刺。

“我就是这样认为。”连牧桓神色不变，“无论事情多么不可思议，只要没有人布局，就是意外。”

天青珞看着他。

连牧桓继续说：“如果大家觉得这种推论太荒唐，不成立的话。那可以反过来想一想——比如，这确实是个天大的阴谋。但若真有这么高明的布局，又何必针对一名普通的船员，为何不直接针对天青珞或者针对我？”

“嗯，这说不通。”天青珞难得附议他一回。

“你想不通很正常，连我也想不通，这说明什么？”连牧桓竖起手指摇了摇，自问自答，“说明根本没有人在布局。”

"哈？"

"因为不存在我看不透的局。"

这是个冷笑话吧！一定是吧！天青珞差点儿笑出声来。她想出口讥讽两句，又觉得那样太过轻巧。

"你上去走两步。"天青珞说。

"什么？"

"那块甲板啊，你上去走两步，看看会不会出现新的意外？或者，试探一下有没有人在针对你而布局？"

连牧桓似乎有些疑惑，问道："没有完全弄清情况之前，我为何要做这种事？"

"还有别的人愿意上去走走吗？"

满船的沉默回答了天青珞。莫隐正打算自告奋勇，但天青珞已经爆发了。

"没种的家伙！"她骂了一句，整了整身上那袭华贵的大氅，用屏退的手势示意周围人等退后，然后大踏步朝前走去。

一步、两步、三步。她迈得很快，连牧桓根本来不及阻止。眨眼工夫，她已经四平八稳地站在桅杆下的甲板上。

"怎么样？有没有人针对我布局？"天青珞用目光逼视众人，所有人都羞愧地低下了头，除了连牧桓。

"瞧，这证明了我刚才的说法。"连牧桓说。

"你给我闭嘴！"天青珞恶狠狠地盯着他。但很快，她发现自己"女魔头"的风范毫无作用，就干脆利落地把这种威压撒向其他人。

各位管事以及聚集上来的水手们很吃这一套，他们都缩着脖子，等待女魔头训话。

"其实我不用这样。"天青珞清清嗓子，说道："我完全可以扔一把金铢，试探一下甲板是不是真的能穿透。再然后，我可以宣布谁先捡到这枚金铢，谁就可以拥有它。你们都知道，我说话算数，也从不缺钱。”

众位管事呆了呆。他们完全可以想象那个场景。一把金铢对于他们不算什么，但那些底层的水手呢？为了金铢，他们完全可以豁出性命。更何况，就算真跌下去，也不一定有刘老三那么倒霉不是？

搞不好，为了这个可能送命的机会，水手们还会你争我斗，来回厮打呢！没法子，现在这个世道，人命就是不值钱。

“所以说，钱真是王八蛋！”天青珞哼了一声，高声道，“但没钱能行吗？没钱就没有尊严，没法子生活，就会命贱如草！”

一片寂静，没人反驳这番话。

“有了钱之后，你才能考虑你想要什么样的生活。”天青珞的声音深沉下来，“各位，我们是来发财的——但也不是。我不缺钱，刚刚却敢冒这个风险，为了什么？因为我要选择我想要的生活！而你们……”

她指了指那些管事。“你们大约也不缺钱，你们想要地位，想要上升空间。”又看了看那些水手，“你们呢？你们想要发财，想要改变自己的生活！”

众人都静静地听天青珞讲话，所有人都觉得这番话说到了心坎里。天青珞想要证明自己强过大哥，但她没机会。管事们想要继续上升，但天氏一个萝卜一个坑，也没机会，至于水手们……他们从来很难发财。

“所以我们聚在了一起！”天青珞大声说，“我们义无反顾，把头悬在腰上，出来乘风破浪，就是为了给自己搏一个机会，一个大展宏图的机会的！我们有相同的目标，我们应该拧成一股绳子！”

众人喧嚣起来。窃窃私语的声音开始鼓噪，仿佛千百只蜜蜂在振翅。天青珞的话极具鼓动性，点起了众人心中的火焰。

“但是!”天青珞却陡然泼了一盆凉水，用蔑视的口吻说，“刚才你们做了什么？因为一点儿未知的变数和危险，就选择龟缩在一边，腿不敢抬，步不敢迈，话都不敢多说一句！你们这个样子，配做大买卖吗？配做天氏的伙计吗？你们出海前，对家人、对自己发过的誓言都忘了吗?!”

愧疚在蔓延，甲板上鸦雀无声，只有天青珞的话依旧在回荡。

“现在！我就站在这里，一个号称能把人摔下去的地方！不要说是一桩莫名其妙的悬案，哪怕是风雨欲来山呼海啸，哪怕是海盗侵袭大军压境，我也绝不会退缩！因为，我天青珞，永远不会因为艰险而畏退!”

天青珞说得慷慨激昂，她眼眶红润，背部已经微微出汗，贴身的绡衣黏在皮肤上，令人瘙痒难耐。但一切都不重要，她想，只要能在意外发生后重新激励起全员的士气，怎么都算值了。

突然，人群中有人缓缓举起手。“少主。”

“嗯?”

“你刚才说……海……海盗。”

“怎么了?”

“他们……真的来了。”

——天青珞大吃一惊，转头向海面望去。

第八章

——时间回到两个对时前。

“远方号”驶出港湾。

如果是三十年前，这七个字足以引发一场地震。那些为富不仁的大商贾会因提前得到这个消息庆幸不已，然后像遇到暴风雨的海鸭子一样，让商船一头扎进最近的港口，留个屁股在外面任凭风吹雨打。

也有数不清的穷苦人家翘首以盼，希望冰海之王能够收获财富，再来普降甘霖，拯救他们于水深火热。

但三十年后的今日，它的出行是如此寂然无声。

老瞎盘腿坐在船头，一声不吭地擦拭着钢刀。这把刀薄而狭长，暗红色的血槽看上去有些瘆人，雪亮的刀身映出他的脸，那只受过伤的独眼显得格外狰狞。

如今的老瞎自带一个低气压场，暴风眼一样让人惧怕。这种情形，从修船开始维持到现在，而且愈加严重。

“情况怎么样？”段思成打破沉默。

老瞎阴沉着脸，好像对段思成出现在自己面前非常不满。他用力把钢刀归鞘，发出咔的一声。

“老瞎你又怎么了?”段思成又问，一脸困惑。

“少废话，要不是你小子姓段，那天我就一刀把你砍了。”老瞎沉声说。

“什么?”段思成愣了一下，随即恍然大悟，“你居然还在想这艘船？我的个天，这都过去多久了?”

“多久都忘不了。”老瞎从鼻孔里发出哼声，“我他妈看到这条船修好的样子时，我真后悔自己不是个真瞎子。”

“别这样，不就是一条船吗!”段思成凑过去，揽着老瞎的肩膀，用力地诚恳地说，“等我们发了财，随便你造多少艘新船，比这条好一千倍都没事儿。”

“少给老子放屁!”

老瞎被激怒了，瞪大了眼睛，疤痕一跳一跳的，好像扭动的虫子，肩膀用力，把段思成的手甩了下去。段思成吃了一惊，下意识退了一步，后背撞在船舷上，差点儿翻进海里。随后老瞎握着刀柄，一步步走过去，脸涨成了绛紫色，“不就是一条船？好一千倍?这是‘远方号’——你爷爷、冰海之王的船！你他妈根本不懂它代表什么!”

是的，经过段思成的“妙手回春”，大量冰柏嵌入“远方号”原本通体纯黑的船体。从某种意义上讲，冰柏确实是铁冷杉的合格代替品。唯一的问题是……

它是纯白色的!

漆黑镶嵌着纯白，而且还是极度任性的胡乱镶嵌——破损的地方不可能有规律可言。难怪老瞎一眼看过去，刹那间觉得自己仅剩的一只眼睛也瞎了!

这就是段思成说的“艺术性”？

一想到以后驾着这条船冲向敌人，对方可能会笑破肚皮的画面，老瞎就恨不得去死……或者是抱着段思成一起撞死……我真是对不起老船长啊！

但木已成舟。

“等等……”段思成扶着船舷，迎上老瞎凶狠的目光，努力稳住身体硬着头皮说道，“难道我说错了？它就是一条船，一条我们都需要的船！‘远方号’在干船坞等了三十年了！还要等多久？我等不下去了，你肯定也等得不耐烦了！”

老瞎动作迟疑了一下。

“因为我，你才能上这条船。”段思成盯着老瞎，伸手往后指，“而且，除了你以外，所有人都这么想！你大可以去问问，他们为什么来这儿当海盗？难道是因为‘远方号’当年的名头？”

老瞎沉默了。他看着那些看热闹的海盗——或者说棚户区的破落户们。段思成说得没错，他们每个人眼里闪着的都是那种赌徒的光。不管这次成不成，都别想让他们当一辈子海盗，这群家伙眼里只有钱，跟他们说理想和情怀？那是得了失心疯了！

老瞎的气势颓败了下去，铁打的腰杆也一寸寸弯曲。他靠着船舷坐了下去，抿着嘴一言不发。

段思成叹了口气，陪坐到对方身边，搭着他的肩膀苦口婆心地说道：“老瞎，其实我很尊重你，你知道的。毕竟，你是我爷爷的船员。当年那些人，就剩你一个了……”

“好了！”老瞎打断他，“是我多嘴，这是你的船，你说了算。但有一点，这是‘远方号’，不管它变成什么样子，它还是‘远方号’！”

“不懂。”段思成呆了呆，摇头。

“你还记得吧，都说‘远方号’劫富济贫，把所有钱都分给了穷人。”老瞎哼了一声，“其实想想就知道，这怎么可能？我们是给穷人分钱，但我们自己也喜欢钱。”

“所以你们自己还留了不少。”段思成点点头，表示这太能理解了，但他还是奇怪，“可你看起来挺穷的。”

“我们的钱都在一个岛上。”

“哦，就是你说的那个宝藏，你说了很多年。”段思成笑了笑，“可我父亲不动心。至于我，说实在的，不怎么相信。”

“你不信？”

“如果真有那个岛，你为什么不自己去？别告诉我，这么多年，你都弄不到一艘可以航海的船。”

“要去那个岛，只有‘远方号’才行。”老瞎解释了一句，然后又转回之前的话题，“我知道你想发财，但不是什么财都能发。”

“哈，你怕我变成真正的海盗？”段思成笑起来，“放心，如果是那样，你可以一刀砍了我。”

老瞎瞅瞅他，一副不置可否的模样。

“我不打算对自己人下手。”段思成低声说，“但那些该死的九州人……哼，要不是他们，我也不至于破产！”

老瞎觉得以段思成的性格，迟早要破产，却也没有否定九州人该死这件事。他不再说话，只是直勾勾盯着膝前的长刀。

“它叫什么名字？”段思成也看了半天这把雪亮笔直的刀，它的确被老瞎保养得很好，不见一丝锈迹，没有一个豁口，他看着看着，突然问，“这么好的刀，应该有个名字。”

过了很长时间，长到段思成感觉老瞎不会再回答了，就听到老瞎哑着声音反问：“你居然不知道？”

“我该知道？”

“我找过你父亲很多次，多到我都记不清了。你总是在偷听，每一次。我想你应该知道很多事情。”

“但我不记得你提过这把刀。”段思成说。

“哦，也许是我们在木材仓库谈到的。”老瞎哼了一声，“你父亲只想当个木匠。海盗王怎么会有这样一个儿子。”

“你跑题了。”段思成有些不快。

“好吧。”老瞎笑了笑，“那我们继续说这把刀。它当然有名字，每把刀都应该有。但它的名字……既然你不知道，那就让我卖个关子吧。”

“我搞不懂你。”段思成摇摇头，一把刀的名字有什么可隐瞒的？他站起来看了看前方，大海依旧空寂无边，“那我问个别的，咱们大概还有多久能碰上目标？”

老瞎摇摇头。

“你不知道？”段思成问。

“小子，你当不了一个好海盗。”老瞎把刀插回鞘中，继续哑着声音说，“你没有耐心，急于求成。”他瞥了一眼甲板上走得七七八八的人，嘴角挂上了不屑，“你根本不知道，比起结果，找到正确的目标再投注，是最难的事情。”

“我知道。”段思成心里更不痛快了，不过他决定不和这种顽固的中年人计较，“我说了，当海盗不是我想干的事。”他转过身，往甲板中央走去。

“远方号”已经行驶了两个对时，什么都没有发现。视野内只有一片单调的深蓝，天空是这个颜色，海水也一样。看久了，段思成觉得自己都要分不清上下了。他有点儿焦躁，出发时，他雄心勃勃，而现在，他开始发现当海盗没有预想的那么简单容易。

“骨头！”路过桅杆，段思成抬起头大吼，发泄着不满，“还没发现什么吗？”

骨头在桅杆上趴了半天了，自从他被黑山用绳索吊下悬崖那一刻，他就发现自己能成为一名瞭望手。这小子不怕高，而且手脚灵活，爬上爬下特别厉害。这些都是瞭望手必备的优秀素质，段思成觉得自己捡到了宝。可没高兴几天，骨头或许是太过手痒，又把在码头上当惯偷的职业习惯用了出来。

反正，要不是段思成拦着，一船立志于发财、双眼通红的破落户们，几乎要把这个手脚不干净的小伙子揍死。

搞得直到现在，骨头还待在桅杆上不敢下来。也不知道这么久时间里他都吃什么喝什么。

可能是因为河络身上总会有很多隐藏口袋，里面装着各种东西，包括吃的吧！

“什么都没有！”骨头没精打采地回了一句。在桅杆的吊篮里趴了大半天了，浑身关节没一个地方不疼的。他觉得很费解，既然都做好了发大财的准备，其他人何必在意那一丁点个人财物……！

等等！

骨头突然瞪大眼睛，一面奇怪的旗帜映入他的眼帘，他大喊起来：“船！前面有船！”

有船！

“什么船？”段思成激动地大吼。

“旗帜没见过，肯定不是咱们这边的！”骨头兴奋地叫着，“九州！对啦，是九州人的船！”

“该死的九州人？”

这句话宛若火种，点燃了段思成胸中的火焰。他感觉自己的脑浆在沸腾，顺着七窍向外喷射。

“干他娘的……升旗！”他回过身，高举双手，用尽全身的力气大喊，“我、们、要、发、财、了！”

第九章

羽族与人类不同。

他们的传统并非长子继承制，也不会过于轻视女性。根据统计，女性中出现至羽乃至煌羽的概率更高，不少家族的领导者也是女性。

天青珞并非没机会继承天氏。但她自幼就性格跳脱，离经叛道，对羽族的传统不怎么尊重。大多数族人对她的评价是——真像一个人族。这也许不算贬义，但从根本上讲，这种评价让她再无继承天氏的可能。

天青珞很不服气，她觉得这种理由实在无法理解。但她的父亲曾经语重心长地说过：正因为你无法理解这种理由，所以才不像一个羽人。

“像人族”的天青珞得不到羽族认同，便很好奇人族怎么看自己。就这件事，她曾经私下问过连牧桓，自己是个什么样的女人。

结果连牧桓很诚恳地问：“你……是女人?”

——可以想见，当父亲天誉衡将连牧桓塞给她当助手的时候，她心态是何等的崩溃。

但连牧桓确实有本事。开拓新航路的事情才交代下来，他就已经条分缕析地整理好所有资料，仿佛亲身到过溯冰海域，并且居住了多年似的。当然连牧桓也提醒过，资料这种东西，永远只是参考，一切还要亲身体验才能作数。

尽管如此，天青珞还是将这些资料读了再读，吃透在脑子里。是以她明确地知道，溯冰海域确实有海盗，但这些海盗大抵来自九州，实力都很一般。而在九州，海盗看到天氏的旗帜通常退避三舍。

所以，当听到属下报告有海盗的时候，天青珞当真是极为意外。

“哈！让我看看谁这么不开眼！”天青珞兴奋起来。舰队交锋，与海盗拼杀！还有什么比这更刺激的吗？一个多月的平淡无奇的航程，早把她憋坏了！

天青珞飞一样冲向甲板边缘，扶着船舷向海面上看，立刻目瞪口呆，“呃……那是……什么玩意儿？”

第一眼，是巨大的风帆。它大得不像话，和下面窄小消瘦的船体不成比例。并且，这面风帆处处都是补丁，简直像穷人家里传了三代的破衣裳！

第二眼，乌黑的船体东一块西一条镶着白色，就像一块被狗啃过的骨头，木炭里掺着石灰——这根本不是船，而是一块漂浮的垃圾！它似乎应该直接开到木匠作坊去！

“海盗？”天青珞简直气乐了，用手指着，“我的个天！乞丐都比他们体面！”

“但他们升起了海盗旗，这就意味着死战。”莫隐在一旁说。

天青珞看到了旗帜。它挂在桅杆上，和风帆一同起舞。距离还远，图案有些看不清楚，但明显是黑色的。

在海上，只有海盗才会选择黑旗。

"他们有什么底气来挑衅我们？"天青珞双手抱胸，百思不得其解，"这艘破船能漂在海上我都觉得是个奇迹？……"

"我倒是佩服他们敢向舰队冲锋的胆量。"连牧桓说。

"或许吧。"天青珞毫无形象地伸了个懒腰，然后说，"连牧桓，你知道，我当年对海盗这个职业充满了憧憬。"

"你确实干过。"连牧桓点点头，"而且劫持的是自家商船。家主为此发布了悬赏，真相大白后，又不得不用十倍的价钱摆平了所有接了悬赏令的人。"

初次听闻这件事的管事们都目瞪口呆。

"所以！"天青珞瞪了他一眼，气哼哼地指着那条怪模怪样的海盗船，"像这种垃圾，简直是在侮辱海盗这个职业！莫头领！"

"在！"

"让它从我眼前消失！"

"是！"

莫隐一甩红色长袍，走向侧船的炮位。作为天氏倾力打造的巨舰，"飞云号"简直武装到了牙齿。船舷两侧都装有十几架巨大的弩炮，精钢制成的弓臂有杯口粗细，弓弦由数根雪白的牛筋缠绕而成。这种弩炮只能用绞索来上弦，每一根弩箭都能在五百步外洞穿三寸厚的船板。

炮手们早已准备就位。莫隐举起手，准备发出命令。

"等一下。"

连牧桓走到船舷前，盯着那艘正在迅速接近的怪船。

"为什么不问一问？"

"问什么？"天青珞皱眉。

"就你刚才说的，他们有什么底气来挑衅我们？"连牧桓顿了顿，"莫头领，这边有什么特殊的风俗吗？"

“我说不上来。”莫隐摇摇头，“都离开三十年了，早就物是人非了。”

“原来如此。”连牧桓点点头，“不过莫头领，如果你能知道些什么，还要多提点一些。毕竟只有你对这里最熟悉——本来还有个刘老三，偏偏在这时候死了。”

“你什么意思?”莫隐愕然。

“莫头领别多想。”连牧桓摆手，“我都说了那是意外，又没咬定是你杀的人。”

莫隐没说话，慢慢沉下脸。

“连牧桓!”天青珞的声音响起。连牧桓回头，看到天青珞面色不豫，正歪着脑袋瞧自己。

“嗯?”

“我发现你总喜欢跟我作对啊。”天青珞皱眉，“我说要击沉那艘船，你是不是打算反着来?”

“我只是提出合理建议。”

“谢谢，我不接受!”天青珞撂下一句话，转而对莫隐道，“莫头领，你还愣着干什么!”

“是!”

莫隐扫了一眼连牧桓。这眼神有挑衅的意味，却被隐藏得很好。他转过身，那艘怪船更近了，甚至可以看到桅杆上，有个明显带着河络特征的少年海盗，正在给旗帜加固。黑旗在剧烈抖动，导致看不清上面的图案。但莫隐却知道，那一定是金色的乌鸦，下面踩着一把长刀。

他就是知道。从看到那艘船的第一眼。那艘船……

“早该结束了。”莫隐自言自语。随即，他举起手，发出命令：“击沉他们!”

“飞云号”，连同周围的几艘巨舰，同时扬起了弩炮。巨大而锋利的弩箭闪闪发光，对准了海盗船。

绞索摇动。巨大的力量随着牛筋绷紧。一切蓄势待发。

第十章

“蠢货！还不行吗？”

段思成仰头看着桅杆，因为恐惧，他浑身都在发抖。他叫嚷着：“骨头，你再不把那破旗摘下来，我们都要完蛋了！”

“我做不到！”骨头几乎要哭了。因为紧张，绳结被他扯得越来越紧，成了一个死扣。如果在平时，比这复杂一倍的绳结也不在话下。而现在……看看那双手吧，哪怕端着半碗水都会被抖个干净。

更糟糕的是，在骨头的摆弄下，象征海盗王的黑旗整个卷在了桅杆顶端，恐怕把绳子解开也没办法降下来。

“我真的不行啊！”骨头真的哭了。

“废物！谁他妈系上去的？不是你吗！”段思成气急败坏。

“是你让我挂的呀，船长！”骨头委屈。

对，这个命令是我下的。我简直昏了头！段思成反省自己的错误，下一次一定看清楚再说！但下一次？段思成看到对面，缓缓移动的巨大弩炮，开始怀疑自己是否还有“下一次”了。

“我想起一个笑话。”老瞎在一旁不紧不慢地说，“两个猎人上山打猎，却被狼群包围了。有个猎人吓得尿了裤子，另一个……嗯，你猜他怎么说？”

“怎么说？”

“伙计，我们要发财了！”才一说完，老瞎就不可抑制地哈哈大笑起来。但没人凑趣，所有人早就吓得麻木了。哪怕是段思成，也没兴起一点儿被嘲讽的羞恼，他满脑子都是三个字：怎么办？

“我和你说过，下赌注时要看清楚。”老瞎收住了笑，慢条斯理地说着，看上去一点儿也不着急。

段思成没工夫理会，继续冲手下们大喊：“再上去几个！去帮他！”

但这些临时海盗没一个顶用的。他们此前不过是一群混吃等死的码头工，能把“远方号”开出来已经算是奇迹。面对这样一支庞大舰队，一个个面色如土，双腿抖成了面条。黑山倒是不知道害怕，可他那个体型……再缩水两圈也爬不上桅杆！

“老瞎！”段思成转过头，一把揪住老瞎，“你是真正的海盗，你在这艘船上干过！快想想办法！”

“我从没爬过桅杆。当年，我是白刃手。我的一只眼睛就是这么没的，但对方丢了一条命。”老瞎说。

“我知道你赚了！”段思成大声说，“别说过去的事儿了！说说现在！”

“你已经把赌注丢出去了。这一局离不了场。”老瞎从牙缝里露出笑容，“为什么不试试，赌一把大的？”

“你疯了？”

“你爷爷当年干过更疯狂的事情。”

“对！所以他死了！”段思成绝望了。他扔下老瞎，奔向桅杆。黑山像半截铁塔一样戳在那里，脸上带着不明所以的神情。段思成从桅杆上一把揪出操纵风帆的绳索，塞到黑山手里。

“黑山，你来操帆！”他大吼。

操纵风帆是一件很麻烦的事情。需要多名操帆手爬上爬下，随时调整。段思成找不出那么多人才，干脆把主意打在黑山身上。这家伙力气大极了，只需要几根绳子，就能把风帆像玩具一样扯来扯去。

一个来月的时间，段思成一直训练黑山干这件事。不过，一个真正的操帆手可不是容易练成的，何况黑山脑筋慢得要命。

如果有可能，段思成绝不想让黑山现在就进入角色。可惜的是，他别无选择。

“听着！我们要调整风帆的角度！”他扯着嗓子大吼，“用力拉这根绳子！用力拉！我知道你能行！”

黑山点点头。

这家伙到底有没有听懂？段思成有些狐疑。但没时间了，他拔腿奔向舵轮室。进入舱门的一瞬间，他回头看了一眼老瞎。

那个壮年汉子正固执地站在船头。他面向庞大的舰队，扬起了手中的钢刀。阳光在刀刃上闪烁，刺得人眼睛生疼。

简直是疯了。段思成想着，冲进了船舱。

全权负责这场战争——或者叫清理——的莫隐看到了老瞎。他的眼角抽动一下，眼神露出一丝阴霾。

一名年轻的护卫官凑过来，说道：“那人在向我们搦战。”

“给他一炮。”莫隐说。

护卫官有些迟疑，但还是向弩炮手走去。他吩咐了一下，弩炮手应命。寒光闪闪的炮口对准老瞎，随着两艘船越来越近的距离，命中的可能正在迅速提高。

“放！”

嗡的一声！

牛筋积蓄的力量释放出去。粗如手臂的弩箭飞出炮口，在四根平衡尾翼的帮助下，高速旋转，朝着“远方号”扑去！

噗！

弩箭刺入海面，激起的水花甚至不能打湿“远方号”的船舷。老瞎动也没动，看上去就像一尊船首像。

“他是在鄙视我们？”“飞云号”的弩炮手问。

“他从一开始就在这样做！”护卫官愤怒，“瞄准点，傻瓜！”

“您知道，打不中是正常的。”虽然这样说，弩炮手还是和他的同伴们缠绕绞索，给牛筋上弦，又在炮口里塞入一根新的钢弩。

正前方，相隔大约一百丈的距离，“远方号”依旧在与“飞云号”高速对冲，仿佛一头发怒的公牛。

距离越来越近。但弩炮手和护卫官都知道，这并不足以让弩箭命中老瞎，甚至命中“远方号”那尖锐的船首都有些困难。

海上的炮击，从来都是听天由命。

“我觉得，不如让那艘破船撞过来。它肯定会散架。”弩炮手耸耸肩，按动了机簧。

又一声牛筋震颤。

或许是命运安排，弩箭笔直地朝老瞎飞过去。强大的动能，让它瞬间跨越百丈的距离，寒光映亮了老瞎的面孔。

老瞎依旧没动。

弩箭擦着他的面颊飞掠过去，又跨过狭长的船体，和一处舱壁迎面撞击！

木屑纷飞！

断裂的声音炸开。弩箭深深刺入舱壁，只留下一小段尾巴在微微颤动。

老瞎终于有了表情。他嘴角弯了弯，似乎是个嘲讽的笑。

段思成差点儿哭了。

舵轮室内，透过舱壁的弩箭伸出尖刺，正顶着他的喉咙。时间仿佛凝固了，段思成感受着冰冷的杀意，双腿一软，坐倒在地上。

好险!

如果舵轮室的舱壁没那么坚固，如果距离再近一点儿，如果……总而言之，各种巧合导致段思成捡回一条命。

恐惧沿着脊椎爬上来，浑身酥软，冷汗顷刻打湿了内衫。牛筋震颤的声音隐隐传来，宛如死神的催命符。

“拉绳子！你们这群混蛋!”段思成歇斯底里地大叫。

然后，他跳起来，用尽全身的力气，转动了舵轮!

“我们得向这群人致敬。”“飞云号”上，年轻护卫官严肃地说，“哪怕真是疯子，也疯得让人佩服。”

“最高的敬意就是让他们死得其所。”莫隐阴沉着脸，“协同攻击！去发旗语!”

护卫官点了点头，向信号兵下了命令。那是一名身体轻盈的羽族战士，他很快爬上了桅杆，挥舞起一红一蓝两面旗帜。

旗帜交替，传达出旗舰的意志。

在飞云号左右，担任护航的清风号，以及另外一艘战舰，微微侧过船体，展现出船舷上十几门弩炮。

舰队变换了队形，宛如一个三面合围的口袋。算上“飞云号”，足有将近三十门弩炮，对准了“远方号”。

不需要太多，只需命中几炮，“远方号”那削薄的船体就会被洞穿，或者干脆断成两截。舰队上下都这么想，包括天青珞。

她一直站在船头，迷惑不解地看着“远方号”的找死行为。即便她再怎么冥思苦想，也无法把这份疯狂解读清楚。

难不成，对方认错了人？天青珞只能这么想。她看过连牧桓给出的资料，知道一些九州商会和溯冰海域本地人的矛盾和摩擦。

但究竟是何种的深仇大恨，才会促成现在的行为？

没错。天青珞永远想不到，一帮新手海盗究竟能有多业余，多愚蠢。

也许应该停止攻击，把那条船俘虏，调查一下？这个念头刚刚从天青珞心底浮现，却已经来不及了。

嗡嗡嗡……

连绵不绝的弓弦震颤声，几十支弩箭从炮口飞出，宛若一道道极电，向“远方号”前进的方向笼罩。

晚了！天青珞皱起眉头。按照那艘破船的前进速度，必定会被穿刺成一种浑身是孔的食品。

突然之间！

“远方号”的风帆猛地转向。船体打了个哆嗦，巨大的惯性让它向一侧歪斜，左舷几乎贴到了海面！海水即将灌入甲板那一刻，它又猛然从海水中弹起，转了个无法想象的直角，改变了自己的命运。

所有弩箭射入大海，激起了漫天水花。“远方号”从水雾中钻出，义无反顾地向“清风号”扑去！

撞击即将发生！

“这船……”

天青珞惊呆了。尽管在她眼里，“远方号”仍是一堆垃圾，但也必须承认，它是一堆坚固的垃圾。

而“远方号”上的操船手，定然是个经验丰富，驾船技艺纯熟无比的亡命徒！

“不好！”天青珞惊叫起来。一个念头浮现出来——上当了！对方的目标一开始就不是我们！

——这是一条针对“清风号”的火攻船！

“清风号”是一艘隼型武装商船，比“飞云号”小，但更加灵活凶猛。“飞云号”诞生前，这种船型是天氏商会的主力。当“飞云号”服役之后，它的地位依旧没有改变。

“飞云号”确实强大，它的设计师甚至说过这样一句话：天氏只要一艘“飞云号”就足够了。最开始，人们都以为这是志得意满的浑话，但后来才明白，它是至理名言。

但这条船的造价太高了，维护成本也骇人听闻。隼型船就好多了，成本适当，能装货，能海战，十足的万金油。别看和“飞云号”比起来有些不起眼，实际上，它足以与任何一族的战舰周旋。

此时此刻，这艘威猛的大船正在受到威胁。“清风号”高耸的船长室内，天青柏的目光显得有些沉郁。

撞击即将在下一刻发生，但他目不交睫。

天青柏是天青珞的族叔，少年时就加入天氏商会的护卫队，跟着商会筚路蓝缕，至今已经三十多年。他身经百战，威望卓著，很能压得住场面。出海之后，他顺理成章地成为了整个舰队的副督，权力仅次于天青珞。

三十多年来，天青柏见过太多生死，已把自己修炼成一块石头。哪怕天塌下来，也休想让他皱一皱眉。

他知道危机即将来临，却依旧沉静如水。他用余光看到，一个身披斗篷的羽族人正在“清风号”的甲板上施法。

那是秘术营的人。

反应很快，危机解除了。天青柏想。

随着那名秘术营的羽族人画出最后一个印记，偌大的“清风号”猛地一震。一瞬间，白色的光芒在船体上绽放，星脉的力量牵引着它，以不符合常理的速度，瞬间前移了十丈！

那艘破烂怪船擦着“清风号”的船尾掠过，并未达成撞击的目的。

双方交错，恼羞成怒的“清风号”将一排排弩炮对准了那艘船，绞索上弦的声音吱吱嘎嘎，连成一片。

“射穿它！”天青柏冷冷地下令！

嗡！

无数弩箭，向着“远方号”激射过去！

第十一章

“黑山！你这只蠢猪！不，你比猪还不如！”

甲板上回荡着段思成绝望的吼叫。就在“远方号”即将与“清风号”相撞的时刻，这声音达到了高潮。

所有人都在恐惧地等待撞击。除了老瞎——他死死盯着“清风号”如山一般的船舷，似乎在等待一场期待已久的接舷战。

当“清风号”以一种无比诡异的方式进行了规避后，段思成浑身的冷汗才算正式冒出来——不久前，死亡的恐惧封闭了他的毛孔。

太糟糕了！

事实上，他是个操船的老手。而那个巨人一样的操帆手——黑山，起码也紧急培训了一个月。他觉得黑山不算外行，但配合出现了大问题。这就导致“远方号”并未按照段思成的心意转向，反而朝着“清风号”撞击。

危机感尚未过去，段思成就听到头顶上传来一阵嘎嘎的搅动声。船舷高大的“清风号”居高临下，所有弩炮对准了近在咫尺的“远方号”。

根本不用眼睛，段思成就知道发生了什么。他再次拼命向右转动舵轮，同时大喊："尾帆落！主帆左转！"

甲板上的海盗听到了段思成的命令。

"主帆左转！"黑山瓮声瓮气地重复。

他考虑了一下，发现自己实在分不清左右。然后，黑山自作主张、听天由命地，向右边狠狠一扯！

段思成的命令被完美地……

反转了。

主帆刷的一下，向右侧转动！风帆与船舵互拖后腿，两种截然相反的力量作用在了船体上！

咔咔咔……

狭长的船体发出不堪重负的呻吟，听上去是那样毛骨悚然。"远方号"仿佛一条发了神经的鱼，突然愣了一下，然后抽风一样扭动身体。它毫无道理地在海面上平移了六七丈，代价是几块修补的木板崩飞出去。

噗噗噗……

一连串的声响。万无一失的弩箭落空了。"清风号"的弩炮手们目瞪口呆。他们不该自责，正常人无法和疯子比赛思路上的天马行空。

"那艘船呢！"船长室里，天青柏瞳孔陡然一凝。漫天水花散去后，他再也看不到"远方号"的踪影。

"飞云号"船头。

天青珞看得很清楚。那艘奇怪的船用一种不可思议的行动方式，躲到了"清风号"的船尾处。它以"清风号"为掩体，抵挡着所有可能射来的弩箭。

"怎么可能！"天青珞几乎趴在船舷上，一双眼睛瞪得大大的。

她侧头看了一眼连牧桓，“我眼花了？”

“没有。”

“这你能做到？”

“不能。”

“人才啊。”天青珞眯着眼睛，死死盯着“远方号”。此时此刻，她的好奇心空前旺盛，很想看一看操船者的庐山真面目。

“我觉得他们要逃了。”连牧桓说。

“他们会逃？”天青珞一愣。

天青珞已经把“远方号”认成一条火攻船。现在的状况是：“清风号”已经陷入了危机，那艘破船太狡猾，距离又那么近！她能够想象那个场景——火焰从“清风号”船尾蔓延，那是难以扑灭的、火油形成的火焰。战士们前仆后继，用生命去阻止大火……

所以，他们怎么可能会逃？

“这不可能……”

天青珞的话只说了半截。她怔怔地看着，那艘花里胡哨的怪船，经过一番摇晃之后，开始笔直地朝一个方向驶去。巨大的风帆鼓荡，仿佛是就要吹炸的气球。它的速度越来越快，转瞬间已经窜出了几十丈的距离……

“你瞧。”连牧桓得意地摊摊手。

真的要跑！

已经取得了绝佳的机会，为什么要跑？天青珞百思不得其解。“远方号”鼓荡的风帆剧烈抖动，船体以肉眼可见的速度在缩小。就在此时，纠缠在桅杆顶端的黑色旗帜终于被狂风扯开，刷的一下抖露出来。

黑色的旗帜，金色的乌鸦抓着一柄长刀！

“我的天！那旗帜！”天青珞瞪大眼睛。

“什么?”

“那是海盗王的船!”天青珞兴奋得仿佛得到新玩具的孩子，大叫，“你看啊！那是冰海之王的旗帜！你知道这意味着什么?”

“什么?”

“宝藏！那个岛！你还记得我说过的吗？那个堆满了黄金的岛屿，它……”天青珞的话突然被一个声音打断。

“少主……”

莫隐走了过来。他行了个礼，然后指着海面上越跑越远的那条帆船说：“我们不能让他们这样跑掉。那条船很快，可以在视线外远远跟着我们。再过两个对时天就黑了，如果他们搞什么小动作，咱们会很麻烦。”

“你的意思是?”

“若用秘术，我们的船短时间内追得上。”莫隐说，“让‘清风号’追上去，再加上‘飞云号’……”

“然后呢?”

“再用弩炮！我不信他们还有这么好的运气!”

莫隐说得激昂，却发现天青珞无动于衷。他微微一怔，不明白这位少主的意思。连牧桓在一旁摇头，“我看他们未必敢回来。咱们初到这片海域，没必要节外生枝。说到底，咱们是要做生意，不是剿灭海盗。”

“这话不对……”莫隐还要再说，天青珞却摆手打断。

“别杀人。但这群海盗也不能放过。”天青珞反驳了莫隐的话，却也没认同连牧桓。她盯着那艘远去的帆船，舔舔嘴唇。“这么有意思的事儿，怎么能放过呢?”

她一面说，一面朝着船舷走去。

“你……”连牧桓想要阻止。

但天青珞已经走到甲板一侧。船舷有半人高，她轻轻一跃立在上面。脚下是滔滔的海水，整个人如柳枝轻摇。

她纵身一跃！

光芒闪烁！

宛若夏夜的萤火虫，晶莹的光芒聚集，在天青珞后背上，形成一双巨大的白色羽翼！羽翼一振，道道流光洒落在海面，天青珞已经冲上了半空！

一道。

又一道。

不断有光芒升起、绽放，仿佛庆典时的烟火。十三名手持长弓的羽人相继跃上半空，他们盘旋着，洁白的翅膀甚至让阳光失去了光辉。

天青珞伸手一指，用清澈的声音宣布——

“羽哨！出发！”

段思成踉踉跄跄地从舵轮室里走出来。

天在旋转，甲板在发软。段思成想起了小时候，他第一次偷喝父亲的酒。他整整喝了一瓶，摇晃了两个时辰，吐了三天。此后的每一天，都是在这种感觉中度过的。

这一点儿也不让人怀念。

整艘船都乱了套。段思成看到了骨头。那个可怜的年轻人倒挂在桅杆上，一根绳子缠住了他的脚踝。真是个幸运的家伙，不少瞭望手都直接摔断了脖子。但骨头一点儿也不觉得自己幸运，他像个大号风筝一样摆来摆去，悲惨地呼救。

但没人理会。海盗们都趴在甲板上，不顾一切地呕吐。最凶的是黑山，在海上，巨大的块头儿带来了更多的磨难。

唯一完好的是老瞎。他像棵大树一样扎根在船头。也不知他是如何在之前的可怕晃动中保持平衡的。

“真是可惜。”看到段思成，老瞎低声笑起来，“我们居然错过了。如果你愿意，我们可以马上掉头，朝他们再冲一次!”

段思成这才发现，不知何时，也不知为什么，“远方号”已经脱离了那个可怕的舰队，而且越跑越快。

太好了!

段思成打心眼里庆幸。至于老瞎的建议，他表示完全没听到。他现在唯一的想法就是远远离开这个是非之地。海盗是一种技术性职业，理应由浅入深，由易到难。

他眺望着那支舰队。每一艘巨舰上都飘扬着旗帜，上面绘制着从未见过的图案。直到此时，段思成才有工夫琢磨，这支舰队是从哪里突然冒出来的？他们又打算干什么？

段思成可以肯定，这绝不是溯冰海域的势力。他们也许是一群匆匆过客，也许是打算在此站稳跟脚。如果是后者，他从现在就要下点儿功夫，研究对方的动向。毕竟，这样一支舰队存在，对于海盗来说，绝不是什么美妙的事情……

正这么想着，段思成突然愣住了。

他揉揉眼睛，看到大片晶莹的羽翼遮蔽了太阳。有那么一刻，他什么都看不到，光芒和恐惧刺痛了他的瞳孔。他呆呆地望着，无法相信这是真实。

“他们在飞!”段思成瞠目结舌，“他们……在飞!”

他没有看错。

十四名羽人掠过海空，宛若一群白色的大鸟。“远方号”再快，也快不过天上的飞鸟。顷刻之间，段思成已然能够看到羽人们手中弓矢的闪光。

“他们是永翼岛的人!”段思成如梦初醒。

“不！不是的！”不知什么时候，一名羽族血统的海盗爬了起来。他用一种朝圣的目光，看着天空中的羽人。

“至羽……”羽族海盗喃喃着，“他们是至羽……”

“什么至羽?!”段思成揪着他的衣领，恶狠狠地摇晃。

“他们就是……”羽族海盗吟诵诗歌一般，“至羽是羽族的守卫，双月力量的赐福，他们战无不胜，他们……”

“够了!”段思成怒吼着，一把将羽族海盗推倒!

够了!

他不想再听这种动摇军心的丧气话！但有些晚了，段思成懊悔。他看到了海盗们眼神里的动摇。没人愿意与这种来自于传说中的、看上去不可战胜的敌人交战。

唯有一个例外……

“战无不胜？真有意思!”老瞎舔着嘴唇，仿佛见到了一顿美餐。他把钢刀横在胸前，仰头凝视。

嗖!

一支白色的羽箭从天空泻落!

它如闪电一般，掠过段思成的面颊，深深钉入木头甲板！洁白的尾羽在颤动，仿佛风中的蒲公英。

段思成僵立不动。他轻轻地、轻轻地，用手指抹过面颊，看到指肚沾染的一丝血痕。他瞧了瞧浑身都是战意的老瞎，又瞧了瞧天空。那里，羽族们正纷纷将长弓挽起。

“你们……”段思成疑惑，“射错人了吧?”

回答他的，又是三支羽箭。

头顶发髻崩散，两只耳垂火辣辣疼痛。段思成捂着脑袋，看到为首的那个羽族少女，正居高临下地，用颇感有趣的目光看着他。

去他妈的有趣!

“我投降。”段思成说。

“你疯了！”没等对方回答，老瞎子猛然扭头盯着他，“你要是再敢侮辱你的血脉，我就一刀砍了你！”

“我是船长！”

“从说出投降那两个字，你就不配了！”

“那好吧。”段思成点点头，“其实你说得对，我不该这样做。来，你看看天上，其实我有办法兵不血刃。”

老瞎抬头看。

砰！

段思成抄起一根棍子，从后面打晕了老瞎。

“我们投降。”段思成再次说。

第十二章

我是谁？我在哪儿？谁他妈在打我？

老瞎倏然睁开眼，翻身跳起来。四周昏暗，一人多高的地方有一扇小窗。阳光呈柱状射入，无数灰尘在阳光中舞动。有那么一会儿，老瞎子只看到这些东西，随即眼睛才慢慢适应过来。

“你自己跌倒了。”段思成的声音从背后传来，“后脑勺撞到了甲板。”

老瞎转过身，看到了段思成。段思成靠坐在墙角，百无聊赖地望着头顶。不光是他，其他海盗都在这儿，显得有些挤。

“你敢偷袭我！”老瞎可没那么傻。他想起了之前的事情，包括脑后那一记闷棍。有那么一刻，他真想一刀把这混蛋宰了，伸手却摸了个空。

“你的刀被扔在船上了。”段思成说。

“别以为我空手就不能揍你！”老瞎一把揪住段思成的衣领，把他提起来，狠狠撞在墙壁上，“贪生怕死的混蛋！”

段思成后背剧痛，眼前一阵发黑。等他清醒过来，发现自己已然被老瞎掐着脖子抵在墙壁上。

海盗们惊讶地看着两名头领在内讧。

“松……手！”段思成用力掰扯那只钢钩般的手掌，但毫无用处。他从喉咙里挤出声音：“你……要憋死……我了……”

“我真想这么干。”老瞎瞪了他片刻，慢慢松开手。

段思成大口喘气。时至今日，他越来越后悔把老瞎带上船。他本想借重对方的经验，谁知老瞎的脾气如此暴烈，和他印象中的完全不一样。

第一次见到老瞎时，段思成才八岁。可能是个傍晚，或者黎明……段思成记不清楚了……总之天光昏暗。当时段思成正在院子里玩，一个陌生人推门而入，用那只狰狞的眼睛凝视着他。段思成被吓坏了，哭了很久。

那人就是老瞎。当时还是个年轻人，不像现在这样鬓角露出了风霜。段思成还清晰地记得，老瞎被他哭得手足无措，掏出了一把铜镏给他买糖。段思成高兴坏了，拿着钱奔出了家门。

然后他就记得，那天真的买到了糖，真的很甜。

自那以后，段思成记住了这个人。在他印象里，这个看上去恐怖凶恶的家伙，其实是个好人。段思成总想再次制造一次邂逅，再故意装作吓哭的样子，看看老瞎能不能掏出更多的铜镏来。可惜的是，竟再也没了机会。

老瞎当然还是常来，可总是偷偷摸摸，大概是故意躲着段思成。段思成偷听过那么多次父亲和老瞎的谈话，其实也是被迫的——他还是想从老瞎手里得到零花钱。

段思成渐渐长大，明白了老瞎的意图。他想劝父亲出海，重新扯起海盗王的旗帜。但无论老瞎怎么说，收获的永远是失望。

老瞎离开的时候，总是很颓唐。这让段思成有些不忍，设计好的“邂逅再吓哭”的套路就不好意思拿出来用。一来二去，段思成长大了，这种套路也就彻底过时。

段思成还记得，他定下用“远方号”出海的念头时，第一时间就想到了老瞎。这未尝没有一种替父亲补偿的心态。段思成觉得老瞎有点儿可怜，是个好人，自己应该帮他圆梦……

我真是个傻瓜！

段思成骂着自己。他渐渐喘匀了气，看着老瞎说：“说真话，我有点儿后悔了。没想到你是这样一个人。”

老瞎嗤笑。“你这话说得像个女人。”

“男人就该冲上来和你决斗，是不是？你满脑子就是这个！”段思成气坏了，怒道，“对，在船上是我打晕了你。但我要不这么做，你会连累到所有人，大家都要沉到海底喂鱼！”

“放屁！你以为我打不过他们？”

“你以为你打得过？”段思成瞪大眼睛，好像看到一个神经病，“你真有这么厉害，这只眼睛怎么瞎的？”

提到这个，老瞎顿时沉默了。段思成以为自己击中了他的要害，但老瞎看上去并没有消沉的样子。

隔了一会儿，老瞎冷笑起来。“那你觉得现在很好？知道别人怎么对付海盗吗？他们会把你吊在桅杆上，直到你变成一块风干的腊肉。在海鸟把你吃干净之前，他们会再把你剩下的部分扔进海里，引来一大群鲨鱼。”

听着他的话，骨头的脸色越来越白。他用力咬着牙，发出咯咯的打颤声。黑山伸出手，大概想安慰他，比如拍拍肩膀什么的。但黑山瞄了一下骨头的个头儿，犹豫着停下来。

他担心一巴掌把骨头拍死。

“不可能。”段思成说，“真要杀我们，早动手了。我猜，他们会想和我们谈一谈。”

“谈什么?”

“总之有的谈。”

老瞎摇摇头。“你在赌博。而且你已经输了一回。”

“不，我赌赢了。”段思成反驳，“从我说投降那时起，我赌赢了！他们没杀人，我们还活着!”

“赢了?”老瞎突然大笑起来，“你输掉了‘远方号’，把大家变成了俘虏，居然说自己赢了？哈哈哈……”

牢房不大，老瞎的笑声震耳欲聋。段思成面无表情，就那么看着老瞎。过了片刻，老瞎慢慢止住笑。

“好吧。”他说，“算你勉强捞了一笔，可惜远远不够回本。”

段思成没说话。但老瞎从他的眼中看到了火光，那不是愤怒，而是一种生命燃烧般的光彩。

“这一局还没结束。”段思成说。

轮到老瞎沉默了。

没结束，就意味着要继续赌下去。赌什么？没了船，没了自由，还有什么？其他海盗们听不懂，老瞎却明白。赌命！自己的，以及所有海盗的命。

老瞎瞧着他，一时不知该说什么。就在这时，牢门突然发出咯咯的声音，有人在开锁。所有海盗倏然望向牢门。

牢门打开了。

外面进来三个人。打头的男子三十来岁，四方脸，鼻头有些大，穿着一身发亮的鳞甲，里面衬着褐色的软袍。

在他身后，跟着两名战士。穿着形制相同的皮甲，上面镶着暗黑色的甲叶。其中一人是羽族，显得风姿挺拔。另外一个人就差多了，人族永远没法跟羽族比卖相。

为首的男子扫视一眼，目光狠厉。段思成注意到，那人始终按着腰间的短剑，不知是为了威吓还是缺乏安全感。

海盗们一动不动，都挺老实。他们毕竟是新手，还没历练成无法无天的亡命徒。老瞎也没动，但眼睛总在那人腰间打量，似乎想伺机夺剑。

段思成朝前跨了一步，把老瞎挡在后面。

“你们谁是头儿？”为首的男子问道。

“我。”段思成说。

那人打量着段思成，段思成也在打量他。这位是个人族，脸上带着傲慢，看上去不大好打交道。

“怎么称呼？”段思成补充。

“你没必要知道。”对方的语气不太友善，“跟我走。”

“好。”段思成点点头。不管对方什么态度，他目前都没有拒绝的余地。他回头看了一眼海盗们，最后把目光落在老瞎身上。

老瞎神情严峻。

我会赢的。段思成心里说。

一转身，随着战士出了门。牢门发出沉重的声音，紧紧关闭。

牢房内陷入一阵沉默。但老瞎明显感觉到，沉默中孕育着不安。段思成被带走，是一个信号，所有人都在忐忑中等待命运的宣判。

太可笑了。老瞎想。海盗从来不会把命运寄托在别人手上。

老瞎走到牢房门口。这是用精铁打造的牢门，两侧是一尺多厚的木头舱壁。他伸手敲了敲，发出类似金属一般的声响。

很棒的船材，比起铁冷杉不遑多让。就算给他一把刀，恐怕一天一夜也砍不穿。老瞎抚摸着牢门。上面有个锁眼，大概一指粗细。他把手指捅进去，搅了搅，然后抽出来。

“骨头。”他扭头，“能打开它吗？”

“大副……”骨头怯生生地说，“我的专业是瞭望手……”

“放屁！”一名海盗愤怒地挥舞着拳头，“你偷了我的钱！”

“还有我的。”又一名海盗说。

“我也是。”

一名又一名海盗站出来揭发，让骨头脸色很不好看。他解释：“兄弟们，那是过去的事了。我在桅杆上趴了三天，想清楚了一件事。我要当一名堂堂正正的海盗！我要和过去做个告别，从此洗心革面……”

“都闭嘴！”老瞎吼了一声。海盗们都停下来，看着他。

“事情都过去了。”老瞎看着所有人，“谁再提过去的事，我就扭断他的脖子！”

海盗们不敢说话。老瞎的强势所有人都领教过。身为当年海盗王的下属，他本身就是个传奇。老瞎没显露过他的本事，但没人愿意试一试，他是否在吹牛。

“还有你！”老瞎盯着骨头，“撬开这扇门！”

“可是……”

“再说一句废话，我会揪掉你的脑袋！”

“我……”

听到老瞎的威胁，骨头立刻把要说的话吞进去。他认命地走到牢门前，盯着那个门锁。渐渐地，他的眼神变了，冒出某种专业性的自信。

“并不难。”他低声说，“只需要一根铁丝，不软不硬那种。但……”

“那东西你有。”老瞎冷冷地说。

“可就算能出去，怎么对付那些家伙？船上可都是对方的人！”

骨头有些犹豫，“大副，咱们这是送死……”

老瞎没说话，只是冷冷盯着他。骨头觉得浑身发寒，那目光比刀锋还锐利。老瞎把手伸入怀里，骨头吓得连连后退，后背撞在了舱壁上。

“救命……”骨头求饶的话没说完，突然愣住了。

老瞎的手中，躺着一枚金灿灿的金铢。他把金铢上下抛动，光芒闪花了骨头的眼睛。骨头贪婪地盯着，不错眼珠。

“打开门，它就是你的。”老瞎说。

骨头下意识咽了口唾沫，仿佛看到了一顿无上的美餐。他毫不犹豫地伸手在油腻腻的头发里摸索，抽出一根半尺长的铁丝来。他在手里弯了弯，柔韧性上佳。

“我知道我锁在箱子里的钱是怎么没的了……”一名海盗感慨。

骨头开始工作。海盗们盯着看，他们这才发现，那个瘦得像竹竿的青年，居然有一双非常漂亮的手。手指修长灵活，像弹琴一样跳动。那根铁丝钻进了锁眼，以一种奇异的节奏颤动着。

“我能打开它。”半晌之后，骨头低声说，“但需要时间。”

“干吧。”老瞎说。

段思成有点儿紧张。

他不知道自己要面对的是谁，也就无从设想对方的喜好。按原本的想法，这支突如其来的舰队或许需要一个地头蛇，只要搭上话，他就能展现自己的价值。无论将来怎样，至少能度过眼前的危机……

但原本想好的那些，从一出了牢门就变得不确定了。他越来越没把握，生怕自己办砸了。赌徒投注之前都这个样子，患得患失。

镇定一点儿。段思成对自己说。为了转移注意力，他开始打量这条走廊。这是第二次走，被押送进来的时候，他失魂落魄，没心情关注。

这条走廊不算长，大概有七八米。尽头是一扇木门，门上雕刻着荆花图案。这种浮雕船刻段思成也干过，但他知道自己的手艺远远比不上——他父亲的也不行。看看那流畅优美的线条，简直是大师风范。段思成考虑着能否把它弄下来偷走。

段思成的父亲就是个船匠。这些年来，他跟着父亲上过太多的船。在他看来，所有的船都大同小异，但“飞云号”不同，每个细节都让人叹为观止。

比如这荆花浮雕，光这条走廊上，就有四五处。以小见大，段思成简直没法想象，造这么一条船究竟要花多少钱。

穿过那扇门，是一条向上的木梯。木梯竟然是镂空的，花纹密密层层地盘绕，仿佛荆条编制而成。段思成立刻忘掉了荆花浮雕，他决定了，要偷就偷这个梯子。

他胡思乱想的工夫，已经走过了三个走廊，登上两条木梯。突然之间，为首的军官停住了脚步。他转过身，看着段思成身后。

这条走廊已经到了尽头，前面是第三段木梯。段思成能看到，天光从木梯上面的舱门透进来，能感到微风吹拂着面颊。上面就是甲板，但为什么不走了？段思成疑惑，顺着对方的目光转头看。

身后的那名人族士兵低声问：“李都管，就这里吗？”

为首的李都管点点头。“好了。”

羽族战士一脸莫名其妙，刚想询问。谁知李都管突然抽出短剑，狠狠刺出！噗的一声，锋利的剑刃贴着软甲的缝隙，直入左肋！

突如其来的剧痛令羽族战士面容扭曲，他瞪大眼睛，不可置信地盯着李都管。一声惨叫还没发出，就被身后的人族战士捂住了嘴巴。

啪嗒一声，尸体软软倒在地上。

段思成呆呆地看着眼前的一切。有那么一刻，他的大脑一片空白。他无法理解眼前发生了什么——敌人内讧？究竟为什么？又和自己有什么关系？

当他回过神来，就看到李都管抽出沾满血迹的短剑，一步步逼过来。

“我说……”段思成退了一步，后背撞上舱壁。他勉强露出笑容，“这事儿和我没关系，我什么都没看见。”

“和你有关系。”李都管淡淡地说，“少主实在太仁慈了，想让海盗改过自新。可结果呢？海盗头子不但想要逃走，还袭杀了一名卫兵。啧啧，真是顽冥不灵。”

段思成一时间没能理解。但下一刻，他几乎跳起来，指着李都管大骂：“你他妈的要栽赃！你他妈要杀人灭口！”

李都管摇摇头。“我是为同袍报仇。”

“去你妈的！你……”段思成提高了声音，但冰冷的剑锋点住了他的脖子。剑锋上还滴着血，红得吓人。

段思成的声音戛然而止。

“别自作聪明。”李都管看着他，“如果你想弄出点声音，我就立刻捅穿你的脖子。到时候死无对证，不会有人为一个海盗说话——你懂吗？”

段思成不敢点头，用眨眼表示赞同。

“这就对了。”李都管满意地笑着，“如果你真是一个义愤填膺的人物，当初就不会选择投降。你怕死，哪怕只为了多活一小会儿，也会乖乖地配合。”说完，他朝旁边的那个战士使了个眼色。

那个战士一把抓住段思成，粗暴地拉扯过去。靠近木梯，有一间敞开的舱室，段思成被推进去，李都管和那名战士跟着进来，关上了门。

舱室不大，里面摆着一只木桶，旁边还有一些布条，以及拖把。这是个杂物间，放的都是擦洗甲板的工具。

这个舱室没有窗子，关上门，立刻昏暗得可怕。李都管和另一名战士的脸沉入阴影中，看不出表情。恐惧像一块巨石，压得段思成胸口发闷。他深吸一口气，看着李都管——确切地说，是他手中的那把短剑。

“不用担心。”李都管似乎是笑了，却很瘆人，“这是你杀人的证据，不会用到你身上。看到那个桶了吗……”

段思成立刻看过去。木桶挺大，里面装满了水。它没什么稀奇，段思成的船上也有这种东西。天气好的时候，水手会把它抬到上面去，用来擦洗甲板。

但这毕竟是“飞云号”上的桶。桶壁上有一道道环形线条，这大概是为了防止打滑，但也挺好看的。这玩意儿要搬走，估计也能卖钱。

段思成有些纳闷，自己居然在想这个！

“你杀人之后，就打算跳海逃生。”李都管的声音从背后传来，“可惜啊，你大概是抽筋了，或者运气不好呛了水，总之把你捞上来的时候，已经死了。”

段思成面色大变！他想要大叫，另一名战士已经从背后反剪住他胳膊，然后把头按向桶里！

“呜……”

段思成的头扎入水中，声音顿时被淹没了。他拼命挣扎，好像一条钓上岸的鱼，力气大得可怕。但李都管随即上来帮忙，与那名战士一同按住他。

段思成挣脱不开，憋得眼冒金星。他挣扎的力气越来越弱，李都管松了口气，轻笑着说："不骗你，我会真的把你扔进海里，再捞上来。不会有人怀疑我，天衣无缝。"

为什么？

段思成想问，但他再没有机会问出来。

良久，段思成不再动弹。李都管把他拉出来，看到一张湿淋淋的、惨白的面孔。伸手探了探鼻息，点点头。

"他死了。"李都管说。

第十三章

莫隐拥有一间独立的舱室。

舱室很宽阔，装潢设计遵循了羽族的传统，华丽中带着别致，丝毫不显得庸俗。雕刻着云纹的舷窗打开了半扇，可以看到湛蓝的海面。

莫隐想着以前的事。三十年前，他还是个一文不名的逃难者，而今天已经成了天氏商会十分倚重的实权人物。

该满足了。有时候，他会这样对自己说。难道不是吗？又有几个人族，能在羽族体系中上升到这样的位置？

但这一切，被那个奇妙的发现改变了。

为什么要满足？

凭他的能力，仅仅只能当一个羽族商会里的护卫头领吗？放眼整个九州，不过蝼蚁一样的小人物，随便一根手指就能碾得粉碎。

或许不会有人来碾他，但谁会甘心一辈子当个蝼蚁呢？我明明可以……莫隐按着怦怦直跳的心脏，想了很多很多。

于是，莫隐开始了自己的谋划。一切都在按照他的预期发展，顺利得出奇。包括对付刘老三——这场无人能够破解的谋杀给他带来了巨大好处。但他没有想到，那条船却以一种猝不及防的姿态出现在面前。

三十年了。

他没能想到，那条船依旧存在。有那么一刻，他开始怀疑刘老三说得对，一切都是命运的安排。那条船在提醒自己，那些过去并不曾过去，它依旧存在，依旧会在某些时刻，成为黑暗中刺来的匕首。

那条船——莫隐刻意回避“远方号”这个名字——会暴露很多秘密。甚至会搞乱一切，让自己的谋划都化为泡影。

莫隐感受到了失败的威胁。但他并不甘心。如果这就是命运的匕首，那他现在要做的，就是把匕首夺下来，掰断，在无人知晓的情况下投入大海。让这个秘密永远在黑漆漆的海底沉睡。

莫隐一面想着这些，一面摩挲着纯白色雕花木椅的扶手。每当思考的时候，他习惯这样。出海数月，扶手已经变得光滑圆润。

突然，一阵脚步声传来。

门被推开。李都管急匆匆走进来。莫隐脸色平静，却下意识攥紧了扶手。他盯着对方，等待着。

李都管却迟迟没有开口。良久，莫隐沉声问：“怎么?”

“头领……”李都管迟疑良久，半跪下来，“属下无能。那人……逃了。”

“你说什么?”莫隐唰地站起来，盯着李都管，“你再说一遍!”

李都管不敢与他对视，低着头说：“本来……本来一切都是好的。我们设计闷死了那小子，可谁知……谁知往海里一扔，他又活了!”

说到这里，李都管喘了口气，脑袋突然灵活起来，忙补充道：

“请大人放心！便是那小子没死，也早被舰队抛得远远的。前后数百里都没个陆地，他早晚是个死！”

莫隐的注意力被一个词偏移了，皱起眉头。“那小子？”

“对啊。”李都管怔了怔，“那群海盗的头儿，不是个年轻人吗？”

“年轻人？”莫隐也愣住了，问道，“你没见到一个独眼龙？”

“见到了。”李都管迟疑道，“但……但他不是海盗头子。”

莫隐没说话。他已经意识到自己犯了什么错误。他想当然地认为，老瞎一定是这条船的船长——这本该是一定的！

他本该对李都管说得再明白些。但他做不到，这条船的掌控者是天青珞，还有那个连牧桓。莫隐没有太多操作空间，只来得及向李都管暗示一些东西。

可惜的是，这个暗示出了差错。误中副车，死的不是老瞎，而是……不，甚至那个不知名的船长都没死！

莫隐再次看向李都管，脸色十分糟糕。他一直觉得对方办事挺可靠，也是很早就投靠在自己身边的老人。当初莫隐拉着人族一脉的大旗，很是笼络了一些人，李都管是他很看好的一个。

没想到啊！

莫隐深深吸了口气，胸口憋闷得要死。李都管低着头，汗珠从额头上淌下来。他可是知道的，莫隐的脾气并没有看上去那么好。

“头领。”李都管不得不开口了，他尽量让自己镇定，“要不，我再去一次？”

“少主那边你怎么交代的？”莫隐问。

“属下还没有去复命……”

“糊涂！”莫隐一声怒喝，“你这是要陷我于何地？”

“属下偷偷来的，没人看到。”李都管赶忙说。

“船上就这么大，可不怎么保险。”莫隐哼了一声，“机会已失，你速去复命!”

李都管应了一声，刚要离开，就听莫隐道：“等等……要说什么，清楚吗?”

“头领放心。”李都管道，“之前就想好了，那海盗头子夺剑杀了一名同袍，然后跳海逃了。”

莫隐沉吟：“这样，怕是你要担待干系了。”

“为了头领效命，这些都不妨事的。”李都管说。

莫隐颜色稍霁，点点头。“去吧。”

李都管转身离开。莫隐慢慢坐回椅子上，用手摸索着扶手。他很是用力，在圆润光泽的木头上，划出一道道痕迹。

“王八蛋!”段思成抹了一把脸上的水，忍不住骂起来。

计划很完美，唯一不太好的是，“飞云号”船舷太高，拍进海里真的很疼。段思成小时候淘气，从悬崖上往海里扔过木桶。那个悬崖大概有几十丈高，木桶掉进海里直接变成了碎片。

值得庆幸，“飞云号”虽然是前所未见的大船，终究没高大到那个程度。另外一件该庆幸的事是，段思成从小就水性极佳，特别能憋气。要没有这一手，也没办法装死骗过那个什么李都管。

这都是不幸之中的万幸，但终归不幸居多。段思成熟悉这片海域，方圆几百里见不到岸，累死也游不到头。而且，就算是能逃，他能把一帮子部下扔下不管吗?

段思成做不到。虽然他可以带着大家赌命，但那也有自己一份。扔下大家独自逃生的事儿，他可干不出来。

这些念头，都只是一瞬之间。他看到“飞云号”巨大的身体以看似缓慢，实则极为迅捷的速度向前行驶，立刻拼命游了起来。

段思成游泳速度很快，从小就没输过。说实话，光从体力上讲，他作为一个海盗足够优秀。他双臂挥动，将海水朝两侧劈开，奋力向“飞云号”冲去。

“飞云号”的船舷高达十余丈，从上面望下去，段思成毫不起眼，仿佛一条在波涛中载浮载沉的游鱼。没人注意到他，就算看到也可能一眼掠过。这是好事，可惜段思成无暇庆幸，因为他发现即便自己竭尽全力，也无法追上这条大船。

段思成大口喘着气。冰冷的海水带走体温，让他愈加疲惫。手臂已经酸麻，胸腔仿佛压了一块巨石，越来越透不过气。他没有放弃，却距离飞云号越来越远。

“王八蛋啊……”段思成有些绝望地大骂。

突然，他的左手似乎碰到了什么东西。伸手一抓，竟然是一条铁链。段思成这才发现，“远方号”竟是被铁链拖曳在“飞云号”后面，只是“飞云号”太大，一直挡住了视角。他万分欣喜地抓住铁链，立刻被带得飞奔起来。

铁索粗如儿臂，又冰得很，难以抓牢。但段思成顾不上这些，死死攥住不肯松手。他听说有人犯了法，会被骏马在地上拖死。那滋味没尝过，但现在也差不离。海水撞击在身上，仿佛无数柄锤子在拼命地砸，疼得要命。段思成竭尽全力，把整个身子攀在铁索上，让海水从身体两侧流过，这才好受了一些。

段思成休息了好一会儿，才慢慢缓过气来。他必须行动，如果让身子凉下去，等待他的，就是变成一具攀在铁链上的枯骨。到时候除了吓人一跳之外，再也没有别的用处。段思成拼命向前爬，每前进一点儿都要竭尽全力。但他在给自己打气，起码比刚才好多了，终究在一点点接近。

大概过了一刻钟，他终于爬到了“飞云号”的尾部。那根铁索就挂在水线上三尺，往上是滑不留手的船体，根本没有可供攀援的地方。

段思成双手抓着铁索，半截身子浸入水中。此刻已经没了船尾的湍流，身子倒是稳了一些。他静静恢复体力，左右观察。段思成看到船舷左侧，有一个白荆花的雕饰，足有一人多高。他蜷起身体，整个挂上了铁索，然后扶着船身慢慢站直。

那个硕大的雕饰终究高了一些，段思成伸出手，还差几尺无法够到。他竭力伸手，突然大船微微一晃，段思成径直摔了下来。噗通落水，幸而又捞到了铁索。段思成在水中喘了口气，重新慢慢爬上去。

片刻后，他再次来到同样的位置。依旧无法够到雕饰，段思成知道，自己只有跳起来试试。如果在平时不算什么，但站在铁索上不好发力，万一失败了，恐怕真的要被这大船撇远，葬身在大海里。

也许应该回去。有一刻，段思成这么想。重新回到“远方号”上，想办法弄断铁索。他一个人也能勉强开走“远方号”，对方也不一定会追。他并不想死，他还没发成财，没尝过富足生活的滋味。

“娘的！我为什么要去救那群混蛋？”段思成骂了一声。

——他纵身一跃，扑向船舷的雕饰！

第十四章

“逃了？”

天青珞瞪大眼睛。

“是……”李都管低着头，舔了舔干涩的嘴唇。无论事前做了多少准备，面对天青珞这一刻，依旧感到莫大的压力。

“哈！”天青珞死死盯着李都管，那表情仿佛一只要吃人的老虎，“那个海盗头子，真是好本事啊。”

“属下……无能。”李都管只能这么说。

“是我的错。”天青珞咬着细白的牙，咯咯笑起来，“我竟然糊涂到以为你能办成点什么事儿！”

她单臂在条案上一撑，竟噌地越过去。李都管额头冒汗，生怕这个脾气暴烈的少主会一脚踹过来。但天青珞理都没理，径直从他身边走过。

雪一样的丝毯留下一个个足印，又一点点展平。李都管抬起头时，天青珞已经消失在门口。他刚要松口气，却发现连牧桓在一旁看着自己。那是一种不信任的目光，仿佛要把他看个通透。

李都管再次低头，大气都不敢出。

连牧桓却什么都没说，同样出了门。走到门外，就看到下一层的夹道中，天青珞的身影匆匆而过。

“羽哨。”连牧桓轻声说。

几个影子一样的武士悄然无声地出现，他们一言不发，跟在连牧桓背后。连牧桓加快脚步，向天青珞追去。

“飞云号”的格局宛若亭台楼阁。从最高处的船长室到甲板，要走过几条曲折的步道。阳光和阴影交错掠过天青珞的脸，她在怒气冲冲地行走。

“等一下!”连牧桓叫住她。

天青珞根本没等，但连牧桓紧走几步到了身边，看着她绷紧的侧脸问道：“你是在生气吗?”

“你觉得呢?”

“大概是。”

“谢谢，你可真是‘敏锐’!”天青珞怒气未息，“你是不是还打算问，我为什么要生气?”

“因为你觉得不顺利。你不想出任何差错，但这件事，让你感觉很挫败。”

天青珞陡然停下脚步。她盯着连牧桓，眼中有火焰在燃烧。她更生气了，有一种被拆穿之后的恼羞成怒。

“无论如何，我会帮你。”连牧桓平静地说。

“谢谢！我不需要!”天青珞恶狠狠地回了一句。然后，她用近乎飞奔的速度向甲板冲去。

咔。

骨头拨开了门锁。声音十分轻微，却让骨头仿佛烫了手，噌地跳到一旁，险些在舱壁上撞死。

所有海盗都盯着牢门。老瞎抠住锁眼，猛地一拉！

嘎……

牢门打开了。外面站着一名守卫，开锁的声音吸引了他，然后就被牢门开启的状况惊呆了。

老瞎冲上去，一掌砍中他的脖子。守卫应声而倒，老瞎抬起头，发现几步之外，另一名守卫已经抽出佩剑。

老瞎向后撤了一步，寒光闪烁的剑锋擦着肩膀掠过。老瞎趁势扑上去，抱住了守卫的腰。两人滚倒在地，皮甲上的鳞片发出刺耳的摩擦声。守卫竭力回转手腕，用剑去刺老瞎的后背，老瞎腾出一只手，抓住了他的胳膊。

“来人……”守卫大叫。

“浑蛋！”老瞎大骂起来，“你们当老子在演戏？都看他娘的热闹？”

海盗们如梦方醒，一拥而上。有人拽住了守卫的胳膊，还有人捂住了嘴。守卫狠狠咬了一口，那名海盗一边甩手一边惨叫，声音远比刚才守卫的叫嚷大多了。

“我早该看透了。”老瞎一拳砸晕了守卫，回头看了一眼手忙脚乱的海盗们，“你们就是一群猪！‘远方号’就是个坑——大坑！”

“大副，”骨头小心翼翼地凑过来，“你刚才说的……”

“啥？”

“就是……那个。”骨头用手指比画了一下。

老瞎瞅了他一眼，掏出金铢丢过去，哼了一声：“拿着，足够你买副棺材！”骨头仿佛没听见，拿金铢咬了一口，眉开眼笑地揣进怀里。

老瞎把耳朵贴在墙上听了听，皱眉道：“要来人了，跟我冲！”

海盗们跟着老瞎，乱哄哄地沿着通道奔跑。李都管为了方便行事，特意调开了守卫，反倒便宜了他们。

不多时，他们通过了最后一条通道。尽头是镂刻藤萝花纹的木梯，一缕天光自上方洒下，略带咸味的海风灌进口鼻。

“上面是甲板!”老瞎精神一振。他刚要往上爬，却被黑山一把拉住。老瞎觉得骨头差点儿断掉，回头怒视道：“你小子发疯了?”

“得去救船长。”黑山闷声闷气地说。

“你以为我要逃?”老瞎气乐了，盯着黑山，“让我教教你吧，一个真正的海盗这时候该干什么!”

所有海盗都看着老瞎。

“我们能攻占这条船!”老瞎高声说，“他们犯的最大错误，就是把我们带到这里！小伙子们，我们要让他们知道什么叫后悔!”

黑山一脸认同。

其余海盗呆若木鸡。

老瞎看着这帮乌合之众。除了那个大个子，其他都是无胆匪类！要是在当年，他立刻就会让他们知道海盗的规矩——妈的，这群混蛋根本不配做海盗!

算了吧。老瞎心里想。这些人除了拖后腿，什么都干不成。那个大个子倒是个可造之材。他瞄了一眼黑山，点点头。“跟紧我!”

老瞎第一个爬出木梯。澎湃的海风扑在脸上，他深深吸了一口。在午后刺目的阳光中，他看到十来名身着软甲的士兵围拢过来。他们严谨周密，沉默无声，黑色的甲胄宛若岩石。雪亮的长剑宛若秋水，望之生寒。

老瞎皱起了眉头。虽然有一番豪言壮语，但他并不傻。多年的海盗生涯里，他见过各式各样的对手。有些人悍勇无畏，身受重创仍能酣战不休——对于这种，老瞎从不担忧。而眼前的这些，无疑是最为棘手的。

可惜我背后是一群猪！老瞎恨恨地想。他开始思索脱身之策，但随即有一群士兵从侧后方围拢过来，挡住了跳海的可能。

海盗们陆陆续续爬上来。看着这肃杀的场景，眼睛瞪得比刚才还大。骨头吓得哆嗦起来，却死死攥住衣襟里的金铢。

“跟我冲！”老瞎大吼一声，朝着船舷方向奔去。三名士兵同时出剑，从不同方向刺向老瞎。

剑光闪烁！

老瞎发现，自己无论怎么躲闪，都会被其中的一柄长剑刺中。这种配合缜密的剑术，只有军队才可能掌握。他脑子里闪过这个念头，迅速向后一跃。冷森森的剑光从前胸掠过，精妙的配合未能伤敌，却牢牢挡住了老瞎的去路。

这不算什么，如果我有一把刀……老瞎恨恨地想着，又把段思成这混蛋从脑海里揪出来臭骂一顿。

士兵们并不贪功，他们沉默地举起剑锋，徐徐进逼。另一侧同样如此，不过二十几名士兵，就让相同数量的海盗们束手无策。

老瞎向后退了一步，突然一把揪住骨头。骨头吓了一跳，怀中的金铢被老瞎掏了出来。骨头惊呼：“不要……”

唰的一道金光！

金铢被老瞎狠狠掷出去，对面的士兵猝不及防，额头登时血流如注！片刻的错愕，对面的士兵迅速严整阵形，但经验丰富的老瞎却抓住了机会……

“大个子！”老瞎大吼一声，同时狠狠向前扑去！

身影随着老瞎前冲，但不是黑山，居然是骨头！他速度极快，就像一头年幼的豹子，竟然超越了率先行动的老瞎！

“我的金子！”骨头大喊。

骨头的脑袋径直撞向对面的剑锋，却视而不见。他只是盯着那枚飞向海面的金铢，双眼一片赤红。

对面的士兵不由得呆了呆。

砰！

千钧一发之际，黑山抓住了骨头的脚腕，将他从死亡线上拉回来。老瞎却趁此机会，扑到了剑阵之内。

“干得好！”老瞎吼着，不知是夸骨头还是黑山。他弓着身子，肩膀狠狠撞上一名士兵的左肋。士兵跌出去，又将另一名同袍带倒，剑阵顿时出现了一个空隙。

唰唰。

几支剑从两侧刺向老瞎，老瞎打了个滚，狼狈地躲开。他大吼：“快跑！”

一众海盗此刻才如梦方醒，轰隆隆一拥而上，都想从打开的缺口逃走。结果并不美妙，不少人被直接刺倒。但这种雪崩一样的乱局一旦开始，就注定无法轻易控制。几名行动迅捷的海盗已经扑到船舷边，毫不犹豫地纵身跃下！

老瞎跳了起来。他看到乱局正在迅速平息，很多海盗都被打倒在地，哭爹喊娘地叫唤。这群废物！老瞎一点儿也不同情。他已经尽力了。眼下该想想怎么脱身。他退向船舷，躲开了迎面刺来的长剑，打算一个背越式翻下海去。

但他未曾发现，一名士兵迅速移动到船舷处，锐利的长剑刺向了他的后背。直到剑尖刺破衣服，老瞎才骇然回头。

“老子——”

当的一声！

士兵的脑袋挨了一记重拳，不由自主地跌倒。老瞎瞪大眼睛，看着满身湿漉漉的段思成从船舷外爬上来，仿佛见了鬼。

“这一拳怎么样?”段思成喘着气，犹自炫耀。

“傻驴!”老瞎扑过去，一把扯住段思成，两人同时从船舷上坠下去！一柄锋利的长剑扫过船舷，堪堪斩破他们的身影。

“我的天啊!”莫隐死死攥住剑柄，盯着波涛起伏的海面。

第十五章

段思成差点儿摔得背过气。

这是第二次跳海，加上之前的体力流失，他突然觉得小腿肚一阵剧痛，不由得抽搐起来。

糟糕！

段思成知道，这是抽筋了。他从小在海边长大，听说过甚至见过不少人因为被海藻缠住，或者抽筋之类的送命。他拼命放平身体，想让自己松弛下来。

“快游！”老瞎在耳边喊。

我游不了！段思成想要这么说。但因为姿势的原因，他勉强能把鼻子露出水面，根本说不了话。

“快点！”老瞎怒吼。

段思成勉强用余光往后看。高耸如山的船舷上，一排士兵正持着弩箭，向下射击。嗤的一声，一支劲弩擦着他的身体钻入海水，留下一连串细碎的气泡。

坏了！段思成有些慌乱。这导致本来有些缓解的小腿更剧烈地痛起来。他奋力挥动双臂，却只能在水中打转。

老瞎看出了段思成的问题。

“憋气！”他大吼，然后一把将段思成按入水中。老瞎拉着段思成，向水面下游动。不时有锐利的弩箭钻破水面，从两人身边掠过。有一箭甚至划破了老瞎的胳膊，鲜血染红了海水，在海面慢慢晕开。

段思成擅长憋气，刚刚还通过这个方法逃过一劫。但现在，他觉得自己要死了。体力的流逝和小腿的疼痛加剧了消耗，他的肺叶在抽搐，好像有人在里面放了一把火。就在段思成眼睛开始发黑的时候，一股力量将他向上托起，倏然钻破水面。

呼……

段思成大口吸气。他从未感觉到，呼吸是如此地美妙。他迷迷糊糊看到了一堵木墙，随即反应过来，这是“远方号”！

“快上去！”老瞎在水里推搡他。

不知什么时候，抽筋已经过去了。段思成抓住船板，拼命地向上爬。为了追求速度，“远方号”的干舷很低。段思成用尽最后一点儿力气，翻倒在甲板上。他仰面躺着，累得连根手指都移动不了。

老瞎从他身边走过，手中拿着那柄刀。这是甲板上找到的，羽哨们大约看不上，并没有收缴。这帮了老瞎的忙，长刀在手，本来就豪迈的胆气更加膨胀。老瞎仰头看着十余丈外的那条巨舰，看到了红袍黑甲的莫隐。

这人……老瞎恍惚了一下。

但很快，他看到一群人族士兵跳入海里，正沿着铁索向“远方号”攀援。老瞎抛开稍纵即逝的念头，高高举起长刀。

咔的一声。

粗如儿臂的铁索应声而断。“远方号”打了个晃，船头慢慢侧移，与“飞云号”拉开了距离。老瞎吐了口气，回头看看身后的海盗们。

只剩下十几个。黑山的大块头鹤立鸡群，骨头居然也在，哭丧着脸坐在黑山脚下，显然是没捞到那枚金铢。

“开船。”老瞎说。

天青珞赶到时，正看到一片乱象。

“快！去牵我的马！”天青珞反而兴奋起来。她决定给那群不知死活的海盗来个教训，让他们知道什么叫骑兵冲锋。

可惜一切结束得很快。天青珞的话音刚落，段思成老瞎等人已经逃出生天，他们看到了莫隐差之毫厘的那一剑。

“可惜。”连牧桓摇摇头。

但他一动不动，眼看着段思成等人逃上“远方号”，看着老瞎一刀斩断铁索，拨转船头。直到此时，他才微微动容。“好快的刀！”

莫隐将长剑入鞘，反身走向天青珞，躬身道：“少主，是否追击？”

羽哨刚刚出动过一次。包括天青珞自己，无法在短时间内再次飞翔。如果要追，只能靠“飞云号”本身。

“追！”天青珞毫不犹豫地说。

“咱们是商人，不是海军。”连牧桓摇摇头，“必须按时抵达港口，否则每拖一天都会造成巨大损失。”

“钱钱钱！你脑子里就知道钱！”天青珞冷笑，“难道让咱们的人白死？”

“可人已经死了。”

“必须让他们偿命！”天青珞高声说着，环视四周。战士们刚刚损失了一些同袍，群情激愤，用高呼来回应。

连牧桓只是皱着眉，低声说：“你不该这样。冰海之王的宝藏只是捕风捉影，我们完全可以安稳地……”

“够了！”天青珞打断他，“你以为我真的想要那个宝藏？”

“不然呢？别告诉我你是为了报仇！你究竟为什么要追那条船？”

“你根本不了解我。”天青珞摇摇头，“我和你说过，我对继承天氏一点儿兴趣都没有，我来这儿是为了宝藏。对，这是真话，可也不全是。你觉得我就是一个财迷心窍的人吗？如果是，我为什么不去和我大哥争一下继承权？”

连牧桓认真地思考了一下，问道：“因为你争不过？”

“滚！”天青珞骂了一句，然后深深吸了口气，指着逃遁的“远方号”说：“我喜欢这种追逐。但不是追逐宝藏！我喜欢这样——我想追逐自己的生活。”

“他们转向了，可惜没用。”

老瞎凝望着远处，庞大的舰队正在慢慢兜一个圈子。速度不算快，大约要一刻钟的时间才能完成。

到那时，“远方号”早就拉开足够的距离，就算那些羽哨也追不上。

段思成慢慢爬起来。海水浸透了衣服，沉得好像沙袋。海风穿胸而过，他不禁打了个哆嗦。

段思成看着老瞎，发现他左臂受了伤，伤口用撕破的衣襟草草包扎。青色的布条被血迹浸透了，还在淌血。而他本人却浑不在意，像块石头那样直挺挺戳着。海水顺着衣襟滴落，在脚边汇聚成水洼。

“你应该去换套衣服。”段思成说，“还有你的伤……”

“我们可是海盗。”老瞎头也不回地打断。

“那当海盗的目的是什么？”段思成不理解，“总不能是因为喜欢受罪?”

“当年，你父亲谈过你。”老瞎终于转过头，“他说你不安分，不愿意吃苦，总想干点什么事情发大财。”

“这像是他的话。”段思成说。

“他还说起过一件事。你去山上捡柴火，为了下山方便，把所有干柴捆在一起，骑着它一路滑了下来。”

“我摔断了一条胳膊。”段思成想起了那件事。

“其实你本该摔死。”老瞎说，“那座山上到处都是石头，还有好几处断崖。今天你能站在我面前问这话，算你命大。”

段思成耸耸肩。

“为什么要那么干?”老瞎盯着他，“那时候你不小了，也不算太傻。”

“我不知道。”段思成摇头，“那是十年前的事了，我怎么知道当初怎么想的？也许只是因为有趣。”

“很好。”老瞎说，“这就是我的答案。”

“你的答案让我认定一件事，海盗都是受虐狂。”段思成摇摇头，转身离开。

“远方号”的船长室是整条船条件最好的房间。但它依旧小得很，中间摆了张木头桌子，再加上瘸了一条腿的木椅，再加上墙角的木箱，就是全部的摆设了。四壁都是黑黝黝的木头原色，靠近舱门附近有一块不规则的白，那是一块新近修补上去的木料。

以前段思成没什么感觉，但现在他觉得，这地方还比不上“飞云号”的牢房。

段思成打开箱子，里面有一套干净衣服。衣服很破旧，起码干爽。他把衣服换上身，正打算扣上箱盖的时候，突然愣住了。

箱子底部是一堆杂物，以及一些散碎的钱币。骨头大概还没胆子来这里偷，因此它们至今健在。这堆杂物当中，一条小木船静静躺着。段思成把它拿在手上，木船已经重新粘过，看上去和没破损时一样。

段思成想起了自己的父亲。

那是一个沉默寡言的男人，并没有继承父辈的荣光，只是简简单单地，在一家船厂担任匠师。段思成十八岁那年，一场意外夺去了父亲的生命。船厂的木料倒塌了，足有上千斤的干燥木料压在身上，父亲甚至没有留下一句话。

但很多话，并不需要说出来。小时候，段思成见过父亲做的这个木头船模。它是只有千分之一大的“远方号”。夜静无人时，父亲对着船模发愣。

他永远忘不了那个场景。

父亲到底在想什么，段思成无从知道。但现在想来，总归不会平静无波。也许父亲并不是所想象的，真的那样甘于平淡。

“头儿！”骨头的喊声打断了他的惆怅。那声音听上去无比慌乱：“那条船……那条船追上来了！”

第十六章

“飞云号”真的在追。

不单是“飞云号”，整个舰队已经完成了转身。海平线上，那些艨艟巨舰组成的阵形，宛若一排坚硬的岛礁。

“他们追不上。”段思成嗤笑着，“看看它们的蠢样子，根本跑不快!”瞪了一眼骨头，对这个胆小如鼠的手下十分不满。

段思成向老瞎走去。老瞎站在船头，似乎在看某个地方。但海天辽阔，什么都没有。他的衣服不再滴水，但依旧湿漉漉的，结实的身躯被湿衣紧裹，显出爆炸性的力量。阳光勾勒出老瞎的侧颜，段思成不得不承认，如果不是那只眼睛，老瞎应该算得上五官端正。

“你在看什么?”段思成问。

“接下来打算干什么?”老瞎反问。

“我得想一想。”段思成微微犹豫。如果在之前，他肯定会说再找个目标，干上一票之类的。但现在，他真不知道。

老瞎回过头看他，似乎有些意外。他看出了段思成的茫然，嘴角露出讥讽的笑容。“瞧瞧你现在的样子。其实也不过是个普通人，没什么了不起。”

“普通人有什么不好？”

“对。就像你父亲那样——你的确是他的儿子。”

“我和我父亲关系不好。但不意味着，你可以随便评价他！”段思成沉下脸，“我不想再从你嘴里听到任何这类话。”

“那等我这次说完吧。”老瞎说，“其实我了解你父亲，我们谈过太多次了。他有个目标，但他总能找到不去那么做的理由。说实话，我很看不上。但要和他比，你现在更可悲，你看上去已经不知道该怎么生活了。”

“你简直是在胡说八道！”段思成愤怒了。

他不得不愤怒，因为老瞎说中了他的心事。像所有年轻人一样，心中的软弱被揪出来，总是十分难堪。

“我知道，我当然知道！”段思成飞速地说，“我们先甩掉那些家伙，然后换个地方，找个新目标。我们这趟出来就是为了发财，除了这个我什么都不想！”

“行吧。”老瞎看着他，慢悠悠地说，“你不是想发财吗？很简单，记不记得我跟你提过的宝藏？”

段思成烦躁地摆手。“你快说了一千遍了。听着，你说的那些都是臆想……”

“头儿！”突然之间，骨头尖锐的声音响了起来，“追上来了！他们追上来了！你快来看看吧，我的天啊！”

“给我闭嘴！”段思成怒气冲冲地转过头去，“你要再这样……”

突然，他愣住了。

段思成发现，远方的海面上，“飞云号”的身躯变得格外巨大。这代表着两者的距离正在拉近。但这怎么可能？他甚至怀疑自家的操帆手在偷懒，但抬头一瞧，“远方号”的风帆正在鼓荡，速度已经到了极致。

“见鬼！”段思成几步跑到船尾，盯着“飞云号”看。他发现，那艘巨舰浑身上下冒着一丝丝光辉，就像无数萤火虫在围绕盘旋。

“是秘术。”老瞎也走过来，神色有些凝重。

“没什么了不起。”段思成盯着“飞云号”，微微咬牙，“‘远方号’也不是吃素的，给他们个惊喜看看。”

“我去掌舵。”老瞎头也不回地走了。

段思成走到“远方号”的桅杆下。这根桅杆通体纯白——别误会，这可不是段思成的手艺。它是原装货，“远方号”上最值钱的东西。

“疾风木。”段思成抚摸着桅杆，喃喃自语。

这是一种神奇的木材。它表皮光滑，莹白如雪。若是切开，从断面可以看到一根浅蓝色，半透明的木心。木心呈结晶状，宛若蜂巢。若是把外层木料彻底剥开，木心会瞬间散开，化作一阵狂风散去。

有学者研究过，发现疾风木的木心是一种天然的秘阵，迎合天空中的亘白星脉，属于风的力量。使用疾风木制作桅杆，能让普通人利用星脉的力量，无需通过秘术师。

这种神奇之处令人趋之若鹜，世间的疾风木越来越少，价格也越来越贵。“远方号”的这条桅杆若是卖掉，怕是能够买下一座城镇。

但无论是段思成的父亲还是他自己，根本没动过这方面的脑筋。

桅杆底部，缠着一条半尺宽的黑色的布条。段思成把布条解开，能看到桅杆上有一排木塞。他依次把木塞拔下来，露出一排茶杯大的圆孔，粗壮的桅杆变得像一根倒插着的长笛。风从圆孔中灌入，撞在浅蓝色的木心上。

嗡嗡嗡……

桅杆震颤起来，发出音乐般的鸣响。无形的风聚拢过来，吹得段思成长发飘飞，衣袂猎猎。仰头看，风帆愈加鼓荡，高大宽阔的帆面完全展开，仿佛吹足了的气球。船体微微一震，速度陡然快了三分！

段思成满意地拍拍桅杆，回头看到黑山正操纵着几条帆绳，让帆面转到更合适的角度。这本是几个人的活儿，但凭着黑山的力气，做起来游刃有余。

“干得好！”船速又增加了一些，段思成朝黑山挑了挑大拇指。黑山不好意思地咧嘴笑了笑。

段思成走到船尾，脸上的笑容却消失。他发现“飞云号”也在加速，甚至比自己这条“远方号”还要快上一些！

“凭什么！”段思成瞪大眼睛。

这么大的一条船，凭什么比“远方号”还要快？而且还是启用了祖传宝贝的“远方号”！这他妈简直没有天理！

天青珞听过一个来自人族的笑话。

说是有两个年轻人，在同一家商铺里当学徒。两人打赌，看谁能爬到更高的位置。第一个青年十分勤奋，所有工作都干得十分漂亮。而且他还很好学，天不亮就起来读书，研究做生意的本事。几年过去了，这个年轻人成了这间店铺的掌柜，而另外一个年轻人依旧是混吃等死的模样。

有一天，店铺的老板过来查看生意，第一个青年抖擞精神奉承，赢得了老板的赞扬。第二个青年被老板训斥一顿：你这副德行，我将来怎么把生意交给你！

原来，他是老板的儿子……

基于文化不同，羽族没有从这个故事中听出任何好笑的地方。他们认为这个故事的核心在于那个老板的话，并且十分认同。

但要作为人族的段思成来解释，肯定会说："扯淡！你根本不了解第一个青年受到的心理伤害好吗！"

段思成的哀叹无人听到，就算听到了，哪怕是天青珞这个"最像人族的羽族"也不会理解。她站在船头，银色的长发飘飞，在面颊拂动。

和巨大的战舰相比，天青珞的身躯格外渺小。但她又是如此显眼，仿佛矗立在船首的女神像。

"飞云号"的秘术阵正在全面启动。每分每秒，消耗的资源足以令海盗们自首。但天青珞不关心这些，她只关心距离有没有拉近。

但连牧桓就戳在她身边。尽管一句话没说，却给天青珞一种说不出的压力。她有些不明白，自己为什么会这样在意连牧桓的想法。

"你怎么不说话？"她问。

"说什么？"

"比如钱。我正在烧钱，还把你的计划弄得七零八落。你心里肯定气得要命。是不是这样？"

"我并不喜欢钱。但我以为你喜欢。"

"我？"天青珞睁大眼睛，指着自己脑门，吃惊地问，"难道这里写着一个斗大的'钱'字吗？还是你觉得我长着一张见钱眼开的脸？"

"你需要钱来证明自己。让那些看不起你的人回心转意，让你父亲明白，你并不比你大哥差。"连牧桓摇摇头，"我以前，以为你这样想。"

"那现在？"

"现在我不知道。你呢？"

“我也不知道……”天青珞吐了口气，“唯一确定的是，我不想当一个商人，不想继承什么家业。我讨厌那些规矩，讨厌那些说教，我统统都讨厌！”

“那你想做什么？”

“我很想知道。”天青珞盯着正在被追近的“远方号”，目光闪烁，“所以我正在追逐，我想要找到自己喜欢的生活。”

连牧桓没说话。良久，他说：“这很困难。”

“我知道。”

“那我……”

“嗯？”天青珞看着他。她在等待连牧桓说话。她不清楚连牧桓会说什么，但心底有一些猜测。她觉得自己的猜测八九不离十，但她想亲耳听到。

谁知连牧桓始终没说话。天青珞的灼灼目光让他有些不适。他转过头去，却突然盯着远方，露出意外的神色。

天青珞顺着他的目光看去，大约十几里外，海面隐隐起了一层雾气。就像有人用浅灰色的画笔从一张蓝布的边缘开始涂抹，笔触越来越快。

“起雾了？”天青珞微微惊讶。

连牧桓抬头看了看天。阳光依旧灿烂，风向没有变，掠过船头吹向左前方，风中并无多余的水汽。

“这可不太正常。”连牧桓说。

连牧桓是卓越的航海士，天青珞相信他的判断。但她看到，那条海盗船正在朝雾气中钻，仿佛遇到了救星一样。

“停下吧。”连牧桓说，“不该继续冒险了。”

天青珞毫不犹豫地拒绝。“无非是一片雾！我不认为有什么能威胁到舰队，哪怕是飓风也不行。”

连牧桓说："在海上，什么都可能发生。"

"那群海盗逃了进去。"天青珞反驳，"他们是地头蛇，对这片海域肯定非常熟悉。如果有危险，他们不怕么？"

对于这一点儿，连牧桓无法反驳。他微微眯着眼睛，盯着那片越来越近的雾气。

没来由地，他感到了一丝危险。

第十七章

起雾了？

段思成全然不知自己被天青珞评价为“对这片海域颇为熟悉”，犹自看着雾气发愣。

雾气很浓，光线被一片片浅灰色吞噬，数丈之外便什么都看不到。紧缀其后的“飞云号”没了踪迹，但反让段思成平添几分危机感。

与连牧桓相同，他一样看出这雾气不对劲。无论是风向还是湿度，都没有起雾的条件。但这雾偏偏来了，毫无征兆。

段思成想起一个传说。有一种叫做蜃的怪物，能从口中吐出雾气来。若有过往船只，就会在雾气中迷航，然后径直开到蜃的巨口之中。

蜃很大，能一口吞掉一条船。

这种荒诞不经的传说，段思成从来不信。但他在海上待了十年，也没见过如今的天象，他是不是该问问老瞎？

他走到舵轮室外，却顿住了足。舱门没关，段思成看到了老瞎

——但，他从没见过这样的老瞎。

舵轮室曾经被一支弩箭射穿过，留下一个圆孔。一丝丝的雾气渗入，萦绕在狭小的舱室内。

老瞎就站在圆孔后面，不错眼珠地向外看。因为角度，段思成看不到他的正脸。但能看到，老瞎的身躯在颤抖，侧脸泛着不正常的潮红。无人操控的舵轮在他身后轻轻晃动，长刀搭在舵轮下的木座上。

“老瞎！”

段思成大叫一声，以为老瞎害了病。但对方充耳不闻，身体抖得愈加厉害。段思成一步蹿进去，拉住老瞎的胳膊。

老瞎回过身。

段思成呆住了。

老瞎的独目闪着精光。段思成从未见过，一个人的眼睛会有这样亮，仿佛两只眼眸的光彩都重叠到了一只上，眼底的黑色都在燃烧。他的眼睑微微跳动，嘴角有些扭曲，组合成令人心悸的疯狂。

“你……你……”段思成刚要说话，老瞎忽地一把抄起长刀，大踏步走过来。段思成吓了一跳，几乎掉头就跑。老瞎却仿佛什么都没看见，径直从他身边走过。段思成呆了呆，连忙追出去。

雾气更加浓重，甲板仿佛一条探入云中的长桥。有那么一刻，段思成以为自己在天空中行走。老瞎的影子越来越淡，成了被水晕开的残墨。段思成加快了脚步。

段思成再次看到了老瞎。他站在船头，直勾勾盯着前方。但前方什么都没有，什么也看不见。

“你遇到过吗？”段思成走过去，“你在海上待了几十年，见没见过这样的天气？”

老瞎不说话。

“告诉我！”段思成大吼起来。

“别担心这雾。”老瞎很久才回过头。他平静了很多，眼底的火焰燃烧进更深的地方。“会散的，很快就会。”

“你知道，对不对？”段思成说，“你知道会碰到这些！”

“我不知道。但我一直在等它。”

“这到底是什么？”

“看前面。”老瞎没回答，示意段思成朝前看，“看着吧，别眨眼，你很快就知道它到底是什么。”

但前方只有雾。段思成盯着看了半天，有些眼花。他揉了揉眼，再看时，不禁呆住了。

雾散了。

不，不是消散。而是完完全全地消失。海空辽阔，天和水都蓝得透明，仿佛那些雾气只是幻觉，从来就没出现过一样。

“我还是没明白。”段思成感觉自己像在做梦，他瞧着老瞎，“什么也没有，我还是什么都……”

“头儿！”骨头尖锐的声音响起来，像一只正在被宰杀的鸡，“我的天啊！你快来看看，来看看啊……”

“闭嘴！”

段思成很生气地回头，却没看到骨头的影子。抬起头，发现骨头正趴在高高的桅杆上，疯狂地招手。

“看到了什么？”段思成没好气地问，“是不是那条船追上来了？我知道了！我就没指望从你嘴里听到好消息！”

“不是船！是——是——”骨头颤抖着指向前方。

段思成站得不够高，没办法看到更远的地方。但骨头已经吓瘫了，像一团挂在桅杆上的腊肉，一句话都说不出来。

“废物！”段思成恨恨地骂了一句，朝桅杆上爬去。他灵活地抓住一根根缆绳，很快攀到了最高的横桅上。骨头就在身边，段思成用很大毅力才忍住没把他一脚踹下去。他的目光终于掠过前方的海面……

“我的天……”

段思成呆住了。他瞪大眼睛，看着前方出现的景象，嘴唇微微嚅动，却说不出别的话。他只能怔怔地重复——

“我的天……”

“飞云号”在雾气中行进。

越在雾气中深入，天青珞就越感到有些心慌。这片雾气仿佛无穷无尽，仿佛一张勾连了天与海的灰色巨网。网眼慢慢缩紧，锁住了天光。到了最后，天青珞甚至连海面都看不到，整条船仿佛在云中飘浮。

天青珞一直没有动。她仿佛钉在了船头。雾气中传来脚步声，天青珞回头，看到连牧桓的身影若隐若现。

“你应该看看这个。”连牧桓手中提着一件东西。那是一个六角形的金属框，通体银白，中央有一块半透明的薄片，偶尔会有一些不规则的光芒掠过。

“星轨？”天青珞一愣。这是一种根据星脉力量测算位置的仪器，航海必备。

“看看吧！”

天青珞接过星轨，对着天空举起。一束束光芒开始在星轨里闪耀，却杂乱无章，就像夜雨中的闪电。

不知过了多久，天青珞的脸色渐渐凝重起来。

“这里不是溯冰海域。”她怔怔地说。从星轨的反应看，这里不单不是溯冰海域，甚至任何地方都算不上。

这世界上，有什么地方能让星轨一片混沌？对于在茫茫大海上航行的舰队来说，还有什么比迷航更加可怕？

“哪儿都不是。”连牧桓皱着眉，“我们好像进入了另外一个世界。至少星轨这样告诉我。”

“另外一个世界？”天青珞眼睛突然亮起来，“啊哈！你想到什么没有？”

“什么？”

“宝藏啊！”天青珞兴奋地说，“如果你有数不清的宝藏，你会把它藏在哪儿？这里！一定是这里！还有什么比另外一个世界更安全的？”

连牧桓愕然。“你认真的？”

“当然！”

天青珞肯定地点点头，然后发现连牧桓用一种奇怪的眼神看着她，看得她毛骨悚然。就在她忍不住想询问的时候，连牧桓开口了。

“我现在很支持你把那条船追回来。”

“啊？”天青珞愣住了，“为什么？”

“你和那个海盗头子应该挺投缘。最好能斩鸡头烧黄纸、义结金兰什么的。”

“为什么啊！”

“当初那家伙看到咱们舰队的时候，脑子里想的肯定和你一样。要不然，他怎么会兴致勃勃地冲上来呢？”

“连——牧——桓！”天青珞大怒，“你现在是在嘲讽我对吧！”

“我真心这么想的。”连牧桓一脸诚恳。

“得了吧！”天青珞哼了一声，“你不就想说，我和那个海盗头子一样，都是看不清形势的傻瓜么！”

“那你觉得形势如何？”连牧桓反问。

“形势很好，一片大好！”天青珞梗着脖子反驳，“我们跟着那些海盗，找到了海盗王的藏宝地！我们要发财了！”

连牧桓揉了揉脑门。他听到天青珞继续在振振有词。

“对，这片雾气可能是有些危险，但世界上有什么万全的事吗？最坏的结果，是我们撞上暗礁。但‘飞云号’不怕！它是最棒的船，除非天崩地裂，否则永远不会沉没！”

天青珞越说越觉得有道理，她几乎把自己说服了。之前的一些不安，也在这番话里被一扫而空。连牧桓却无动于衷，只是怔怔地看着远方。

“喂！你有没有在听？你到底……”天青珞的声音戛然而止。因为她愕然发现——雾散了。

不知什么时候，几乎笼罩着整个世界的大雾消失无踪。天空重新变得湛蓝，海面辽阔无边。

“你看呀连牧桓！雾散了！”天青珞高兴起来，“我就说……”连牧桓根本没有看她，而是直勾勾盯着远方。

无可言喻的震惊浮现在连牧桓的脸上。那是天青珞从没见过的神情。天青珞顺着他的目光看过去……

“天哪……”天青珞呆住了。她喃喃地重复：“我的个天……”

第十八章

段思成怀疑自己在做梦。

在他眼前，一幅诡异而瑰丽的景象徐徐展开。十几里外，碧波浩荡的海面上，出现一个明显的断层。

那是一个巨大的鸿沟。仿佛有一个潜伏在海面下的巨人，张开了硕大无朋的嘴巴。

这不是漩涡。若要比拟，倒像是瀑布。一条横贯整个海面，无边无际的巨大瀑布！仿佛这里就是世界的尽头，海水至此抵达了终点。

它横亘在海面上，将大海折断。段思成极目远望，根本看不到沟壑的尽头。也许，它根本没有尽头。

阳光泻落，刺在皮肤上微微发痒。段思成感受不到丝毫暖意，只觉得来自骨髓的寒冷。旁边的骨头呆呆地挂在那里，就像没有了气息一样。

之前骨头的那声尖叫，把所有海盗都惊了出来。距离越来越近，不用待在桅杆上，就能看到那恐怖的景象。海盗们都目瞪口呆，仿佛变成了一组雕像。

段思成从桅杆上滑下去。他有些诧异，自己居然还有力气走路。他不知道自己怎么到了老瞎身旁，却良久说不出一句话。

“这、这就是你说的……”段思成深深吸了口气，才将后面的话说出来，“它到底是什么？告诉我！它到底是什么！”

“……天渊。”

老瞎的表情有些茫然，似乎陷入了一场旧日的回忆，他缓缓地说：“这是一个溯冰海域的传说……天渊的传说……”

“我根本就没听说过什么天渊！”段思成吼起来。

“有些传说，只会在海盗中口口相传。相传天渊就像幽灵，它会突然出现在任何地方，吞噬一切，然后悄悄消失。见过它的人大都死了，只剩下一些吓破胆的幸运儿。然而，他们也丢失了最重要的东西——勇气。那些幸运的家伙，再也没有胆量踏上大海。”

“你就是那个幸运儿对不对？”段思成激动起来，一把抓住他，“你见过它，你全都知道！但你居然还敢来找它！你简直是个疯子！”

老瞎一言不发。

“为什么不学学那些人？”段思成摇晃着老瞎，怒火几乎要点燃他。“一辈子不再下海！你就应该这样！如果不是你，我也不会遇到这些！”

“是你自己要出海。”老瞎把段思成的手掰开，淡淡地说，“你一直想这么干，从很小的时候就是了。”

段思成怔怔地发愣。

确实是这样。段思成主动联系的老瞎，或许是出于补偿，又或者他真的需要一个经验丰富的老海狗。

但段思成始终觉得，没那么简单。

“你肯定不是来送死的。”段思成强迫自己冷静下来，“你肯定有办法对不对？你当年就逃过一次！”

“办法?”

“对，办法！”段思成盯着他，眼中充满了期待。不光是他，身后那些海盗都围拢过来，目不转睛地盯着老瞎。

所有的希望都集中在老瞎身上。

老瞎看了看段思成，又环视所有海盗。突然，他身体微微颤抖起来，不可抑制的笑声爆发出来。

所有海盗目瞪口呆。

“你疯了?”段思成愕然。

“是你们疯了！”老瞎弯着身子，狂笑不止。“我的天！哈哈哈……天渊？这个故事你们真的信了？哈哈哈……咳咳……”

段思成张大嘴巴。不用看，他知道所有海盗的下巴都掉了一地。老瞎在说笑话？这他娘的本身就是个笑话！

甲板上陷入诡异的寂静，唯有老瞎的笑声回荡。过了一会儿，老瞎慢慢止住笑。他抬起头，看着海面上那恐怖的裂痕。

“根本没什么天渊。”他淡淡地说，“都放心，我有办法。”

他向甲板中央走去。所有人都看着他。经过黑山的时候，老瞎拍了拍他的胳膊，说道：“去操帆。”

黑山哦了一声。

在老瞎的指挥下，偃旗息鼓的风帆重新鼓荡。“远方号”发出咯咯的声音，一个劲地向前窜。段思成此时才回过神来，面色一变，朝舵轮室奔去！

“做什么?”老瞎一把拉住他。

“放手！”段思成挣扎不开，气急败坏地嚷起来，“看看‘远方号’前进的方向！我们得赶紧转向了！”

“就是这个方向！”

“你真的疯了！”段思成不敢相信地看着他，“这是自寻死路！”

“这是唯一的生路！”老瞎眼底的疯狂肆意滋生，脸上的笑容令人害怕，“当年就是这样，现在也是这样！”

他不由分说，一把拉住段思成。段思成踉跄着到了船头，吞噬大海的深渊越来越近，恐惧像警报一般在每根神经中鸣响。段思成深吸一口气，勉强让自己站稳。

“相信吗？”老瞎用长刀指着深渊，“那里有的是财富。多到你数不清。海盗王的，我们的。太多太多，你根本想象不到。那里的黄金能闪瞎你的眼睛，宝石能够让你在里面洗澡，白银可以筑成一座宫殿！小子，你相信吗？”

一个尖锐的声音叫起来：“相信！我相信！”

不知什么时候，骨头跑到了两人身边。他刚刚还在桅杆上装死，但听到财富，就像看到了骨头的狗一样蹿下来。段思成看到这小子两眼通红，估计只要老瞎一声令下，让他跳海也毫不犹豫。

“我现在可不关心这个。”段思成摇摇头，“我不知道你们当年是怎么越过去的，但你确定，这次还能成功吗？”

“不，你想错了。我们不需要做任何事。”老瞎说，“你只需要勇气，这才是大海上最珍贵的东西。它没你想象的可怕，我们只需要向前冲，就像当年你爷爷带着我们做的那样。”

“难道我们会飞？”段思成愕然。

“飞？”老瞎放声大笑，“根本不需要！”

风帆鼓荡，“远方号”仿佛一柄锋利的匕首劈开海面。它在不断加速，加速，似乎要将这个世界的束缚甩开。深渊就在眼前，段思成能看到里面的情况。

无穷的海水陡然折下去，形成一个九十度的夹角。它就像一堵高墙，笔直平滑，深不见底。

“远方号”，正从墙头冲出！

“啊……啊啊啊……”段思成无法自抑地尖叫起来！

“飞云号”落了帆。

庞大的船体失去了动力，缓缓随着洋流移动。远方，吞天巨口已经张开。船体在向它移动，很慢，很慢，却无比坚定。

这是可怕的天灾。与之相比，再强大舰队也无比渺小。

几乎所有人都上了甲板，哪怕以“飞云号”治军严明，也无法避免一时的慌乱。但甲板上依旧很安静，震撼的场景令众人失声。

天青珞呆呆地看着那道深渊。她微微张着嘴，能看到粉红色的舌头趴在雪白的牙齿上。这似乎有些不雅，但天青珞完全注意不到这些。

除非天崩地裂，否则“飞云号”永远不会沉没——这句话言犹在耳，眼前立刻冒出一个“天崩地裂”来。

再回想更早之前，她一番慷慨激昂的演讲，说什么“海盗侵袭大军压境，我也绝不会退缩”，顿时就蹦出一波海盗……

“我是不是有乌鸦嘴的潜质？”良久，天青珞蹦出这么一句话。

“你居然还有心思说笑话。”连牧桓说。

“……我是认真的好吗！”

“与其琢磨这个，不如多想想眼下怎么办。”

“你这简直是废话！”天青珞怒气冲冲瞪了连牧桓一眼，深深吸了口气。我必须镇定，必须想出办法。她告诉自己。她目光扫视，在人群中发现了莫隐，这个老战士看上去依旧沉稳。

“莫头领。”天青珞说，“这地方你熟，知不知道是怎么回事？”

莫隐摇摇头。“属下不清楚。”

这回答并不意外。天青珞叹了口气：“如今这境况……你可有什么建议么?”

“还是掉头为好。”莫隐说，“‘飞云号’能借四面风，逆风也可航行。如果再启动秘术阵，定然能脱离险境……”

这不是莫隐的心里话，但他必须这么说。而且他知道，自己无论怎样回答，都无法改变现在的局面。

“我看不行。”连牧桓晃了晃手中的星轨，里面的光芒依旧杂乱无章，令人心烦意乱。他指了指星轨：“这地方走不出去。”

莫隐道：“也许此地特殊，能遮蔽星力，致使星轨失效。只要出了这个范畴，自然能恢复正常。”

“只是‘也许’。”连牧桓摇摇头，“可你有没有注意到，这里除了那条海盗船，就只有‘飞云号’了。”

天青珞在一旁顿时醒悟。对呀，天青柏的清风号呢？其他船呢？算算时间，他们也该赶到了。

“你的意思是……”莫隐沉吟。

“他们没有进入雾中，就到不了这个地方。”连牧桓说，“反过来一样，我们出不去的。‘飞云号’的补给快用光了，没时间浪费。”

天青珞吸了一口凉气。“照你这么说，咱们现在是死路一条?”

连牧桓没回答，他就站在天青珞身边，扶着船舷看海。两人并肩而立，徐徐海风中，两人衣袍上的丝带纠缠在一起。

天青珞没注意这些，只是催促道：“喂！说话呀！”

两条丝带在海风中缠绵。连牧桓低头看着它们，迟疑了一下，伸手慢慢拂开，然后说道：“我相信你一定有办法。”

“你信我?”天青珞愕然。

“对。”

天青珞大为吃惊。有那么一刻，她以为遇到了假的连牧桓。她盯着连牧桓的脸，似乎要看出破绽来。

“你在想什么?”连牧桓问。

“你呢?”她反问。

“我在想你说的那些话。我觉得挺有道理，每个人都应该选择自己的活法儿，而不是接受别人的安排。”

天青珞瞪着他，终于相信这是货真价实的连牧桓。她无奈道：“都这时候了，你又开始讽刺我?”

“没有。”连牧桓平静地说，“既然你已经选择过了，我一定会支持你。”

“我选择过了?”天青珞更加疑惑。她下意识向远方看，惊讶地发现，那艘海盗船鼓足了风帆，直直向那道深渊冲去!

他们要干什么？寻死？还是……

天青珞突然灵光一闪！她想到自己曾经说过的话——如果有危险，他们不怕么？天青珞不由得睁大眼睛。

“你……让我学他们?”

连牧桓没说话。

天青珞瞅着他，恨不得照这张写满别扭的脸上来一拳。她扭过头去，死死盯着远方那艘即将进入深渊的帆船。

第十九章

段思成拼命叫喊，却听不到自己的声音。

他背后，一船的海盗都在扯着脖子大叫，震得段思成嗡嗡耳鸣。但恐惧并没有消解，他感到一阵来自骨髓深处的涌动直冲上来，在脑海深处炸开。

那是一种飘忽的，无可捉摸的感觉。甚至分不清是害怕还是兴奋。段思成突然想到老瞎提过的，小时候办的那件蠢事——他骑着柴捆从山上滑下来，耳旁呼呼生风，所有景物飞快掠过，不知道下一秒会不会直接摔死。

简直一模一样。

帆船依旧在前冲。眼看着越过了那条分界线。他们从海面上冲下去，直奔深渊而下！身后的尖叫声更加巨大，简直要冲破云霄。

“啊啊啊啊啊……啊？”

所有人停止了叫喊。

船依旧在向前开，前面依旧是一望无尽的大海。深渊呢？那道无比庞大，横贯海天的深渊哪里去了？

难道一切都是幻觉？

段思成下意识回头，发现那道深渊赫然跑到了身后！他脑袋一阵发蒙，弄不清究竟发生了什么？

船自己掉头了？

不，这根本不可能！风向没有变，“远方号”肯定在一直向前行驶！段思成怔怔地看着老瞎，等待一个解释。

老瞎看了看他，又转头看身后。那些海盗一个个目瞪口呆，脸上挂着一副尴尬的表情，为刚才的表现羞愧。

“哈哈……你们真的以为，真的以为要……哈哈哈！”老瞎突然大笑起来。

“我……看错你了。”段思成抽了抽嘴角。

其余海盗没说话。但从他们的表情来看，同样想这么说。

“你们让我想起了当年。”老瞎收住了笑，慢慢地说，“没有人生来就胆大，不，也许海盗王不一样。他天生就是一块铁，敲起来当当作响。反正我不是，我当年和你们一个样，叫的声音比你们还要大。”

海盗们脸色好了起来。

“那个场景我永远忘不了。”老瞎继续说，“我们的船长始终在笑，笑得很开心。他并不知道天渊的秘密，我猜他认为自己会掉下去，摔个粉身碎骨。但他一点儿也不怕，甚至跃跃欲试。”

“他就是个疯子。”段思成如此评价自己爷爷。

“不。后来他和我们说，他想尝试飞行的滋味。从高空下坠的感觉，比美酒还要甘甜。说实话，我始终不理解。”

段思成心头一跳。

记忆又清晰了一些。他想起了当年，幼小的自己骑在柴捆上的念头。想飞，我想飞……那种感觉如此强烈……

不！

段思成拼命摇了摇头——我可不是那种疯子！

“你不信？”老瞎瞪了他一眼。

“我没见过他，但听起来很像他。”段思成说。他看着周围，波光粼粼的海水微微荡漾，阳光有些倾斜，拖曳出一道碎金。

“这里透着古怪。”段思成说，“我们最好赶紧离开。往哪个方向开，要开多久？”

“多久都不行。”老瞎摇摇头，“我们得去找一座岛，那里才有出去的办法。而且那岛上……”

“有宝藏！”骨头激动地叫起来，“一定是海盗的藏宝地！我的天啊，我小时候最喜欢听这种故事！金银成山，宝石遍地！”

“所以你成了一个惯偷。”段思成叹气。

“那不是我的志向！”骨头一反常态地反驳，亢奋地叫嚷，“我只是喜欢钱！更多的钱！就算让我当海盗王，也没有躺在钱堆里睡觉舒服……”

“再说一句，我就扭断你的脖子。”老瞎冷冷地说。

骨头下意识摸摸脖子。

挺不错。段思成想。其实他有点儿羡慕骨头，起码有个明确的志向。这样的人很容易幸福，快乐和痛苦都那么直接。

这船上的海盗大概都这样。老瞎不是，但他肯定也有自己的目标。段思成不知道自己的目标是什么——其实他隐隐有了猜测，但不肯承认。

“我们去找那个岛。”段思成说，“但它在哪里？”

“不知道。我们需要一些运气。”老瞎耸耸肩，回头高喊，“升帆吧，伙计！”

十天。

段思成从来不知道，时间会如此地难熬。放以前，他浑浑噩噩就能消磨掉一两个月，十天不过是眨眼的时光。

如今，他终于知道什么叫度日如年。

“远方号”上并没有携带太多补给。他们是海盗，打的就是劫掠的主意。水和食物够用就好，再多会影响船的速度。

真不够的话，随便劫艘船就好了，大多数海盗就是这么干的。

但现在，轻装简行成了致命漏洞。食物还好，再不济可以钓鱼。可淡水的缺失，让所有人都揪着一颗心。

幸亏现在船上剩余的海盗也就十来名，控制饮水还能勉强度日。他们真不知是否该感谢“飞云号”的那场抓捕。

可就算再怎么节约，也有用尽的时候。比如现在，段思成看着贮存淡水的木桶，一阵发呆。

木桶安置在“远方号”的货仓底部。这里低矮逼仄，不弯腰会磕到脑袋。没有窗，空气中充满了发霉的味道。

桶很大，能把一个人放进去洗澡。但此刻，淡水只剩下浅浅的一个底，扔只蟑螂进去都淹不死。长柄木勺孤零零挂在桶壁上，感觉挺讽刺。

段思成拿起木勺搅了搅，几乎听不到水声。当的一声，木勺扔进桶里，段思成大步走了出去。

老瞎站在船头。

这些日子，老瞎和这个地方几乎黏在了一起。海盗们习惯了在这里看到老瞎，他几乎成了“远方号”的船首像。如果有一天他不站在那里，或许海盗们会感到不习惯。

“咱们快没水了。”段思成走到他身后。

“还有多少？”

“反正勺子舀不上来。早上要不是我拦着，就被黑山一口给喝光了。那家伙个子大，比谁都渴。”

“比我想得好。”老瞎在心中换算了一下，“还能撑一天。当初你爷爷带着我们，第八天头上就开始喝尿了。你不知道那个味道……”

“我不想知道。”段思成脸色发黑，“你跟我说岛上有水，可岛呢？都十天了，连块礁石都没看见。”

“这得看缘分。”老瞎说完，继续直勾勾盯着大海。

段思成的焦躁丝毫没得到缓解，反而更严重。显而易见，老瞎不靠谱。他要么是个无可救药的乐天派，要么就是个不在乎死活的疯子。总归不是正常人。段思成恨恨地在心里赌咒，走到桅杆下面。

这几天，骨头都趴在上面。他比段思成更急，更想找到那个岛。但段思成是为了水，骨头却因为宝藏。

这些天，骨头十分亢奋。眼睛冒精光，看什么都像金银财宝。十天之内，他误报了至少七次，信誓旦旦说看到了岛屿。一开始大家还跟着激动，但到了后来，所有人都免疫了骨头的大呼小叫，再也懒得理会。

“骨头！”段思成喊了一声，但骨头没回答。

这家伙不会死在上面了吧？段思成想。反正最近骨头看着很不妙，整个人就像浇了油的柴薪，鬼知道什么时候把自己烧死。

“喂！”段思成退开一些，躲开遮挡视线的帆篷。他看到了骨头，那个小个子双手撑着桅杆，目光炯炯地盯着前方，好像一尊石狮子。

“你……”

“岛！是岛啊！”

骨头突然尖叫起来。他浑身颤抖，兴奋得仿佛在抽风。他腾一下从桅杆上站起来，浑然不怕跌个筋断骨折。

“一座岛！快来看啊！真的是一座岛！咱们要发财了！”骨头手舞足蹈，朝段思成大喊，“我的天啊，头儿！你快瞧瞧吧！”

这孩子被折腾疯了。段思成想。

“我知道你很想发财。”段思成面带同情，“但已经很多次了。我说过，那都是你的幻觉，人总是期待看到自己心里希望的东西……”

突然，他闭上了嘴。

在海平线上，一个模模糊糊的东西浮现出来。并不大，轮廓也不分明，没有经验的人会以为自己花了眼。但段思成认出，那分明是一座岛！

是岛。不是礁石！

在这个距离上，没有足够的面积，根本无法被眼睛看到。段思成测算，它至少也有七八亩的样子！

“真的……是岛？”段思成舔舔嘴唇。干裂的感觉提醒他，这终究是该高兴的事。他大喊起来：“出来！都出来！看见岛了！”

骨头之前的尖叫没人理会，但段思成不同。躲在舱室里的海盗们一个个钻出来，瞪大眼睛往海平线看。

风帆鼓得很足，岛屿越来越近，依稀能看到上面的小山，嶙峋的石块勾勒出锯齿样的轮廓。海盗们兴奋起来，一个个大呼小叫。但谁也比不过骨头，那家伙的尖叫一刻都没停歇过，简直是一个特大号的哨子。

欢腾的人群里，并没有老瞎。他依旧站在船头，仿佛一切都和他没有关系。这让段思成感到奇怪，毕竟在他看来，老瞎一直有所谋划。而这个谋划，和这座岛屿脱不开关系。

“我说。”他走到老瞎身边，“你看上去不怎么高兴？”

老瞎没有回答。

“岛上到底有没有水？”段思成又问，“毕竟三十年了，这么长的时间……”

段思成僵住了。

他看到了老瞎的脸。没有任何表情，却充斥着令人恐惧的压力。仿佛有什么东西，正在从里面喷薄而出。

段思成注意到，老瞎的手正紧紧握住刀柄。那是一种咬牙切齿的姿态，仿佛下一刻他就会一刀砍过去，把那座岛屿劈成两半。

“你……”段思成倒吸一口冷气，沉声道，“你告诉我，那座岛上到底有什么！”

第二十章

小船靠近了岸边。

这是一条黑杉木打造的交通艇，“远方号”上有两条。它吃水很浅，能通过复杂的暗礁海域。而且分量很轻，几个人就能抬着走。很多时候，海盗都把这种小船抬到岸边，用树枝掩盖形迹。

岛屿的岸边是一片银白色的沙滩。一般来说，这种情况不会有暗礁。但段思成还是示意骨头测绘。骨头掏出一卷绳子，另一头系着葫芦形的石块。他把石块扔进水里，绳索迅速下坠。

“还不错。”过了一会儿，骨头把绳索拽出来，看着上面的湿痕，“这个深度，‘远方号’完全能泊过来。”

“现在是涨潮。”段思成摇摇头，“等潮水落下去，‘远方号’就搁浅了。我们不可能那么快离开。”

他回头看了看，“远方号”在半里外下了锚，正在海面上微微晃荡。没有大风，并不需要冲滩。

除了骨头和段思成，交通艇上还有两个人。老瞎就站在船头——他似乎永远喜欢这种位置。黑山则在划桨，一双木桨转得像风车一样，交通艇拼了命地向前蹿。

“我们得减速了。”段思成看着近在咫尺的沙滩说，“不然会冲上岸，把船底磨坏。好了，停！就是现在，别再划了！”

黑山停了下来。

交通艇开始减速，最终轻轻碰在岸边。小船一晃，横了过来。

这是一片沙滩。晶莹的砂砾慢慢铺展开去，形成一条弯曲的海岸线。目光越过沙滩，能看到一座小山。它不算太高，生满了植被。山体左侧，是极为平滑的断崖，仿佛被一柄巨大的刀切过一样。潮水撞击在断崖上，散开冲天的水花。

老瞎攥紧了长刀，第一个跳上岸。

段思成跟在他身后。他注意到，这里的沙子细密，白，晶莹透亮。沙滩上留有海水冲刷的痕迹，仿佛树木的年轮。这并不特殊，很多荒岛的沙滩都这样子。这也说明，这个岛屿终年没有人迹。

沙滩尽头，是一片红海杉组成的灌木丛。椭圆形的小叶子层层叠叠，在阳光下油亮亮的。空气中带着一种酸味，但很快被海风吹散。

老瞎在沙滩上走了两步。看得出，他很谨慎。似乎远处那些红海杉丛中，随时会蹿出一只猛兽来。他把长刀横在胸前，站立不动。

“老瞎。”段思成紧走几步，到了他身边，“你还没回答我，岛上到底有什么？”

“有什么？”老瞎露出一个难看的笑容，“有水，有财宝，有你们想要的一切。这些我都说过了。”

“你现在的话，我一个字都不信。”

“那你可以回去，去‘远方号’躲着。”老瞎丢下这句话，大踏步朝前走。段思成犹豫了一下，快步跟上。

身后，黑山正在拖曳交通艇。说拖曳并不准确，他一个人就把这条船举过头顶，然后放在了沙滩上。

“回来！你想死吗？”段思成突然发现，骨头不知什么时候跑到了前面，甚至超过了老瞎。他的眼睛估计看不见别的，闪着全是金银财宝的光。

骨头慢了下来，但浑身上下，还带着一股想要狂奔的劲头。段思成恨不得给他拴一根绳子。

老瞎却慢慢停下脚步。他四下看着，脸上露出迷惑的表情。

“不对劲。”他自言自语，“有点儿不对劲。”

“怎么了？”段思成问。

老瞎没理他，突然快步朝前走去。他们已经离开了沙滩，脚下是坚实的土地。土层并不厚，偶尔有嶙峋的石块钻出来，就像一节节春笋。老瞎走得急，险些摔了一个跟头。他踉跄一步，用长刀撑住身体。

“你怎么了？”段思成急切起来，“是不是出了什么问题？这岛怎么了！”

“是这座岛。”老瞎深吸一口气，看着四周，“那座山……是这个样子。可不对，它小了很多，小了太多了……”

“你是说宝藏没了？”骨头尖叫起来，表情如丧考妣。

“闭嘴！”段思成把骨头推开，继续问，“岛变小了？现在是涨潮，会不会……”

“你不明白！”老瞎打断他，有些烦躁地说，“这里只是原来的一角！我们上次从这里登陆——对，就是这里，我没记错。但它太小了！”

岛变小了？

段思成也不是没听说过这种事。一些珊瑚岛本身就不结实，不知什么时候就会被海浪打碎，消失得无影无踪。还有一些较为罕见的火山岛，如果来一次大爆发，会把整个岛屿炸掉一半。

但这座岛，显然不符合上述情况。

“地震?”段思成只能这样猜测。

老瞎摇摇头。他不是否认，而是不能确定。事实上，段思成说的可能性最大。可如果是这样……

他抿了抿嘴唇，说：“走，去看看。”

老瞎在前面带路，段思成紧随其后。骨头围着两人前后乱窜，不住询问财宝是否没了。他个子小，简直像是条围着主人转圈的小狗。有那么一会儿，老瞎几乎忍不住举起刀，想把这家伙一刀劈死落个清静。

正如他们观察到的，这个岛屿并不大。七八亩说起来不小，但很快就能走到尽头。穿过那片红海杉灌木丛时，段思成终于明白酸味儿的源头。数不清的果实堆积在地面上，很多已经腐败。溯冰海域的人都知道，红海杉的果实有毒，吃下去会上吐下泻。老瞎用刀劈砍，在树丛中开出一条小路。

四人穿过树丛，来到了小山一侧。这里已经是岛屿的另一头。断崖就在身侧几米的地方，它有十几米高，平滑得好像一面镜子。段思成甚至能从上面看到海潮的倒影，仿佛两股海浪在对撞。

段思成见过不少断崖。他家附近就有一座，就是那个小时候扔木桶的地方。但那里虽然陡峭，依旧是凹凸不平的。段思成甚至试过往下爬，可惜最终被父亲发现，揪着耳朵揍了一顿。

其他的断崖也是这样。因为它们的成因都差不多——被海水千百年冲刷，导致根基酥软崩落下去。

但眼前这块断崖，简直像是人工打磨过一样。不，它比段思成家里的破铜镜要平滑多了。无论如何，它也不像是自然形成的。

段思成听过一个形容，叫刀削斧凿。对于这个断崖来说，并不是形容。

“难道……”段思成忍不住说出了自己的想象，“是……有人用刀劈的?”

老瞎露出一个嗤笑的表情。“你应该听过那些说书人胡说八道。这世界上没有这种力量，没有人能做到。”

“也许不是人。”段思成辩白，“人族的力量并不强大，但有些种族，比如夸父……”他瞄了瞄身后的巨汉，继续说，“我听说真正的夸父族有一座山那么高，他们用的斧子比‘远方号’还大。”

老瞎瞪大眼睛。他有点儿不可思议地看着段思成，然后爆发出剧烈的笑声。幸好他没喝水，否则可能会呛死。段思成这么想。

“你可以问问这个大个子。”老瞎好不容易忍住笑，指着黑山说：“他父亲应该是纯种的夸父，你问问他有多高?”

段思成看向黑山。黑山摸摸脑袋，有些犹豫不定。“我没见过我父亲……但我母亲，有我的一半那么高。”

“……你的母亲很坚强。”段思成说。

老瞎斜着眼睛瞅他。段思成有些尴尬，依旧不服气。“好吧，也许我听错了。但还有一个种族，据说是世界上最强的，他们的智慧无人能及，他们的力量无与伦比。他们每一个都能翻覆大海，劈开山峰!”

“说说看。”老瞎依旧嘲讽。

“龙！你听说过龙吗?”

“龙?”

“对！龙!”

老瞎突然沉默了。过了一会儿，他摇摇头。“龙也不行。”

“你怎么知道不行?”段思成反驳，“你又没见过龙。”

老瞎没再理他，转身朝小山那边走去。大约正中央的地方，有个黑黝黝的岩洞，老瞎站在洞口端详。

岩洞口有半人高，弯着腰能进去。两侧岩壁粗糙，头顶上还有嶙峋的断口，看上去就像一张满是利齿的大嘴。

“里面是什么?”段思成问。

“洞口还在。”老瞎感慨了一下，然后说，“当年我从这里钻出来，还撞破了头。我瞧瞧……血迹已经没了。三十年，真够长的。”

“藏宝洞!”骨头不知从什么地方蹿出来，兴奋地嚷着，“海盗的藏宝洞！我就知道，一定是这样!”

骨头一阵风似的冲进洞里，根本不需要低头，那些对正常人造成麻烦的石笋，完全碰不到他。

“你疯啦……”段思成伸出手，只捞到了空气。他扭头瞅着老瞎。“里面有什么?”

“原本是个很长的洞。它很深，通到山腹里，然后有个很大的空洞。”老瞎摇摇头，“但现在？什么都没有了。”

段思成明白老瞎的意思。岛上的山峰和里面的山洞，都随着不知名的变故消失了。留下的这部分能通向哪儿？海底么?

“等等……”段思成突然想到一个问题，叫起来，“水呢？你说的淡水在什么地方？难不成……”

“没错。”老瞎说，“原本有水的地方，已经没了。”

我的天!

段思成瞪大眼睛。但老瞎的表情根本不像开玩笑。没错，他说的是实话。这座岛就这么大，一目了然。

没有水，没有食物，没有海图，不知道方向……

我们完了!

他几乎要叫出声来。

就在这时，山洞里突然传来一声惨叫!

第二十一章

凄惨的叫声让段思成打了个激灵。是骨头！他在里面遇到了什么？段思成下意识看向老瞎。

老瞎神色肃然，紧了紧手中的长刀，低头钻进洞里。

段思成跟在后面。他发现洞里一片漆黑，连洞口的光线都无法射入。回头一瞧，黑山正闷着头往里钻，把洞口塞得严严实实。

“在外面等着!”段思成吩咐着，继续往里走。

洞口初始很小，但越往里面就越宽阔。几步之后，已经可以直起身子。借着洞口射进来的光，段思成看到前面有一根满是水蚀痕迹的天然石柱，戳在洞穴中央。有冷风吹出来，有点儿潮湿，似乎在极远处有滴水声。段思成看到老瞎停在了前面，就在那根石柱下面，有一团东西蜷缩着。

“骨头?”

段思成认了出来。他赶过去，发现骨头面色煞白，哆哆嗦嗦地指着头顶。他想说话，但发出的却是牙齿打颤的声音。

段思成疑惑地抬头看去。

天哪！段思成吓了一跳，竟然有什么东西在瞪着他们！

“是野兽？”段思成拖着骨头，向后退了几步。骨头浑身无力，就像一团烂泥。段思成看到昏暗中，一双绿油油的眼睛正在放光。

不是野兽。这样一个没有水源的荒岛，不可能有野兽生存。也许是海兽，他想。既然山峰没了一大半，那么这个山洞最后通向的只能是大海。远处的滴水声就是明证。也许某只海兽沿着洞穴爬了上来……

老瞎突然松弛下来。他把长刀拎在手上，走入昏暗中。老瞎的身影被吞没了，段思成紧张地绷起脊背。

“来，过来瞧瞧吧。”老瞎的声音传来。

段思成有些疑惑，还是朝前走去。那双绿油油的眼睛越来越近，位置很高，大概只比黑山矮上一头。段思成又走近了几步，看到一个头颅的轮廓居高临下，正用那双异样的眼睛盯着他。

一个骷髅头！

段思成深吸一口气，驱散心中的寒意。说实话，有那么一瞬间，他险些吓得蹦起来。骷髅并不可怕，但长着一双发光绿眼的骷髅就太过诡异了。

但很快，段思成发现了它的秘密。空旷的眼窝里镶嵌着两颗绿宝石，在黑夜里就像闪烁的狼眼。

“这是……”

“老罗。”老瞎伸胳膊，把骷髅头够下来。它被摆在靠近石柱顶部的一个石窝里，远处看去就像一个高大的人。

“老罗？”段思成盯着对方手中的骷髅头，愕然，“是你们当年的船员？可为什么……”

“拿去看看。”

老瞎把骷髅头塞过来，段思成手腕一沉，险些掉下来砸到脚。

这颗头骨可真重！段思成想。

“有火吗？”段思成问。

老瞎点燃了火绒。火光跳动，给颅骨蒙上一层诡异的阴影。时间太久了，上面满是尘埃。段思成擦了擦，一缕金光绽放出来。

“这是……”段思成惊讶得合不拢嘴，“金子？”

“哪儿呢？”骨头不知从什么地方蹿出来。一双眼睛亮得可怕，直勾勾盯着那枚头骨。段思成担心，下一刻他会跳起来咬自己的手。

段思成七手八脚把颅骨擦出来。没错，这是一枚金颅骨。通体由黄金铸成，眼睛是镶嵌的绿宝石，有鸽子蛋那么大。光从材质上说，这枚颅骨可谓价值连城。但工艺很糟糕，完全是粗制滥造。

“你管它叫老罗？”段思成躲过骨头偷偷伸过来的手，托着颅骨，“做工可不怎么样，你们私铸的？”

“那时候你爷爷很有钱，金银成堆。”说这些话的时候，老瞎有些恍惚，似乎回到了三十年前。“为了保存方便，我们有时候会铸锭。有个叫老罗的家伙，用一堆首饰弄了这个。我们就管这玩意儿叫老罗。”

“他人呢？”

“死了，骨头都化成灰了。”老瞎露出一个奇怪的笑，“他真是有先见之明。没有这玩意儿，我永远想不起来那个家伙。”

“很不起眼？”

“很不起眼。他在船上……”老瞎顿了一下，摇摇头，“我忘了他是干什么的。除了这个金头骨，他似乎什么都没干过。真是可悲，你说呢小子？”

“我可没想过那么多，我的人生还很长。”说完，段思成又补充了一句，“本来还能很长，可就因为你，不太确定了。”

“你喜欢老死在床上？”老瞎看着他，慢慢地说，“人的一生是很短暂的，可要是庸庸碌碌地活着，那又太漫长了。”

有那么一瞬，段思成为这句话怦然心动。他简直不敢相信，老瞎居然能说出这样有哲理的话。但这句话说得太好了，直击人心，让段思成的血液一下子沸腾起来。

“你的话？”段思成深吸一口气，让自己冷静下来。

“你爷爷的。”

段思成没说话。他在心底勾勒未曾蒙面的祖父的身影。这身影曾经很模糊，如今越来越清晰。起先像个疯子，现在看来，像是一个有理有据的疯子……

“说实在话，看到这个我有些意外。”老瞎把那个骷髅头拿过来，在手上旋转着，“也许真的是一场地震，把这些东西搞得到处都是……”

“不是你们放上去的？”段思成惊讶。

“看上去是故意在吓人？”老瞎哼了一声，“也许当初我真该这么做，可惜没能想到……接着！”

老瞎把骷髅头抛向骨头。骨头一跃而起，牢牢抱在怀中。对他来说，这玩意儿有点儿沉。但骨头看上去精神百倍，脸上泛着一层回光返照的红光。他摸索着骷髅头，甚至伸出舌头去舔，看那样子，现在立刻死了也心甘情愿。

“我们继续？”段思成绕过石柱，看着前方依旧深不见底的隧洞问。

“对，再往里走走，看它通到哪儿。”老瞎用长刀敲击着岩壁，当当的回响十分幽深，“比我想的长……这地方有点儿奇怪。”

老瞎举着火绒，走在最前面。岩壁在火光下呈现出一种诡异的绿，段思成伸手摸了一把，黏糊糊滑腻腻，是苔藓。

海藓？

如果这条岩洞被海水灌入过，那么残留一层海藓也很正常。但从岛屿外面的情形看，那些灌木生长得很茂盛，不像被淹过的样子。那么……

“等等！”段思成突然灵光一闪。

老瞎停下脚步，回头看他。

“有水！淡水！一定有！”段思成兴奋极了，他大叫起来，“我真是傻了！外面那些红海杉，可不是海柳之类的玩意儿！没有淡水，它们活不了！”

“噢。”老瞎看上去并不怎么关心，问道，“那你打算怎么做？出去挖一口井？”

“为什么不呢？船上有工具，我们能做到。”段思成笑了，整个人变得轻松起来，“好了，我们继续走吧。我现在很想看看，你们的秘密基地是个什么样子。”

“没有什么秘密基地了。”老瞎摇摇头，继续朝前走。

山洞十分崎岖，头顶的岩层仿佛一张帷幕，呈涟漪状扩散。这种扩散形成了两侧层层叠叠，充满褶皱的洞壁，仿佛某种巨大生物的肠道。这种景象在段思成眼中无休止地重复，终于，他停下了脚步。

“先等一下。”段思成说：“你们不觉得奇怪吗？咱们已经走了很久了，按这座岛的大小，都该走进大海了！可你们瞧瞧，它还是没到头！老瞎，这条山洞有这么长？”

“当年有这么长。”老瞎说，“那时候，这座岛很大。可现在……”摇摇头，他也有些不理解。

“也许我们走到海底了？”一直在跪舔金子的骨头突然说。要不是这句话，段思成几乎把他给忘了。

“但我没觉得走过下坡路。”段思成说。

“你总是想得太多。继续走吧，我们看看会发生什么。”老瞎似乎满怀期待，和刚刚发现岛屿崩塌时截然不同。

段思成只好跟在后面，但此刻，他再次紧张起来。这里和想象中不同，似乎会有什么不得了的事情发生。他想。

又沿着岩洞走了一小会儿，老瞎主动停下来。火绒熄灭了，一切陷入黑暗。下一刻，火星迸发，老瞎又点燃了新的火绒。

火光下，能看到岩洞的右侧有一个凹进去的小石穴，应该是天然形成的，大约有四五尺深。石穴里有一块平坦的石头，戳在那儿就像个凳子。

“这块石头还是我搬过来的。当年。”老瞎说，“我和一个家伙比力气，我赢了。但那天晚上，胳膊疼得睡不着。”

“然后你们把它当成了板凳?”段思成走进去，看到石凳上面厚厚的积灰。但在灰尘上，有一个新月形的符号，显然是用手指画出来的。段思成问：“你画这个干什么?”

“什么?”老瞎没懂。

“我是说这个符号。”段思成指了指，“它看上去像个月亮，但中间有个横线，这是什么意思?”

老瞎瞪大眼睛。他盯着那个符号，仿佛看到了极为不可思议的东西。良久，他吸了口气，慢慢说：“不，不是我。”

段思成张大嘴巴。不是老瞎？那是谁！骨头？不，那小子一直走在段思成身后！难道，岛上还有外人?

段思成和老瞎对视，两人都有着同样的猜测。老瞎把拎着的长刀慢慢提起，横在胸前。段思成朝他做了个手势。

老瞎点点头，用粗糙的大手攥灭了火绒。

就在火光刚刚熄灭的一瞬，一柄寒光四射的长剑陡然从黑暗中刺来!

第二十二章

叮的一声。

老瞎下意识举起刀，隔开了这一剑。剑刃擦过刀锋，爆出一簇耀眼的火星，仿佛闪电劈开夜空。

段思成隐约看到一个消瘦的身影，随即沉入黑暗里。

“谁？”段思成下意识问了一句，随即后悔不迭。他就地打了个滚，一道呼啸的风声从头顶掠过。

“啊哈！”黑暗中，传来老瞎的声音，他丝毫不在意暴露位置，他戏谑地说着，“让我看看，有几只小老鼠？”

回应般地，一道劲风向老瞎刺去！

老瞎一抖手腕，甩出一道刀光。叮的一声，长剑被磕开。黑暗中传来“咦”的一声，老瞎抢步上前，又是一刀劈过去。

长刀落空，擦着岩壁滑出一溜光芒。

段思成背靠岩壁，瞪大眼睛。他什么都看不清，只能瞧见火星乍明乍灭。但空气中传来鼓荡的锐响，提醒他一场险恶的搏杀正在进行。

老瞎没吹牛。他想。这种情形下，段思成恐怕最开始那剑就要完蛋。他向后缩了缩，生怕黑暗中自己被误伤。

突然，他感到有人在接近。段思成拔出短刀，横扫过去！

段思成不担心误伤。如果是老瞎，这一刀伤不到对方。如果是骨头，刀锋只会掠过他的头顶。

砰！

段思成的手腕一紧，被死死抓住。然后身子一歪，一只手扣住了他的喉咙！

“呜……”

段思成叫不出来。他感觉这只手并不大，却格外有力。当他挣扎的时候，手掌迅速收紧！段思成一阵剧痛，眼前冒出了金星。

“想死吗！”一个清脆的女音响起。

段思成立刻停止了挣扎。那只手放松了力道，渐渐收回，但取而代之的，是一种锋锐冰冷的触感。

一把剑。

段思成感觉到，一柄锋利的长剑，横在自己脖子上。细微的刺痛，令他汗毛一根根直立起来。

黑暗中的打斗停了下来，也可能依旧在暗战，反正段思成听不到声音。他的感受都停留在那把剑上，除此之外，还有一股淡淡的清香。

他知道持剑的是个女人，但还是怀疑这味道不是来自对方。因为这股味道，更像清晨草木发出的芬芳。

“你比我想的还能拖后腿。”老瞎突然说话了。一抹火光亮起，火绒点燃，映亮了老瞎的脸，他摇摇头，“你甚至不如骨头，起码那小子比老鼠还会躲。”

借着火光，段思成看清了身边的女子。张了张嘴巴，呆住了。

真漂亮！

他之前见过的所有女人……不，甚至是梦想出来的——都无法和眼前这个女子相提并论！

银色的长发，飞扬的眉梢，毫无瑕疵的面庞。秋水般的双眸正盯着自己。贴身的软袍看不清颜色，但在光线的勾勒下，呈现出完美的轮廓。她持剑的姿态很好看，简洁优美，甚至让那柄锋利的长剑都增添了一丝妩媚。

“你……是谁？”段思成怔怔地问。

“原来是你……那个海盗头子。”那女子居然认识他。

“你……”

段思成倏然醒悟过来，他也认得对方！当初正是这个女人，张开一对星辰般的羽翼掠过海面，俘虏了“远方号”！

她还射了自己一箭！

“暂时停手吧。”一个声音传来。黑暗中走出一名人族男子。段思成再次呆了呆，这家伙长得可真不赖。

“我是天氏商会主管连牧桓。”男子说，“我建议暂时停手。”

段思成眨眨眼。这头衔听不懂，但感觉好厉害的样子。连牧桓手里也拿着一把剑，看得出，刚才就是他在和老瞎交锋。

“身手挺利落。”老瞎在一旁撇嘴，“可惜不是我的对手。还喜欢搞阴谋诡计。”

“兵不厌诈。”连牧桓说。

两人互相看着，慢慢交错而过。老瞎握住刀柄的手攥了攥，始终没有动。连牧桓径自走到段思成身边，上下打量。然后问：“不应该只有你们几个，其他人呢？”

“我也想问。”段思成很是不解，“你们的人呢？”

“现在是在问你！”旁边的女子冷冷地说。

“瞧瞧，”段思成耸耸肩，看着连牧桓，“你的这名下属可真不懂事，擅自插入高层次的对话。”

连牧桓下意识看了那女子一眼，面色有些古怪。他对段思成说：“你只需回答。”

“我们的人都在外面。只要我喊一声，立马冲进来砍人。”段思成说。

“我喜欢这个威胁。”那女子突然笑了笑，手腕微微一抖。段思成觉得脖子一阵刺痛，然后传来一种温热感。

出血了。他肯定。段思成下意识看了老瞎一眼。老瞎摇摇头。除非想要段思成死，否则他不敢轻举妄动。

“来，喊一声。”少女笑眯眯地看着他。

“不喊。”

“为什么？”

“你让我喊我就喊？那我多没面子？哎，等等……”段思成感到脖子上的利刃再次收紧，赶忙实话实说，“人都在船上！我们就是来探路的。船上没水了。”

“告诉我，这里是什么地方？”

“我怎么知道？”

“刚才听到你们说话了。”少女手中的剑一紧，让段思成一阵龇牙咧嘴。她冷笑一声，“说谎之前，先动动脑子。”

“你……肯定没听全。”段思成慢慢说，“所以认为一切尽在掌握。但实际上……”对面少女的脸色渐渐凝重，突听段思成大喝一声，“骨头！”

忽的一声，一道金灿灿的光芒猛砸下来！

“小心！”连牧桓一剑扫出，将那个东西磕开。当的一声，那东西在地上滴溜溜旋转，赫然是个金色骷髅头！

突如其来的变故，让持剑少女愣了一下神。段思成陡然向后一跳，躲开了随即扫来的剑锋。他摔倒在地上，捡起了刚刚扔下的短刀。

少女反应很快，又是一剑刺来。段思成横过短刀，当的一声挡住了剑锋。段思成来不及起身，就地一滚，躲过了第三剑。

火光熄灭了。

几乎在黄金头骨扔下来的同时，老瞎就掐灭了火绒。洞穴恢复了黑暗，武器挥动的尖啸再次响彻。

似乎是老瞎那边再次交上了手。段思成躺在地上，整个人几乎贴上了岩壁。他把刀横在胸前，竭力压抑自己的喘息。

突然，有人一把抓住了他!

段思成吓得一个激灵，险些一刀砍过去！幸好他及时停了下来，戛然而止的刀锋在骨头眼前颤动。

骨头显然吓呆了。也就是这样，他才没发出尖叫。当骨头回过神时，段思成一把堵住了他的嘴巴。

姗姗来迟的尖叫被按回肚子里。

两人距离很近，隐约能看到轮廓。但拥有河络血统的骨头视力更好，发现段思成朝他打了个手势。

骨头点点头，轻手轻脚地向后退。段思成也慢慢爬起来。

突然，远处传来当啷一声!

岩壁上爆出一簇火星，似乎是谁的兵器砸飞了出去。段思成没出声，不知为什么，他就是相信老瞎不会输。

“连牧桓!”持剑少女惊呼一声。

赢了!

段思成松了口气。但旋即，一股奇异的感觉从黑暗中传来。仿佛一只猛兽从睡眠中苏醒，慢慢睁开它的眼睛。

危险！

段思成汗毛直立，每个神经都在叙述这种感觉。骨头同样紧张，甚至牙齿开始咯咯地上下打战。

陡然，沉重的脚步声咚咚地响起来。老瞎扯开嗓子大喊：“快跑！”

段思成陡然清醒，一把拉起浑身僵硬的骨头，转身就跑。老瞎跑得更快，壮实的身躯带着一阵风，从他身边掠过。

危险的感觉愈加强烈，马上就要爆发出来！

段思成拼命地跑，骨头被他打着横扯起来，撒手就能上天。前面出现了光亮，那是来时的洞穴入口。

这时，黑暗中，传来那个持剑少女的声音……

“ΘζЖДΦθл……”

段思成完全听不懂。这不是羽族的语言，也不是来自人族或者其他种族。但段思成却从中听出了一种无法形容的威严。

他猛然回头，看到一道无法形容的光辉涌现！

轰的一声！

光辉炸裂，宛若一千个太阳爆发。段思成的眼睛刺痛，瞬间什么都看不到。一股灼热的，无法形容的力量涌动着，追逐着，朝着他们冲来！

完了！

段思成觉得自己就要融化在光芒中。但最后一刻，有人用力拉了他一把，瞬间将他从逼仄的洞穴中扯了出去！

轰！

段思成滚落在地上。一道光柱从头顶上掠过，带着爆裂的热流冲向远方！段思成呆呆地看着这一切。

“天哪，天哪……”良久，他用透着不可思议的声音说，“刚才都是真的？那……那都是真的？”

“起来。”老瞎踢了踢段思成。

段思成摔痛了腰。他龇牙咧嘴地起身，用手扶了一下洞穴口的岩石。岩石依旧温热，回答了他刚才的问题。

“那就是秘术吗？”段思成问。

“也许不是。”老瞎面沉似水，盯着黑黢黢的洞穴深处。那个持剑少女并没有追出来，他的戒备似乎白费了。

“不是？”

“那种语言……”老瞎沉默了一下，“很像是龙语。传说中，有一种人能够利用龙族的秘术。没想到……”

“你真的见过龙？”

“那又怎么样？”

“你居然还活着？”段思成惊讶。

老瞎看了段思成一眼，露出一个奇怪的笑容。但这笑容让段思成感到毛骨悚然。他赶忙避开老瞎的目光。

“黑山哪里去了？我们得赶紧上船，不然……”突然，段思成的声音戛然而止。他愣愣地看着四周。

“我的个天！”他惊叫起来。

第二十三章

岛依旧是岛。

但之前那些葱绿的灌木全都消失了。取而代之的，是黑乎乎的岩石和焦黄的土地。偶尔能看到一层浅白，是薄霜，在背阴处莹莹发亮。

段思成这才觉得有些冷。

他慢慢站起来，感觉一股风从前胸透过后背，整个人薄得像张纸。环顾四周，找不到黑山。

肯定找不到，这里已经不是刚才的地方了。段思成想。但他不明白，明明是原路返回，怎么出来后换了个地方？

他看了看老瞎。老瞎脸上同样带着迷惑，但他的迷惑却更加具体。老瞎走到一块一人高的岩石前。岩石呈椭圆形，通体青灰，背面结着一层白霜。

“像个茄子。”段思成看着那块石头，“别告诉我，这也是你亲手搬来的。”

老瞎没理他，拍了拍岩石，就像在和一位老伙计打招呼。白霜沾在手上，老瞎搓了搓转过身。

“还是这座岛。或者说，也是岛的一部分。”

“为什么?”段思成问。

“我不知道。”老瞎摇摇头。他朝远方看了一眼，应该是海面的地方全是雾，根本看不见海水。

段思成也发现了这一点儿。他还发现骨头不知什么时候跑到了那里，正趴在海岸线上往下看。

“趴着干什么?”段思成走过去。

山洞口距离海岸并不远，但和之前的海岛不同，完全没有沙滩，完全是裸露的岩石构成，高低不平，有点儿硌脚。

段思成深一脚浅一脚走到岸边，这才明白骨头为什么是这个姿势。

——下面是空的!

从岸边往下看，赫然是一片空茫。无限的高度令段思成一阵眩晕，两腿有些发软。并不强烈的冷风此刻仿佛一双双充满恶意的手掌，要将他推下去，跌个粉身碎骨。

段思成下意识退了一步。

他四下看，终于明白笼罩在岸边的根本不是雾，是云！这片岛，就飘在云海之中！根本是一座天空之岛!

段思成用力搓了搓脸颊。睁眼看去，一切如故。恐怖的高度分割着世界，似乎脚下的地面都不真实起来。

“能……给个解释吗?”段思成的声音说。

老瞎走到岸边。他站得如此靠前，似乎微微一晃就会跌下去。沉默片刻，他转身问:“你觉得我能解释什么?”

“为什么一会儿在地下，一会儿又上了天?”段思成说，“我能看出来，你也不知道。但我能肯定，这座岛一定发生过什么……三十年前!”

老瞎似乎陷入了回忆。过了片刻，他摇摇头。“三十年前……是发生了一些事。但你真的想知道?”

“我不能知道?”

“怕你吓得尿裤子。”

段思成笑了，却没有丝毫温度。他走到岛屿边缘，无限的高度扑面而来。段思成就这么看着，所有的恐惧都消失了。

他甚至走得比老瞎还要靠前，多半个脚掌悬空，只靠脚跟支撑身体。老瞎有些惊讶地看着他。

“也许我看上去真的很胆小。但现在……”段思成朝下俯视。云层稀疏了一些，隐约能看到一丝湛蓝的海面。

一千丈？或者更高。反正段思成知道，这个高度掉进水里，铁板也要摔成麻花。但奇怪的是，他真的不害怕。若说一开始在鼓足勇气硬撑，现在甚至有点儿乐在其中了。一种奇异的兴奋在大脑中跳跃。

“……我真的不怕。”段思成摊手，“说吧。”

老瞎点点头。“我们来这边。”

他走向岛屿中央的那块茄子状石头。段思成也跟着过去，顺便将瘫在地上的骨头拉走。他能感受到，骨头的双腿都是软的。

“你居然是个瞭望手。”段思成叹气。

“桅杆又没这么高!”骨头缓过气来，抗议，“我只是个瞭望手!还有，你得赔偿我的宝贝!”

骨头终于想起了那个黄金头骨。

“安静一会儿，我们说点正事儿。”段思成拍拍他，转向老瞎，“说吧。”

“那我就说说当年那件事。”老瞎背靠石头，盘坐在地上。习惯性地用衣襟擦拭那口长刀，“当时我们正要回港，然后遇到了奇怪的事情。就是我们之前经历过的，应该不用再说第二遍。”

“后来呢?”

“后来我们发现了这座岛。不，不应该说发现……”老瞎斟酌了一下，说，“这座岛本来就是我们的。我也和你说过，我们把很多宝贝都藏在这里。我们是发现，这座岛为什么跑到这里来了?”

“岛移动了?”段思成愕然。

“对啊。我们进了一个奇怪的海域，然后在里面发现了我们的岛。还有比这更怪的事情吗?”老瞎摇摇头，“当时你爷爷说，不管是谁干的，无论是恶意还是开个玩笑，都应该乱刀砍死。”

“谁干的?”

“一条龙。”

“龙?”段思成震惊。

“对。就是你说过的，那种无比强大，天生就能排山倒海的龙。”老瞎用手弯了弯长刀，刀身抖动起来，发出一声长吟。

就像传说中龙的声音。

“然后呢?”

“当然是乱刀砍死。你爷爷说过了。”

“你们……去砍一条龙？龙!”段思成瞪大眼睛，不可思议地大叫起来，“你们……简直是疯了!”

“没你想的那么厉害。龙比传说中差远了，差得很远……”老瞎仰着脸，似乎在回忆当年的那场战斗。

“那么……你们把它砍死了?”

“没有。”老瞎摇头，突然咧嘴笑了。他指了指自己那只受伤的眼睛说：“你瞧，这是龙爪留下的。”

“你以前不是这么说的！你说是一场白刃战，然后你杀死了对手！”

“所以你知道，这次才是真话。”

段思成呆了呆，吐气说：“好吧，看来真没有传说的那么可怕。我以为，你脑袋会被一爪子抓碎。”

“就差一点儿。”老瞎说，“只是扫了一下，就丢了一只眼睛。但龙……怎么说呢，也许和你想象的不同。”

“排山倒海？”

“不光指这个。我是说，也许你只把龙当作野兽，就像当初我们以为的那样——但并不是。”老瞎说，“事实上，那条龙很聪明。比我们都聪明。”

“所以它……不，按你的说法应该说他——他赢了？”

“他赢了。”老瞎叹了口气，“很多人都不清楚，不败的海盗王为什么销声匿迹。传说我们遇到了天灾，遇到了巨大的海怪……好吧，这个有点儿接近。但现在你明白了，我们输给了那条龙。”

“我爷爷死了？那时候？”

“他死了。”老瞎怔忡片刻，然后说，“但他给了那条龙一下狠的，那一刀插得真深……等等，你为什么看上去很平静？”

“我该什么样？”段思成愣了一下，皱眉说，“义愤填膺地要去找那条龙报仇？对，按理说是这样，但这些距离我太远了，感觉像听一个传说。我没见过我爷爷，很难有感同身受的情绪。而且……”

“什么？”

“他算是死得其所吧，我爷爷？”段思成问。

“他是这么说的。”老瞎点点头，“他觉得，作为一个海盗王，和巨龙搏斗而死，是最好的结局。所以他的故事结束了，但我们还活着。”

“你想怎么样？”段思成有了一种不祥的预感。

“你问过我这把刀的名字。”老瞎拿出一个油脂包，细细地给长刀涂上一层油，算是保养完毕。他收起刀说：“现在可以告诉你，它的名字叫斩龙。”

段思成盯着那把刀，很久没说话。

“我以为你会很惊讶。”老瞎看着他。

“其实我猜到了，从你讲到那条龙开始。”段思成吸了口气，“这可真疯狂，你居然打算屠龙。你找我父亲出海，就是为了这个？你算计了多久，三十年？”

“已经够久了。我不能再等下去，人族的寿命太短暂了。”老瞎站起身，“我必须找到那条龙，这是从一开始就决定了的。”

“其实你是在自杀。”段思成突然说，“我敢打赌，你早就不想活了。”

“哈？我？”老瞎笑了。

“不是吗？”段思成盯着他，“海盗王的精锐都做不成的事情，你一个人怎么做？除了寻死，我找不到别的理由。也许你对当初发生的事很不满，没有得到和我爷爷一样的结局，没有成为传奇里的人物，所以，你想再来一次？”

“龙没有你想的那么厉害，而且它当初受了伤，很重的伤。”老瞎提着刀，向前走去，突然又停下来问，“真的不参与？”

段思成摇摇头。

“也许你并不胆小，但是……”老瞎凝视他片刻，却把后半句咽下去。他钻进了那个山洞，身影被黑暗吞没了。

段思成一动不动，任凭老瞎消失得无影无踪。不知过了多久，他听到骨头怯生生地问：“头儿，咱们怎么办？”

“你没走？”段思成诧异地看着骨头。

“跟他走？我又没疯……”骨头嘟囔。

段思成点点头。他走到这片岛屿的另一端。同样是山峰的一侧，同样有一片平滑如镜的断崖。

白云轻柔地拍击着崖面，旋生旋散。但崖面是如此光洁，就像当初的海浪一般，没有留下丝毫痕迹，便是半点冷霜也未曾沾染。

段思成若有所思。

第二十四章

“你看，这像个什么？”

段思成的问题让骨头难于回答。因为画在地上的草图有些潦草，更重要的是，骨头太冷了，正抱着肩膀哆嗦。

高空很冷。这是骨头通过实践，刚刚学到的知识。这片岛上土层很薄，而且硬邦邦的，难于勾画。段思成的图是画在一层霜上，痕迹很浅，更显得难以辨认。

“看……不出来。”骨头抖了一下身子，回答。

其实段思成并不需要回答，只是习惯性的，想要有人垫句话。

“这是之前那片岛，这边是咱们脚下的。”段思成用短刀指着地面，“看这里，两片断崖的位置……”

段思成用手比画了一下，说：“看，是重合的。”

“不就该这样吗？”骨头纳闷，“你都说了，是一斧子劈开的。”

“你真信？”段思成抬头。

骨头怔怔地点头。

“我真是……”段思成失笑，摇摇头，“行吧，别管那么多。我想说的是，肯定还有更多的部分，不然拼起来不够。”

段思成瞅着图沉思。以山峰为轴，两片岛拼接起来，大概还缺了一大部分。也就是说，还应该有分裂出去的岛屿。

唯一不能确定的是，岛屿有几块。

“走吧。”段思成站起身子，活动了一下麻木的腿，“我们进去。”

“山洞？”

骨头一脸惶恐。黑漆漆的山洞代表了危险，里面可能会有龙，会有凶残的持剑少女，还有……嗯，老瞎。

在骨头心里，老瞎已经和危险画上了等号。

“待在这里冻死？或者跳下去？”段思成问。

如果不进洞，那就只有这两个选择。这片岛不大，刚才两人已经转了一圈，没有其他东西。唯一的收获就是云雾浸入衣衫，浑身又湿又冷。

骨头叹了口气，跟着段思成走进山洞。

依旧很黑，段思成在洞穴里摸索着前进。骨头走在前面，凭着种族天赋，他能隐约看见一米外的情景。事实上，如果真有什么危险，这个距离并不足以预警。可他们不敢引火，老瞎不在身边，没人能挡住黑暗中刺出的一剑。

不过，段思成一点儿也不怀念老瞎。他现在只想回到原来的地方，叫上黑山，登上“远方号”，然后离这个鬼地方远一点儿。

对了，还没找到水。段思成有些发愁。不过他立刻决定，哪怕在那片岛上挖井，也不能回到这个诡异的山洞里碰运气。

这一次是上了天，下一次呢？

段思成正想着，骨头突然停下了脚步。他回过头，瞅着段思成，轻轻摆手。两人相隔很近，段思成看到了这个动作。

有情况？他立刻蹲下身子，死死贴住岩壁。

“好像……走错了。”骨头凑到段思成耳边，用极低的声音说。

按照原本的设想，他们走到那个石头墩子前就回头。反正之前是这样，“原路返回”，结果到了另外一个地方。

但现在，骨头发现这里并不是“原路”。他非常想把那个黄金头骨重新捡回来，可是没有。不光是这个，地形也发生了变化，和之前的山洞并不相同。

“我们还要往前走吗？”骨头问。

段思成也不确定，但必须选一个。他想了想——事实上没想出任何东西——就决定继续向前。

这条洞穴很直，两边的石壁比较平滑。段思成摸着岩壁，以免自己撞到什么东西上。两人又走一会儿，前面隐隐出现亮光。在黑暗中待久了，突如其来的光明并不能给人安全感，反而让段思成觉得有些紧张。

骨头的反应更加激烈。他立刻停住了脚步，死死贴在岩壁的一个凹槽里。段思成顿时想起他之前做的，逃到安置黄金头骨的岩洞里的行为。

怪不得之前没人发现他。段思成想。

“别慌。”段思成低声说。他一步步向光亮挪过去，尽量不让自己发出声音。光亮越来越近，段思成的眼睛也逐渐适应。

他突然松了口气。

“来吧。”段思成把声音稍微提高一些。骨头慢慢摸出来。他也看清了前方的光亮是怎么回事。

居然是洞口。

“真是不讲道理。”段思成喃喃自语。

两人加快了脚步，很快到了洞口。骨头趴在地上，小心翼翼地钻出去——并不是洞口太小，而是他生怕被发现。

段思成在里面等着，过了一会儿，骨头再次出现，并且招了招手。段思成这才从洞口钻出去，看清了外面的情景。

相对而言，这次很正常。外面是海岛，有树木，有沙滩，还有碧蓝无尽的大海。尽管这里明显不是之前他们进来的那个地方，但比起那个天空之岛，已经算很不错了。

“我们去看看。”段思成说着，朝海边走去。他还带着一丝期望，万一黑山和那条交通艇就在这里呢？

尽管他知道，这个念头有些像妄想。

这片海岛比较大，至少比段思成之前去过的两个岛都大不少。目光所及，有一片郁郁葱葱的树林，都是高大的落叶乔木。树林就像一块巨大的翡翠，镶嵌在岛屿的外侧。他们只能看到一小片海域，大部分视野里，都是起伏的地形和树林。

段思成和骨头朝着那片海滩走去，经过一片树林的时候，骨头突然停下来。他耸了耸鼻子，露出惊喜的神色。

“水！”骨头叫起来，“有淡水！”

段思成看到骨头像一只撒欢的狗一样，拔腿跑向树林。他来不及阻止，只好跟在后面。但他拔出短刀攥紧，以便随时应付意外。

这片树林多年没有人迹，似乎也不见什么动物。植物生长得很肆意，每一棵大树都有双人合抱粗细，密密层层的树冠遮天蔽日。树木之间蔓藤缠绕，像一张张巨大的绿色罗网。骨头仗着个子小，能顺利地钻进钻出，段思成却不得不用短刀劈砍蔓藤，开出一条通路。

段思成听到骨头的欢呼。他劈开一根粗如手臂的藤萝，淡青色的汁液汩汩涌出，早已口干舌燥的段思成很想凑上去喝一口，但他立刻被藤萝后面的景象震惊了。

树林间，几棵横倒的树干掩映下，一汪清澈的泉水正在闪烁波光。这是一个不算太大的水潭，但中间有汩汩的泉眼喷涌，一些落叶和残枝被推向岸边，形成一层绿色的土壤。这就是活泉的好处，保证了这里并没有成为无法饮用的死水。

骨头已经跑到了潭边。他踩着几块石头，以免自己陷入水边的腐沼中。段思成走进来的时候，他正把脑袋扎进去，开怀痛饮。

“头儿，快来！”骨头扬起脸，舒畅地抹了一把。

段思成也跳上了那几块岩石。他喝了几口水，感觉浑身上下说不出的舒服。这里想必就是老瞎说过的水源，真是一波三折。

阳光从潭上那一小片空间照射进来，暖洋洋的。尤其刚刚经历过冰寒彻骨的高空洗礼，两人都舒坦得不想动弹。找到水之前，他们都有满身的力气。如今得到满足后，这些力气似乎瞬间消失了。

“我们得走了。”段思成从这种状态里挣脱。他用随身水囊灌满清水，然后仔细地系在腰上。

“再歇一会儿……”骨头躺在石头上，眯起了眼睛，几乎要睡着了。他嘟囔：“歇一会儿再走吧。你瞧瞧，这里又干净又舒服……”

段思成愣了一下。

干净？

他突然打了个冷战。仔细盯着脚下的石头。这几块石头明显是人为搬运过来的，但段思成以为是当年老瞎他们干的，并没有在意。

但……

放了三十年的石头，怎么可能这么干净？

“快起来！”段思成一把拉起骨头。骨头迷迷瞪瞪的，就被段思成扯着几步跳到了树丛里。他想说话，立刻被段思成用噤声的手势阻止了。

“有外人。”段思成用极低的声音说。

骨头立刻清醒了。他迅速躲到一棵大树后面，瞪大眼睛，小心翼翼地四下看。但树林静悄悄的，什么都没有。

段思成摆摆手，轻手轻脚走到那串石头边上探查。果然，他发现除了自己和骨头，还有其他人来过的痕迹。

“这边。”段思成指了指某个方向。骨头看到，那里的藤萝断掉了一些，明显是人为劈砍的痕迹。

“明白了。”骨头深吸一口，转身朝相反的方向逃去。段思成一把揪住，直接扯了回来。

“我们得打探清楚，笨蛋！”段思成压抑住发火儿的情绪，朝前方指了指。骨头摇摇头，段思成挥舞了一下短刀。

骨头屈服了。他垂头丧气地朝前摸过去，轻手轻脚地仿佛穿越花丛的蝴蝶。真是精湛的惯偷手艺，段思成想。

段思成没有动。他自忖无法做到骨头的程度，就在原地等待消息。很快，骨头又偷偷摸摸回到了原地。

他的脸色十分难看，低声说：“没看到人，但……”

“什么?”

“有一条船。”骨头舔舔嘴唇说。

“船？”段思成愣了一下，旋即明白过来。对，确实应该有条船。他深吸一口气，沿着骨头走过的路线，悄悄到了树林边缘。

树林外，大约百步的地方，是一片沙滩。海水轻柔地拍打着，在沙滩上留下一道道波纹样的痕迹。

顺着海面看去，一艘纯白色的华美大船，正停泊在湛蓝的大海中，就像一朵飘落下来的云。

“‘飞云号’。”段思成盯着它，自言自语。

第二十五章

"少主还没有消息?"

"飞云号"上，莫隐双手扶着船舷的女墙，眺望海岛。

进入这片海域后，他知道了一件事，自己长久以来的猜测是正确的。蓝色晶体中隐藏的力量，正在和自己产生呼应。

此时此刻，莫隐才真正觉得放下了一块石头。此前，他为这次出海殚精竭虑，费尽心思推动了一切，可实话实说，一切并没有把握。

设计杀掉刘老三，是他证实猜测的第一步。事实证明，他做对了。然后是现在，他又做对了。那么，下面就是第三步——剪除能对自己产生威胁的人。

具体来说，就是天青珞和连牧桓。

如果"远方号"不出现，他或许还能放过他们。但现在，"远方号"的人，天青珞，连牧桓，都集中在了这个小岛上。他们有极大可能发生接触，将那些零散的信息综合在一起，立刻就能勾勒出莫隐的真面目。

一个隐姓埋名，潜藏多年的海盗。

不光如此，他还命李都管杀了船上的两名羽族同僚。

如果继续查下去呢？聪明如连牧桓，定然会发现，这次“飞云号”远赴海外进行开拓，居然是莫隐一手引导的结果……

无论是连牧桓还是天青珞，定然不会放过莫隐这个幕后黑手。

因此，这些人必须死。

“头领……”李都管就在莫隐身边，紧了紧身上的袍子，压低声音说，“也许少主已经……”

“不可能！”莫隐断然道。

那可是整整一队羽哨！羽族中最精锐的战士，在智计百出的连牧桓带领下，哪怕遇到十倍的敌人，也能轻松获得胜利。

退一万步讲，就算他们不行，天青珞也不是弱者，她拥有传说中的秘术，足以在瞬间爆发出可怕的力量。

这样一个组合，怎么可能被十几名海盗干掉？

难道岛上有什么可怕的危险？又或者……莫隐突然心中一凛。他想到了一种可能：也许那些海盗已经被捉住了，天青珞正在审问。

那么，能审问出什么消息？到底是因为知道了什么，才会耽搁这么久的时间？只可能是……

想到这里，莫隐心口一阵烦闷。

“不能等了！”莫隐下定决心。他看向李都管，目中灼灼的火光十分瘆人，李都管不由得退了一步。

“我们去接应少主。”莫隐说。

李都管一愣，旋即明白了什么。他的脸色变得苍白，一时说不出话来。

“怎么了？”莫隐盯着他。

“……愿为头领效死！”片刻犹豫后，李都管单膝跪倒。事实上，比起莫隐，他更没有退路，手上可是有同袍的血债！

“能带上多少人？”莫隐问。

“二十几个，都是真正的自己人。”李都管说。

“好吧，也不少了。”莫隐叹了口气。其实他心里觉得，这些人太少。“飞云号”上足有数千人，辛苦了这么久，才拉拢了这么点心腹。

但反过来想，能在这种情况下真心投靠，甚至敢冒天下之大不韪的，都可谓极端可靠。想到这些，莫隐又心中一定。

不多时，莫隐和几十名精锐士兵，乘着小舟离开“飞云号”，慢慢驶向海滩。这一切，都落入了段思成的眼中。

“赶紧走吧，头儿！”骨头看到迅速靠近的一船士兵，吓得双腿直哆嗦。他拼命催促，甚至用力去拉段思成的衣服。

段思成皱着眉头。这群人肯定是来找那个连牧桓的，只是直到现在他还不清楚天青珞的身份。是要躲，但躲哪儿？

这片岛足够大，能藏人。但藏了之后呢？当务之急是要找到“远方号”！还有老瞎，真的放任他留在这个奇怪的岛上，去找什么龙？

段思成对老瞎的隐瞒十分气愤。要不是这老混蛋，所有人都不至于落到现在这个下场。但骂归骂，又觉得自己不该丢下他。毕竟，老瞎并不是萍水相逢的路人，也不仅仅是大副这个简单身份可以涵盖的。

他至今犹记得，从老瞎那里骗取糖果的温暖。

“走！”段思成咬牙，“回山洞！”

“回山洞？”骨头瞪大眼睛。

“得找到‘远方号’，找到黑山，还有……找到那个老混蛋！”段思成咬牙切齿，语气却不容置疑。

骨头感到不可思议。别的就罢了，找老瞎？那个老疯子？但段思成已经毫不犹豫地掉头，骨头只好一蹦一跳地追上去。

重新回到泉水旁边，两人又沿着之前开辟出来的道路行进，即将走出这片树林。一根垂下的藤条晃动了一下，险些打到段思成的头。

段思成低头躲过。再抬头时，发现苍翠若薄纱的林木间，有个隐约的身影！他瞪大眼睛，没等做出任何反应，一支冷冰冰的长剑陡然点在了胸前！

“真是不巧。”清冷的声音说。那个身影拨开蔓藤，慢慢走出来——正是之前遇到过的持剑少女。

段思成张了张嘴，却不知该说什么。片刻，他叹了口气。“你们真是好运气。”在身后，连牧桓直接制服了骨头，甚至没使用任何武器。

段思成确实嫉妒对方的运气。他在洞里钻来钻去，始终没能回到停泊“远方号”的那片岛屿。可对面这两个，却轻轻松松出现在这里，和“飞云号”会合了。

还抓住了自己。

想到这个，段思成更气了。但冰冷的剑尖抵在胸前，有什么火气都冰消霜解。

“好运气？”持剑少女哈哈笑起来。她摘下段思成的短刀，远远扔开。段思成举着手，一动不敢动。

“再问你一次，这里是什么地方？”少女说。

“我真不知道。”

“不知道，就敢往里闯？”少女不信。用剑尖点着，段思成感到一阵刺痛。他立刻想到脖子上的伤口。虽然很浅，已经愈合，现在却刺痒起来。

"你说那片雾?"段思成叹气,"你们追得紧,我们不是没办法吗?早知道这样,我真的不进来。"

"另外一个人呢?"连牧桓问。

"找不到了。"

连牧桓瞅了瞅他,又在四下看了看。他的经验很丰富,看出附近确实没藏人。点了点头问:"洞里失散了?"

"……算是吧。"

"对这地方,你一点儿都不知道?"

连牧桓的目光很锐利。段思成能感觉到,这人比那个少女难缠得多。要是不交代点儿什么,这一关并不好过。

"我听说,三十年前这里是个海盗岛。"段思成说,"可后来它就消失了,没人知道怎么回事。"

"听谁说?"

"老瞎。就是在洞里和你对砍的那个。"段思成解释了一下,诉起苦来,"其实我也是被骗了,他根本在利用我。"

"骗你出来当海盗?"连牧桓一点儿都不信。

"我都说了,能不能放了我们?"段思成小心翼翼地问,"其实我们啥也没干成,咱们没仇没怨……"

"没仇没怨?"少女的目光突然冰冷了,一把揪住段思成的领口,"我船上的部下,不是你们杀的?"

"轻、轻一点儿!"段思成觉得自己要被勒死了。这女人力气可真大!他用尽全力大叫:"人不是我杀的!"

"你觉得我傻?"少女盯着他,露出冷笑,"不是你还能有谁?难道是他们自己蠢到自杀了?"

"不是!"段思成心里一突,突然想到了这件事。这些天紧张的逃亡,他几乎都忘掉了。现在回想起来,突然觉得十分诡异。

“我没动过手！”段思成赶紧辩解，“是你们……”

话没说完，突然听到树林深处，传来一阵窸窸窣窣的声音。那不是一两个人能造成的，似乎有很多人在树林中穿行。

连牧桓一挥手，止住了段思成的话。所有人都贴在树木后面，小心地向里面窥视。片刻后，那名少女松了一口气，走了出去。

“莫头领。”少女叫了一声。

一名又一名全副武装的甲士踏着枯枝败叶，从林中穿出，足有二十多人，显得杀气腾腾。段思成不由自主地感觉一阵紧张。他瞧了瞧连牧桓，意外地发现，这个男子脸上出现了一抹狐疑。

领头的男子身穿一套黑红相间的甲衣，袍子边角被树枝钩过，稍稍有些残破，却不影响威风凛凛的气势。他微微躬身，甲叶发出哗啦啦的摩擦声。

“属下见过少主！”

少主？段思成愕然，这个羽族少女是少主？哪门子少主？他脑子转了半天，也没能找到一个合理的解释。

少女点点头，问道：“莫头领，你怎么来了？”

“担心少主的安危。”莫隐朝前走了几步，到了她身边，目光扫了一圈，“怎么不见连先生和诸位羽哨？”

天青珞皱眉。“这山洞有些古怪，进去后失散了，就剩下我和连牧桓……”回过头，却发现段思成从树后面蹦了出来。

“是他！”段思成指着李都管大叫，“是他杀的人！我是冤枉的！”

第二十六章

看到李都管的时候，段思成简直气得要命。就是这个混蛋！栽赃陷害，还险些把自己用水桶给淹死！

他生怕自己的辩解再次被打断，赶忙跳出来指认。李都管固然面色大变，莫隐也没想到，段思成竟然出现在这里！

“胡说八道！”李都管脱口而出。他按着刀柄，大踏步朝段思成走来。段思成吓了一跳，想要后退，却被连牧桓从后面按住。

“且慢。”连牧桓说。

“连先生。”李都管不敢在连牧桓面前放肆，只得停住脚步，说道，“您是听信了这个海盗的一面之词吗？”

“他不过是砧板上的肉，你又忙什么？”连牧桓瞧了瞧他，又瞧了瞧面色微变的莫隐，“是不是这个道理？”

莫隐只得点点头。“让他说。”

李都管脸色一白，隐蔽地看了莫隐一眼，但莫隐没有任何表示。他心里吓得抖成一团，只能用握住刀柄的手来发泄，关节青白一片。

“究竟是怎么回事?”天青珞转过头，看着段思成。

段思成赶忙把那天在船上发生的事情说了一遍，最后苦笑。“问我怎么回事，我也不知道。起码，我不知道为什么。”

“一派胡言！这都是……”李都管涨红了脸，正要反驳，却被连牧桓打断。

“你说他夺了你的剑，用的是左手还是右手?”

李都管一怔。“右手吧……”

“当时你在前，他在后，且贴着右侧行走，若他右手拔剑，剑柄必然要撞上墙面，怎么能快速拔出，又刺杀左边的人?”

“那就是左手！”

“那名死去的士兵左肋中剑，他左手持剑，怎么刺进去的?”

“那……”

李都管张了张嘴，仿佛一尾离开水的鱼，拼命想要呼吸。但连牧桓抽丝剥茧的分析太过凌厉，压得他喘不过气。

“李都管。”莫隐见势不妙，赶忙道，“你若是记不清楚，就不要信口胡说！”

李都管终于醒悟，哭丧着脸。“少主，我当时慌了神，已经不记得了。”

“不记得?”连牧桓微微皱眉，“但这个海盗却记得清清楚楚啊?”

“我……”

“喂！”天青珞盯着他，那对漂亮的凤眼带着寒霜，“接着说，多说一点儿，我可是很想听一听细节呢！你不会糊涂到什么都不记得了吧?”

李都管如何讲得出来？撒一个谎，就要用更多的谎言去掩盖。一步错步步错，有连牧桓在此，势必被批驳得体无完肤！

他冷汗淋漓，慌乱不堪。然而抬眼看到莫隐的神色，突然松了口气，变得镇定起来。他微微一笑。“是。少主，若实话实说，那我承认——人是我杀的！”

天青珞大吃一惊。“为什么？”

“不为什么，就是看这小子不顺眼。可船上的规矩我懂，为了防止泄密，只好牺牲那兄弟的命。说到底，怪他运气不好。”

“你！”天青珞气得满脸通红，嚓一声拔出长剑，对准了李都管。她一步步走过去，李都管笃定的面容又开始变了颜色。

“谁给你的胆量？”天青珞咬着细白的牙齿，冷笑，“还是说，以为我不敢杀人？”

李都管步步后退，余光瞟着莫隐。

莫隐咳嗽一声：“少主……”

“干什么？”天青珞侧眼看他，“为你的好手下求情？”

“不。”莫隐摇摇头，“这样的人，杀了脏手。就由我来代劳好了。”拔出长剑，走向李都管。

连牧桓皱着眉，觉得这事情异常怪异。李都管怪，莫隐更怪。他觉得，这里的水必然更深。

“稍等一下……”话没说完，就看到莫隐和天青珞擦肩而过时，莫隐眼中闪烁的杀机！

不好！

“你敢！”连牧桓大叫一声，劈手扔出了长剑！

天青珞一愣，看到那支长剑直奔莫隐。时间在此定格，大青珞的视线追随着剑光，看到寒光闪烁下，莫隐那狰狞的面孔。

莫隐正调转了剑锋，狠狠刺向她！

“你……”

天青珞无论如何也想不到，莫隐竟会这样做！她呆住了，根本忘了躲闪，也来不及躲闪，眼睁睁看着那柄雪亮的长剑刺入自己胸腹……

噗！

血光迸发！

天青珞瞪大眼睛，歪歪扭扭后退两步，委顿在地上。她捂着腹部，鲜血顺着指缝涌出。或许很痛，但她感受不到。愤怒和震惊潮水一样涌上心头，整个人几乎要炸裂了。

她死死盯着莫隐。

莫隐迟疑了一下。他知道，为了躲避连牧桓丢出的剑，这一剑刺得并不深，并不致命。他应该顺势上前，继续补上一剑。

但在天青珞的目光下，他依旧迟疑了。并非是天良未泯，他在天氏效力了三十年，某些习惯和心态，像丝线一样束缚着他的动作。他没来得及去补刀，沾染天青珞鲜血的长剑还持在手中，却重如山岳。

“不！”连牧桓双目赤红，眼角几乎渗出鲜血。他猛扑过去，用身体掩护着天青珞。连牧桓警惕地看着周围——那些甲士正在围拢，脚步却有些迟疑。

该死！

连牧桓万分自责。他没想到会有这样的突变，可笑之前还说要帮天青珞，要帮她实现愿望……这都是自己的错！

李都管也吓坏了。别看他刚才一副阴冷豁出去的样子，可事到临头，看到天青珞血溅当场，同样觉得山崩地裂！

他如此，周围那些甲士更加如此。无论他们在心中准备了多久，事实却永远是事实。

莫隐最先恢复了镇定。他咬着牙吐出一个字：“杀！”

甲士却没有动。

他们必然会动，因为一切已无可挽回。但此时此刻，他们还在迟疑。就在这时，连牧桓却动了！

他一把抓住天青珞，从尚未合围的包围圈中，箭一样冲出去！他从段思成身边掠过，同时大吼一声："断后！"

段思成愣住了。

从莫隐拔剑，到连牧桓带着天青珞逃遁，只是一瞬间的事情，说起来慢，其实兔起鹘落，电光石火。段思成完全看呆了，脑子怎么也转不过来。

当他稍稍恢复清醒时，就听连牧桓朝他喊了这么一句。段思成若还是不明白连牧桓祸水东移的意思，他就是一头猪。

其实这没用，段思成不傻，莫隐等人更不傻。但连牧桓不过随手布下闲棋，哪怕能让莫隐有一刹那的迟疑，也是好的。

成不成都没关系，反正惠而不费。

断后？

王八蛋！断你娘的后！

段思成在心中大骂！他毫不迟疑，掉头就跑！然后，他就看到一个矮小的身影在前面蹦跶……骨头比他跑得还快！

甲士们终于反应过来，一窝蜂冲过来。沉重的脚步声震颤大地，仿佛有千军万马在平原上冲锋。

连牧桓带着天青珞，直奔那个山洞。按理说，他们应该奔向"飞云号"，不可能一条船的人都叛变了，那可是羽族的地盘。但连牧桓知道，真那么做，必死无疑！

莫隐率人展开队形，已经封死了这种可能。要是以前，天青珞或许能孤身冲出重围，毕竟她能飞。但现在不行，她受了伤，无法凝聚羽翼。况且……

连牧桓用余光看着，几名甲士已经站定，从后背摘下强弓。弓如满月，箭镞在阳光下闪烁着寒光！

准备得好周全！连牧桓才闪过这个念头，就听到弓弦一阵连珠震颤！连牧桓将天青珞抱在怀中，用身体掩住。同时身体前倾，扑倒在地上。

右腿隐蔽地勾了一下。

段思成逃跑的速度要快过带了人的连牧桓。他后发先至，已经追到连牧桓身后。谁知连牧桓突然倒地，右腿横扫，把段思成绊了个跟头！

砰，段思成跌倒在连牧桓身上，成了护盾。与此同时，十几支箭矢射落！

“王八蛋啊！”段思成绝望地大叫一声！

噗噗噗……

因为倒地的姿势，大多数箭矢落空。但仍有一支箭射中了目标。锋利的箭镞切开段思成的左臂，划出一道凄惨的伤口！

接着，嗤一声刺入连牧桓的后背！连牧桓身子微微颤抖，接着跳了起来，继续拉着天青珞冲入了山洞！

段思成怔怔看着犹在连牧桓后背颤动的箭羽——这人难道是铁打的？但下一刻，手臂上的剧痛令他清醒过来，段思成捂着胳膊，一头撞入洞穴的黑暗中！

想要狙杀的目标都逃入了山洞。李都管面色发白，瞅着莫隐。“莫头领，这……”

“怕什么？”莫隐咬着牙，声音令人胆寒，“那是死路！杀人如草不闻声，不更好吗……走！”

他挥了挥手。

甲士们沉默地跟随，向山洞走去。

段思成在幽深的山洞里狂奔。这个举动或许会让他跌个头破血流，但他已经顾不上了。他知道，那些人一定会进来，斩草没有不除根的道理。

至于他，是被牵连，被陷害，无辜被卷入，已经毫无意义。那些人不会放过他，也不会放过骨头。

骨头？

段思成突然想起这家伙。之前，那小子跑得飞快，但段思成没注意他去了哪里。但如果他还没傻透，应该也会钻进洞里。

右臂火辣辣地疼，胸腔也仿佛着了火。段思成不得不停下来，靠着岩壁喘气。再跑下去，不等对方追上，自己恐怕就要猝死。

段思成撕了一条衣服，死死包裹在伤口上。血止住了一些，但很快浸透了布条。这一箭真狠，段思成在心里咒骂那个叫连牧桓的家伙。但想到对方的伤更重一些，又忍不住心头快意。

血还是没止住，段思成感觉到，随着血液流出，身体正在慢慢虚弱。但他一只手很难处理好伤口，哪怕用牙齿帮忙都费劲。他打算再勒上一根布条，突然，他听到细微的声音响起，似乎是有人在黑暗中接近。

段思成一个激灵。下意识摸刀，才想起刀已经被连牧桓丢在了丛林里。他攥紧拳头，打算就算死了，起码也要让对方满脸桃花开。

“头儿……”骨头的声音响起。

段思成呆了呆，长长出了口气。骨头摸过来，攥住段思成的胳膊。段思成闷哼一声，骨头才惊叫：“你受伤了？”

“对。所以能松手吗？”段思成瞪着他。

骨头赶紧缩回手，在衣服上蹭掉血迹。发现段思成对这个动作有些不悦，连忙解释：“不是嫌脏啊，我就是有点儿怕血……”

“别废话了，帮我弄一下。”段思成说。

骨头深吸一口气，慢慢解开段思成手臂上的布条。伤口像一张裂开的小嘴，向外翻着，看上去有些凄惨。

骨头吸了一口凉气，段思成皱眉。“严重?”

“不严重。就是……嗯，我说了，我有点儿晕血……”骨头咬着牙，从自己的衣服上找了块干净的地方，撕下来做绷带。他的手很巧，包扎得很漂亮。血止住了，段思成微微活动了一下，感觉好了很多。

“不错，你应该当船医的。”

“咱们船上有这职务?”

“以后会有的。”段思成靠着岩壁养力气。决定再歇会儿，然后赶快离开。突然，他想到一件事，问道:“刚才你要说什么?”

“啊，我差点儿忘了!”骨头神神秘秘地说，“我刚才在前面探路，结果你猜，我看见了什么?”

“反正不是宝藏。”

“两个人，就抓咱们那两个。”骨头低声说，“伤得挺重。”

“真的?”段思成精神一振，“真伤得重?”

“嗯，都躺着呢。”

太棒了！段思成几乎要喝彩。他突然有了力气，噌一下站起来。“跟我走！报仇的时候到了!”

第二十七章

“你不是说，他们伤得很重吗?”段思成幽怨地看着骨头。

骨头耷拉着脑袋，没说话。

两人脖子上都横着一把剑。一柄属于连牧桓，一柄属于天青珞。半刻钟前，两个“重伤”人员轻而易举制服了他们。

从表面上看，天青珞和连牧桓是很惨。天青珞腹部缠着巴掌宽的布条。原本或许是纯白的，现在已经被染成了鲜红。她的面色苍白得几乎透明，仿佛下一刻就会从这个世界里融化。

连牧桓却相反。他背后还插着那根羽箭，仿佛背了一根旗杆，看上去有些好笑。但连牧桓的表情丝毫不令人愉快，两只眸子精芒四射，仿佛天空中流星闪过的光辉，给人一种下一刻就会寂灭的错觉。

段思成实在想不通，这样两个人，怎么还能迸发出那样的气力?如饿狼一般猛扑而起，瞬间制服了自己和骨头。

“哈哈哈……你们这种水准，咳咳……还学人家当海盗……哈哈……”天青珞大笑起来，看上去非常愉快。

段思成觉得这女人长得是漂亮，但脑子也有问题。都这样了，还笑得出来?

“哈、哈……”天青珞又笑了两声，然后被一阵剧烈的咳嗽打断。她喘了口气，继续说：“我们……咳咳……是伤得很重。你没瞧见，连牧桓后背上的箭都没拔么？箭镞别着骨头，我已经没力气了，拔不出来。”

这更没什么好笑的吧!

段思成心里吐槽，然后突然明白了什么，面色顿时惨白。

“看来你猜到了。”旁边的连牧桓盯着他，慢慢地说，“觉得我们是要杀人灭口?”

“是。”段思成声音干涩，“不然，你何必交底?”

“你们坏了大事。”连牧桓幽幽地说，“本来，我们留了最后的力气，打算和莫隐拼个鱼死网破。现在却浪费在了你们身上。”

他手中长剑微动，仿佛要切割下去。

“等等!”段思成连忙说，“这怪不得我们！那个什么莫隐，肯定也能防着这一招。你们就算拼命，也杀不到他!”

连牧桓瞅着他，点了点头。“你脑子倒是快。”他把长剑收回，轻轻摆在身侧，然后转过身。“为我拔箭。”

段思成愣住了。情势变得太快，他措手不及。

“等等!”天青珞一惊，长剑险些割断了骨头的喉咙。骨头吓得忘了尖叫，牙齿咯吱咯吱打战。

“怎么?”连牧桓问。

“你……信他?”天青珞瞪大眼睛，“一个海盗？他可是……”

“我看他还不太傻。”连牧桓悠然道，“而且，我好歹对他有恩。”

“你有个屁的恩!”提起这个，段思成勃然大怒，扯着手臂上的绷带问，“不是你拿我挡箭，我这胳膊能成这样子?”

“哦，看来我说错了。”连牧桓说，“你现在给我的感觉是有点儿傻。”

“啥意思?”段思成瞪着他。

连牧桓似乎懒得废话，只是道：“拔箭!”

段思成慢慢伸出手去。箭杆是乌木所制，几乎看不清楚。但尾端的羽毛纯白如雪，在昏暗中十分醒目。段思成握住羽箭，这一瞬，他突然有了一种生杀予夺的感觉。连牧桓显然是个厉害人物，但他的性命就掌握在自己手中。只要往里轻轻一送……

他心头颤了一下，突然明白了连牧桓的话。

箭雨袭来，若自己当时还站着，必然是死定了。连牧桓确实救了自己一命……哪怕他想找个盾牌挡箭。

结果还没挡住。

段思成突然笑了笑，心情好多了。他手上用力，箭镞摩擦骨头，发出咯咯的声音。这动静着实有些瘆人，骨头在一旁听得脸色发白。

噗!

随着羽箭拔出，一股鲜血顿时喷出。段思成赶忙按住，用事先准备好的布条将伤口勒住。自始至终，连牧桓哼都没哼一声。

连牧桓转过身，一双眸子更加亮了。苍白的面色和眼眸形成强烈反差，仿佛此人的肉体已经死去，灵魂正在燃烧。他嘶声道：“做得不错。”

天青珞的目光柔和了一些。她想了想，把搁在骨头脖子上的剑放下。

“咱们……走。”连牧桓扶着岩壁想要起身，但身子晃了一下，又跌了回去。段思成犹豫一下，就见天青珞伸手拉住连牧桓。

“不用……”连牧桓想要拒绝。

“别逞强了！”天青珞一把拉住他，旋即放轻声音，“放心，我好多了。”

其实连牧桓伤得比天青珞还重，经过刚才拔箭，精气神又去了三分，全凭一口气撑着。他没再拒绝，却尽量多让自己用些力，不给天青珞太多负担。

天青珞提着剑，连牧桓则用那长剑当成拐杖，一步一步前行。当当的声音在洞穴中回荡，令人十分不安。

段思成刚要提醒，连牧桓突然身子一歪，径直倒了下去！

连牧桓跌倒，天青珞猝不及防。她想要拉住，却牵动了腹部的伤口，剧痛之下同时倒地！段思成下意识去接，结果三人滚成了一团。

段思成被压在最下面，一块凸起的石头正巧硌在后心，他疼得眼前一阵发黑。

有那么一刻，他什么也看不见。当视力再次恢复，他看到一只纤细秀美的手伸在眼前。段思成愕然，仰头看着手的主人。

天青珞手中持着一颗明珠，它大概能照亮几尺的路，又不用担心暴露目标。少女的剪影勾勒在珠光里，柔和秀美，段思成一时呆住了。

“没摔死？”天青珞问。

“没。”段思成爬起来，没去拉天青珞的手。事实上，他很想那么做，却有一种奇怪的念头阻止了他。

他也想不明白，究竟是为什么。

“他怎么样？”段思成问。

天青珞把连牧桓轻轻放在地上，发现他双目紧闭，面色白得可怕。伸手摸了摸额头，感觉凉得很。

“失血过多，脱力昏过去了。”段思成在一旁观察，“应该没大事。”看了看前后，又说，“找个地方停一停。后面那些追兵估计又走散了，不然早就追上了。”

天青珞点点头。她看到洞穴一侧，有个很浅的岔路，只有几步远就到了头。段思成和骨头抬着连牧桓，走到里面。

这地方不算宽，几个人挨得很近。天青珞把夜明珠塞进岩壁的缝隙里，只吐露微微的光，映得周遭浅青一抹。

“我有点儿糊涂。”段思成坐在地上歇了口气，问道，“到底是怎么了？那些人为何要杀你？”

“莫隐是我父亲的手下，几十年来都十分忠心，谁知……”天青珞摇摇头，“搞不懂，就算把我杀了，他能控制‘飞云号’？他为什么要这样做？”

“恕我问一句……”段思成犹豫了一下，“他们都叫你少主……你们到底是从哪里来的？”

“九州。”

“九州？”段思成愣了愣，恍然大悟，“怪不得！我听说九州大得不得了，但从没去过。哎，真想去瞧瞧。”

天青珞目光怪异。“你要去九州做什么？”

段思成呆了呆，叫道：“你不会以为我是打算去九州‘做生意’吧？我们船上是有个疯子，但不是我。”

他瞧着天青珞的表情并不相信，又说：“你肯定觉得我胆大包天，但其实都是误会，我第一次干这行，认错了目标。这你要信我，我没打算劫你们的船，也没杀你们的人，咱们没什么仇怨。”

“我是怕你真的去了九州，转眼就让人砍死。”天青珞撇了撇嘴，“你这海盗当得简直丢人，还不如我小时候干得漂亮。”

“你当过海盗？”段思成愕然。

“不提了。”天青珞摆摆手，陷入沉思。突然，她想到一个关键问题："那莫隐为什么要杀你？你们以前认识？"

"怎么可能！"段思成觉得很可笑，"你们不都是九州人吗？我一落生就在外海，怎么可能认识他？"

"莫隐不是九州人。"天青珞说，"他也来自外海。那是很多年前的事了。"

"那他……"段思成怔了怔，慢慢吐了口气，"原来如此。我想，他是认出了这条船。他也许是当年的苦主，想要报仇？哎，我都把船改成这个样子，居然还能认得出来……"

天青珞没说话。这个推论看上去合理，但细节对不上。如果仅仅如此，莫隐又何必铤而走险，非要狙杀自己呢？

两人都沉默了，各自想着事情。过了片刻，段思成问道："现在是个什么章程？总不能在洞里就这么待着。"

天青珞看了昏迷的连牧桓一眼，说道："等他醒了，咱们继续往里走。当务之急，是找到和我们失散的羽哨。"

"应该能找到，你们运气好。"

段思成这么说着，突然又觉得这两人运气不怎么好。都快到"飞云号"了，结果被自己人反叛狙杀——简直倒霉透顶。

突然，他想到一件事。

"那个……"

"我叫天青珞。"

"天……"段思成觉得这个名字很好，但叫不出口，吐了口气说，"还是不叫了……你说的羽哨，我兴许有线索。"

"真的？"天青珞看过来。

"还记得你和我第一次碰面的那个地方么？那里有个石墩，上面有人留了暗记。"段思成顿了顿，"不是你写的吧？"

"不是。"天青珞眼睛一亮，"什么样的？"

“看上去像个月亮，但中间有条横线……”段思成一面说，一面下意识用手凭空描绘着，淡淡珠光勾勒出手影，那个符号仿佛在空中残留。

天青珞瞪大了眼睛，声音极为惊愕：“怎么可能？”

第二十八章

漆黑的甲叶摩擦褐色的岩石，发出咔咔的声响。一些青苔挂落，被一只又一只脚践踏而过。

甲兵陆续钻出了岩洞。

莫隐最后一个出来。刺目的阳光洒落下来，有那么一会儿，他什么都看不清。莫隐用手遮挡阳光，眯着眼睛向前看。

他愣住了。

眼前是一片岛屿。比之前他们落脚的那个小得多。清浅的沙滩反射着阳光，莹白耀眼。边上有几棵稀疏的灌木，一切都一览无余。

“这是怎么回事?”莫隐皱眉。

李都管也呆住了。他实在无法回答莫隐的问题。穿过一个岩洞，却到了另一个岛？就算岩洞是从海底通过，那这两个岛也该是相隔不远，比邻而居。

可问题是，之前“飞云号”停泊的岛屿只有一个，周边都是无尽的汪洋。

“将军，您看!”一名甲士突然指着海面叫起来。

莫隐看过去。数里外的海面上，隐约能看到一条停泊的船。那不是“飞云号”，它要小得多，桅杆却高高矗立，因为距离远，看起来就像一条细线。海面的波澜让它一直在晃动，仿佛随时会折断一样。

“将军，是那条海盗船。”李都管说。

莫隐当然知道，那是“远方号”。他永远也忘不了。不单这样，他还永远记得当年的场景，那翻覆海面的波澜，那天地倒转的神秘——与前些天刚刚经历的那次一模一样。

而且，他还记得这座岛……

不，并不一样。莫隐脑海深处的是另外一座大岛，要比之前的，和眼下这个加起来都大。但那座岛上也有山洞，而且有一些地方和这里似乎是一样的……他记不清了，那些年总想忘掉这些。

也许海岛都一个样，没什么太大差别。

莫隐定了定神，盘算着接下来该怎么办。在他的计划里，“远方号”是一定要消灭的目标，但这不是当务之急，更重要的是找到天青珞和连牧桓。

但这座岛上什么都没有。“远方号”倒是存在，可它待在海中，莫隐拿它没办法。总不能让手下披着重甲去泅渡吧？

莫隐决定暂不理会那艘碍眼的船。他扬起身，准备命令士兵重新进入洞穴。就在这时，天空的一个影子吸引了他的注意力。

那是一个人，大约离地十几丈高，后背张开灿烂的白色翅膀，正逆着日光迅速下落。莫隐眯着眼睛看，那人身上的皮甲闪烁着瑰丽的花纹。

“羽哨！”李都管有些紧张地惊呼。

“慌什么！”莫隐不满地摇摇头。一个羽哨而已，怕是和自己这边一样，在诡异的洞穴里迷了路。

那名羽哨迅速落地。莫隐认出来，那是经常跟在天青珞身边的一名亲信。

“莫头领。”羽哨走过来，向莫隐微微行礼，但幅度很小。莫隐冷冷看着他，空气中充满意味不明的压抑。

那名羽哨有些诧异，但并未深想。毕竟，莫隐的职位高他很多。莫隐点了点头，用毫无波动的语气问：“少主呢？”

“我和少主等人失散了。”羽哨有些着急，“莫头领，少主到现在还没回船吗？”

“当然没有，否则我等为何来这里？”莫隐说，“你何时与少主失散的？”

“很早。”羽哨皱眉道，“过山洞的时候，我走在最后。等出来，却见不到少主了。不但如此，外面也变了样子。莫头领，这是怎么回事？”

“你从天上看，没见到别的岛么？”莫隐反问。

“周围什么岛都没有。我也没看到‘飞云号’，只见到了那条海盗船。”羽哨露出愤恨的表情，“船上还有一些海盗，不好靠近。”

“有多少？”

“不多，十几个人吧。”羽哨一怔，摇头，“莫头领，若是羽哨都在……只要有四五个兄弟，我们就能夺船。可你这些人……”

“我知道。所以也没这个打算。”莫隐淡淡道，“其他的，你还知道什么？”

“也就这些了。”羽哨摇摇头。

“这么说来，你就没什么用处了。”莫隐笑了笑。

那名羽哨一愣。陡然，一股灼热的剧痛从背后传来，他浑身一颤，竭力扭过头，看到李都管那张扭曲狰狞的面孔。

“你……你们……”羽哨挣扎着吐出两个字，摔倒在地，生息断绝。

李都管拔出长剑，用尸体上的衣袍擦拭掉剑刃上的血迹。他抬眼看着莫隐，等待进一步命令。

几十名甲士沉默不语，晃动的甲胄发出零星的金属声。

莫隐最后朝“远方号”看了一眼，挥手：“回去。”

一行人转身，再次进入山洞。羽哨的尸体被扔在地上，鲜血被土地吸吮。他苍白的面容上，还残留着不可思议的神情。

大约过了半刻钟，靠近海岸边的一个小沙丘晃动了一下。零星的植物顺着砂砾滚落，并没有什么根茎，显然是人工栽植的伪装。

沙丘翻开，赫然是一艘倒扣的小舟。黑山高大的身躯从里面钻出来，他走到羽哨的尸体旁，皱着眉观察。

最后，他看向那个山洞。黑山吸了口气，一步步朝洞口走去。

岩洞深处。珠宝的光芒勾勒出天青珞的表情。那种诧异和震惊，在暗淡的光芒中朦胧成一团。

段思成看着她，不解地问：“为什么不可能？”

“确实是新近留下的暗记吗？”天青珞追问。

“那石墩上全是土，记号是用手画的，错不了。时间不会很久，否则尘土就盖住了。”他又问，“你说不可能？”

“那是龙语……”天青珞沉默片刻，说道，“只有龙吟者才能看得懂。它的意思无法用我们的语言传达，但大概是记录时间的符号。羽哨里，没人懂这个。”

“龙？”段思成浑身一震，惊叫出来。

“你见过龙？”天青珞愕然。

“我没见过龙，但有人见过。”段思成喃喃地说，“老瞎说，这座岛上有一条龙……我以为那是胡话……可是……”

“岛上有龙？”天青珞瞪大眼睛。

“也许有，也许只是他在胡说……谁知道呢？”段思成顿了顿，看着天青珞的脸，“要是有龙会怎么样？”

“我不清楚。”天青珞慢慢吐了一口气。

“你不是会龙语吗？”

“但我没见过龙。”天青珞说，“而且龙语我也只是懂得一星半点。我小时候，遇到过一位龙吟者。他传授了我一些有关龙吟的秘术，但真正的龙吟我学不会。只有龙吟者才行，他们去过龙吟阁。”

“龙吟阁？”

“龙族是非常神秘的种族。他们数量稀少，却比任何种族都要强大、智慧。据说，他们了解这个世界的奥秘。龙族把这些奥秘留在一座座龙吟阁中，只有龙吟者才能进入。只是，你可以在那里学习知识，却见不到龙。”

段思成顿时想起了天青珞之前那充满神秘的吟唱，以及那道恐怖的光。而据天青珞所言，这还不是真正的龙吟……那么，一条真正的龙该有多么强大？

老瞎确实在找死。他在心底又重复了一遍。

“怎样才能成为龙吟者？”段思成突然问。

“你需要找到龙吟阁。”天青珞看了他一眼，“龙吟是天赋，只有到了那里，才能知道自己行不行。”

段思成想成为龙吟者，这个心思不需掩饰。羡慕强大的力量，渴望拥有，所有年轻人都会这么想。

他突然觉得，自己之前所经历的一切，都太狭小了。世间有那么多神秘，那么多未知，想想就令人兴奋。

但段思成什么都没说。他不知道该怎么去做，或者说，他有些恐惧自己心中的渴望。

突然之间，一声轻微的呻吟打破了寂静。连牧桓微微睁开眼，嘴唇嚅动。天青珞连忙打开水囊，凑到他口边。

喝了几口水，连牧桓稍微清醒了一些。他依旧虚弱，但可以稍微说几句话。他警惕地看着周围，嘶声问：“这是哪里？”

天青珞向他讲述之前的事，连牧桓听后，微微闭了会儿眼睛，然后说：“莫隐肯定是走岔了路，但他还会回来。我们离开这里。”

连牧桓竭力撑起身体，天青珞扶着他，一行人再次上路。天青珞从岩缝里抠出宝珠，攥在手中。珠光从指缝里透出来，映得五指几近透明。段思成忍不住多看了一眼，随即把目光转开。

半凹陷的石窟外，依旧是深邃的洞穴。地上有些不平，段思成用手撑了一下岩壁。突然，他“嘶”了一声，停下来盯着岩壁发愣。

“怎么？”天青珞转过头。

“这个位置，之前是平的。”段思成盯着岩壁，“我记得很清楚，当时没走稳，用手按了一下，很平滑。但现在……”

天青珞走过去。在珠光下，那一小块岩石呈青灰色，嶙峋的褶皱仿佛书页。她摸了摸，手上一阵刺痛。

如果用力去按，大概会出血。

“这一次我们没有动……”天青珞喃喃着思索。

之前，他们以为洞穴的变化是因为移动。但现在看来，洞穴的变化是自主的，未必和他们的行动有什么关系。

“我懂了！”段思成脑中闪过一丝火花，突然叫起来，“洞穴是活的！”

第二十九章

段思成在惊呼，声音却显得阴郁。不祥的语调在黑暗的洞穴中回荡，带着悚然的味道。天青珞一愣，旋即摇摇头。“不可能。”

“你找不到别的解释。”段思成舔了舔干涩的嘴唇，“海底有一种沙蚕，有人管它叫海蛆——总之是同一种东西。它们总是钻在珊瑚礁里睡觉，成天不动地方。”

“你说这里有虫子？”天青珞下意识退了一步——哪怕她是女魔头，依旧对那些恶心的东西敬谢不敏——警惕地盯着岩壁的缝隙，但什么都看不清。

“只是打个比方。听我说，这种沙蚕从头到尾就一根肠子，如果吃到什么不好的东西，立刻会原封不动地拉出去，快得很。”段思成用手比画了一下，继续说，“那么想想看，如果我们是那些不能吃的东西……对，我就是那个意思。我们从头走到尾，却发现外面的环境变了样。为什么？因为沙蚕翻了个身，或者晃了晃脑袋——总之，它没待在原来的地方。对它来说，不过是换个姿势睡觉，但对我们来说，一切都天翻地覆……”

天青珞微微张着嘴巴。她不怕死，也不怕怪兽——甚至很想能碰上一头。但段思成的描述却足够惊悚——或者说恶心。

突然，耳畔传来一阵低沉的笑声。那是连牧桓的笑声，因为身体状况，笑声被剧烈的咳嗽终止。

“够了。我可不想看到有人笑死在我面前。”段思成不快地说。

“每个人都会死……你说的结局，无数人梦寐以求。”连牧桓敛住笑容，问道，“世上哪有那么大的虫子?”

“其实你知道，我说的不是虫子。”段思成严肃地说。

“我想听你说。”连牧桓鼓励。

段思成恨透了他的表情，似乎正在嘲弄自己的智商。他看着连牧桓，意味深长地说，“你见过龙吗?”

“没有。”连牧桓摇摇头，然后用一个手势打断了段思成接下来的话，“你们刚才的话，我隐约听到了一些。这岛上或许有龙，但它绝不会是一条巨大的虫子。”

“你明明没见过……”

“有人见过。”连牧桓淡淡地说，“翊朝立国千年，羽族的历史延绵万载，那些留传下来的知识足以启迪智慧，泽被后人。龙是什么样子，典籍中早有记载。”

段思成抽了抽嘴角——这家伙真是讨厌得要死!

“你大概很想我死。”连牧桓看出他的心理活动，淡淡道，“努力吧，再多说一些类似的话，大概能把我笑死　　我看好你。”

段思成觉得自己肯定先被气死。他黑着脸，默不作声地走到前面。但旋即，他听到有人低声在笑。

“混蛋!”段思成一把揪住努力淡化存在感的骨头，“你也在嘲笑我?”

骨头一脸愕然。“啥?”

段思成愣住了。不对，刚才不是骨头的声音。但也不是连牧桓和天青珞！他悚然一惊，连忙四下看。

洞穴前后都幽深不可测，珠光在黑暗中挣扎——附近没有第五个人，但是谁在笑？

“你们听到了吗？”段思成小心翼翼地问。

“什么？”天青珞一脸疑惑。

“有人在笑，就刚才。”

天青珞摇摇头，作为羽族，她的耳朵更好使，但什么都没听到。连牧桓同样没听到，怀疑地看着段思成。

他怀疑段思成是不是在用这种方法找面子。

事实上，段思成自己都有点儿怀疑。也许是太过生气产生的幻听，他想。段思成深深吸了口气，不再理会这件事。

突然之间，他听到背后传来一阵脚步声。段思成迟疑了一下，以为这又是自己的幻觉。但天青珞迅速转身，拔出长剑。连牧桓的武器丢失了，此刻正从腰带上拔出一柄匕首。匕首饮过血，带着一丝猩红。

火光陡然升起。

黑暗被驱散，段思成下意识眯起眼睛。朦胧中，他看到许多人影在晃动，他们举着火把，火光连成了刺目的红墙，手中的利刃在闪耀，宛若金属的浪潮。

是莫隐！段思成的心提到了嗓子眼。他下意识看了一眼天青珞，但那位少主一言不发，只是握紧了剑。

连牧桓同样如此。

“少主。”莫隐越众而出。暗红的袍子被火光染得鲜红。他带着志得意满的表情，一种沉重的压力正从身上褪去。

“我想知道为什么。”天青珞说。她的目光从每个人脸上扫过，有些人无动于衷，有些则低下头。

但并没有人退却。

“你并不需要知道。”莫隐摇摇头，“反正都要死了，有什么分别呢?”

“你们呢？你们也这样想?”天青珞眼中燃烧着怒火，令所有甲士都不由自主地低下头。最后，她的目光停留在李都管脸上。

“因为我们是人族。”李都管深吸一口气说，“你不可能真心信任我们，而我们也不可能毫无顾忌地效忠。”

天青珞愤怒。“连牧桓也是人族!”

“他是人族。但说这个有什么用？你们俩儿的关系，我们可比不了。”

“什么关系?”天青珞愕然。

“少主。事到如今，装傻有什么用呢……”

李都管话没说完，就被连牧桓打断：“这是莫隐用来说服你的套路？但我不相信莫隐也是这么想的。”

莫隐问道：“我怎么想?”

“不管你怎么想，这肯定不是真正的理由。”连牧桓摇摇头，“你应该不傻，看上去也不太蠢。”

“哦。听起来你对我评价挺高的。”莫隐不阴不阳地笑了笑，然后说，“随便你怎么想，可我觉得没必要废话了。”

锵的一声……

莫隐拔出了长剑。锋锐的剑锋对准了天青珞。一个时辰前，他刺伤天青珞时感受到了莫大压力。但也正是那一剑，帮他砸碎了所有枷锁。现在，莫隐感觉轻快无比，心中再也没有半分波澜。

“杀了他们!”莫隐说。

几十名甲士沉默着向前，整齐的脚步声在洞穴中回响，如死亡般压抑。天青珞横过长剑，将连牧桓等人一同挡在身后。

她盯着前进的甲士，一种奇异的震颤在体内共鸣。龙吟者传授的秘术正在体内构建，仿佛沸腾的水一样左冲右突。天青珞竭力控制，将它们按照既定的脉络编织，瑰丽而神秘。这种力量越来越强，宛若即将爆发的火山，要把一切炸成灰烬。

天青珞面色越来越苍白，而那股力量也在随之升腾！

“你……”

连牧桓打算说什么，却被天青珞扬手制止。这是唯一的办法，天青珞能否支撑一个完整的秘术，关乎生死存亡。

莫隐突然冷静下来。那无形的力量宛如冰雪，灌入他的脑海。他突然发现自己犯了错误。之前的顺风顺水让他忘记了天青珞本身的力量。

脱胎于龙吟的秘术！

她要使用那种秘术！

“冲上去！快……冲上去！”莫隐大吼！

他见过天青珞的力量，在这样一条狭窄的通道内，根本无可躲避，无可抵挡！绝对不能让她释放出来！他想。

死亡的恐惧一瞬间支配了他，也赋予了他力量。莫隐向前冲去，比所有人都快。他双手握住剑柄，用力一刺！

火光中，天青珞秀美的面孔上带着一丝狞凄。她知道，自己无法在被刺中之前完成秘术。但她已经做好了准备，要把这个秘术坚持到生命最后一刻！

“不……”

连牧桓大吼！他沉重的身体爆发出前所未有的力量，一瞬间，他挡在了天青珞的身前。连牧桓张开双臂，迎向锋利的剑！

天青珞看到了这一切。

不！

她睁大眼睛，惊恐万状。她想阻止，想呼喊，想大叫，但一切都来不及。她不能停止秘术，正如连牧桓不能停下扑向长剑的脚步。

不！不要！

天青珞的眼神迸发出绝望的光辉，随即化作灰色的余烬。

当的一声！

金属的花火猝然闪耀，一柄短刀崩飞出去。光芒映亮了段思成痛苦扭曲的脸，鲜血正从颤抖的双手滴滴答答淌下。

而莫隐的长剑亦被格偏，雪亮而沉重的剑锋余势不竭，擦着连牧桓的左肩深深刺入了石壁！

“你……”连牧桓愕然。

“快……”段思成大叫。莫隐来不及拔剑，但一名甲士冲到近前，朝着段思成袭来。但他突然脚下一疼，“啊呦”一声滚倒在地。

骨头翻滚着蹦起来，手中拿着带血的小匕首。他像一只遇到了敌人的猫，浑身奓毛，眼睛里写满了恐惧。

但他一步也没有后退。

“快什么，老大？”骨头喘着气问。

“快跑啊，笨蛋！”段思成转身就跑，同时不忘一把拉住天青珞。连牧桓愣了一下，却没有阻止。

天青珞能感受到自己的身体。生命的力量一丝丝抽离，化作秘术的积蓄，重伤的身体正在崩溃。她明白，秘术出现之时，就是自己的死期。

但她依旧在拼命积蓄力量——哪怕自己死了，也要为连牧桓搏出一条生路！这是自己欠他的。

刚才到了最后一刻，连牧桓还想着为自己挡剑。他张开双臂，用血肉之躯迎上利刃的姿态，天青珞永远刻在了脑海里。

那么，这次该我了……

连牧桓……你要好好活下去。

天青珞的面色苍白到透明，秘术到了最后一刻。还差最后一个玄奥的字节，她即将吐露出生命的力量！

第三十章

啪的一声。一只手抓住了她。

天青珞身子一晃，充满奥秘的声调出现了破音。不完美的秘术毫无意义，它成为了徒具韵律，不带任何力量的音节。

“谁?”

天青珞这才发现，自己被段思成拖着后退。失去引导的生命力量顿时缩回体内，像无数条受惊的蛇。

生命力迅速充盈身体，血色回复到面庞，但天青珞只觉得一片冰冷——同归于尽的机会消失了。莫隐绝不会犯下同样的错误!

“笨蛋……你毁了这一切!放开我啊，浑蛋!”天青珞愤怒地挣扎，却无济于事。她几乎力竭了，挣不脱段思成的手。

“放箭!”莫隐的声音在背后响起。

片刻的沉默后，弓弦震颤的声音响起。箭矢钻破空气，发出尖锐的怪啸声。但洞穴并非笔直，除了一支羽箭险之又险地擦过段思成的脑袋，全都徒劳无功。

“追上去!”莫隐懊恼地大喊。

最前排的甲士丢下弓，奋力追赶。段思成拼命跑，天青珞几乎被拖着前行。她扭头寻找连牧桓，发现他落后在几步外，而且越落越远。

沉重的脚步声愈加清晰，甲士们在逼近。

“你们先走。”连牧桓突然停下脚步。不知什么时候，他捡到了一把剑，此刻正横在胸前。

连牧桓转过身，面对气势汹汹的甲兵。

“连牧桓！”天青珞大叫起来。但她拗不过段思成的力气，段思成可没打算停下来决一死战。

“连牧桓！你别想逞英雄！不……不要！”天青珞大叫，眼眶通红。

连牧桓最后瞥了天青珞一眼，露出一丝微笑。他的目光坚定起来，瞳孔中映着一个个敌人的身影。

“来吧。”他轻声说。

“啊……”

段思成气喘吁吁地停下来。他惊恐地发现，洞穴突然到了尽头，自己险些一头撞上对面的岩壁。

他赶忙用手撑住，四下摸索。一无所获，段思成的心迅速凉了下来。他转过头，看着天青珞。

天青珞露出了笑容。

死路一条，真棒。她开心得很，终于不用承受抛弃连牧桓的痛苦。她从未想过有一天，会面对这样的事。

她从未想过。

“真好。”天青珞笑起来。

“好个屁！”段思成说。

“认命吧，算你倒霉。”天青珞咯咯笑起来，“你是我见过的，运气最不好的人……之一。”

“还有谁?”

“我呀。”天青珞舔了舔嘴唇，问道，“还拿得起刀吗?”

在段思成讶异的目光中，天青珞伸手从衣襟里抽出一把金色的匕首。段思成接过来，匕首的锋刃很短，幽凉如水，露珠般的青芒在上面流动。短柄上雕刻着飘逸的云纹，护手是一对张开的羽翼，散发着金灿灿的光辉。

“这能杀人?”段思成盯着近乎艺术品的武器发呆。但他旋即明白，这是天青珞用来自尽的武器!

“你……”段思成说不出话，但天青珞已经持剑冲了出去。连牧桓正在和一名靠近的甲士交手，他躲过竖劈来的重剑，一剑贯入对方的胸膛!

那名甲士惨叫着倒下。连牧桓来不及喘气，又有两柄长剑几乎同时刺向他的身躯。连牧桓虚弱地笑了一声，挑开当胸一剑，反手抹过对方的咽喉。顷刻间，他连杀两人，却再无力气抵挡刺向左肋的一剑!

罢了。

连牧桓感到无尽的疲惫。他回想起第一次见到天青珞的情景，那个女孩儿像是一团火，映亮了连牧桓的眼睛。

就在那时候，少年连牧桓觉得自己找到了人生方向。他一直在为一个目标努力，那是一个谁都不能说的秘密……

当的一声。

金属的撞击声惊醒了他。连牧桓愕然发现，必杀的一剑被天青珞格开。然后青光一吐，那名甲士已经倒入尘埃。

“你……糊涂!”连牧桓说不出话。他真想大骂，又感到无限温暖。两种截然相反的情绪在胸中回荡，让他生出了一股力量。

罢了，罢了！

“那就死在一起！”连牧桓低声道。

天青珞笑了笑，举起了长剑。段思成却极为不满。“你能不能别这么乌鸦嘴？谁要跟你死一起？”

连牧桓瞥了他一眼，看到了那柄黄金匕首。他淡淡道：“你完全可以先死一会儿。”

段思成气得险些给他一刀。

莫隐所带的甲兵一共三十人，到了如今，已经折损了七个。按比例，这是极严重的伤亡。但莫隐不在乎，他只想要天青珞和连牧桓的命。

对了，还要捎带上另外两个海盗。

“杀！”莫隐发出命令。

几柄长剑闪着寒光，向前突刺。狭窄的洞穴帮了天青珞这边的忙，对方无法展开围攻，这是他们依旧还能抵挡的原因。

但，坚持不了太久。

段思成能感受到这种颓势。他挥舞着匕首，其实只算是聊以自慰的恐吓。双方长剑相交，他谁也够不着。但天青珞和连牧桓挥剑的速度越来越慢，显然已经无法坚持。

疯了！这下可怎么办？段思成飞速地思考，却找不到解决办法。突然之间，他看到连牧桓一个趔趄，一支长剑迅速突破防守，然后朝自己刺来！

搞错了吧？

段思成脑袋一蒙，下意识挥动匕首。咔的一声，那柄长剑断成两截，匕首却完好无损。好快！段思成忍不住惊讶。随即，虎口传来一阵灼热的剧痛，尚未愈合的伤口再次撕裂。

折断长剑的甲士后退，有人迅速补上。配合默契的甲士宛若潮水，源源不绝地冲击着危如累卵的堤岸。

天青珞和连牧桓的剑光乱了分寸，空气中传来两人沉重的喘息。段思成拿着匕首拼命乱挥，一时间金光烁烁，反而成了最显眼的一个。

于是，几支长剑同时朝他刺来！

——老天！

段思成顿时觉得自己被坑了。这把匕首太过招摇，让他成了众矢之的。不信你瞧骨头，虽然也拿个匕首乱捅，但根本没人理他好不好！

疯了！段思成咬着牙，用力朝刺来的长剑上砍去。但突然之间，那柄长剑消失了！不、不是消失，而是在迅速弯曲！

异象发生了。

一切只在眨眼工夫。一股看不见的力量以那柄长剑为起点，迅速向后蔓延。长剑被揉成了千层卷，然后是那个持剑的甲士，还有他的同袍，以及那些人身后所有的一切，包括莫隐和山洞，都凝固卷曲成了一个奇异的模样。

段思成说不出那种感受。就好像所有的一切都并不真实，只是绘制在羊皮上的画。然后有人伸出手，将它卷了起来。

然后打包带走。消失了。

是的，消失了。在段思成眼前，一切变了模样。凶恶的甲士和刀兵，被一条空荡荡的隧道取代。

段思成呆住了。他看了看少主，天青珞和连牧桓同样震惊。但他们已经没了力气，只是靠在岩壁上喘息。

迟疑了片刻，段思成试探着朝前走了几步，什么都没发生。

仿佛之前的一切都是幻觉。

“天哪，我的个天……”段思成喃喃着，伸手在岩壁上抚摸。岩壁十分光滑，传来细腻的触感。

“这是之前的那条路！”段思成的声音仿佛在做梦，“你们瞧，就是这块石头，之前我摸过它！天哪，是真的，和我想得一个样！”

“什么……样？”连牧桓有气无力地问。

“我说这个山洞是活的！”段思成叫起来，“他们被吃掉了！一个都不剩！”

“呵呵……那……可真是个好消息。”连牧桓仰着头休息，微微闭着眼。

“你不信？”段思成瞪大眼睛，“你没看到吗？刚才你没看到？”

“我看到了，但……”连牧桓睁开眼，轻声说，“也许在他们看来，我们……我们也被吃掉了——如果莫隐的想象和你一样丰富的话。”

“什么意思？”

连牧桓并没有立刻回答。他缓了许久的力气，才开口道：“在我看来，刚才是产生了一种变化。那是这个迷宫的核心，它一直在发生，只是刚才恰好发生在我们面前。”

“世界上能有这种事情？”段思成不信。

“几千年前，九州人也不相信亘白星脉能驱动风力。他们看到了某种现象，就归结于不存在的神灵。但现在，连你的船都在用这种东西。我猜测，也许这是我们尚未发现的力量，一种星脉？”

“你也说了，只是猜测。”

“总比一条巨大的虫子更靠谱一点儿。”

段思成无言以对。

“烦死了！你们两个都闭嘴！”天青珞扶着石壁。浑身都在颤抖。过分压榨体能，让她严重脱力。

“怎么了？”连牧桓想要过来搀扶她。

“没事。让我静一静。”天青珞闭上眼睛。过了一会儿，她感觉好了一些。但疲惫却迅速升上来，因战斗而激昂的情绪也在迅速低落。

“我是不是挺失败的？”天青珞突然问，“羽族觉得我是另类，人族呢？嘿，根本没有信任，干脆造我的反。”

“你只是你。不需要旁人来认同。”

“那你呢？”

连牧桓一怔，良久才说：“我说过，我会帮你。”

天青珞看着他。这句话，连牧桓不止一次说过。但在不同的时刻，这句话体现出不同的含义。

比如现在，天青珞微微有些恍惚。

两人陷入奇异的沉默。段思成却没注意到。他正在朝之前那条死路走去。他有一种预感，也许这次会发生什么变化。

段思成再次站在隧道尽头。果然，他突然发现这并不是死路，而是洞穴拐了一个九十度的弯。弯道十分狭窄，在黑暗的环境中，极容易忽略。

但段思成可以肯定，之前并不是这样。他可是一寸寸摸过所有地方。那个“变化”发生之后，这里产生了改变。

段思成一弯腰，钻进了弯道。

与其说是弯道，其实更像是一扇门。只走了几步，前面立刻变得开阔起来。隧道恢复了正常，可以容纳三个人并行。段思成回头看了看，天青珞和连牧桓已经跟了上来。

段思成又朝前走了一小会儿，突然发现，前面隐约出现了光亮。

又一个出口！

段思成朝身后打了个手势，然后小心翼翼往前走。光亮越来越显眼，应该是阳光照进了洞穴。外面也许又是一个新的岛，因为这条隧道从来没走过，希望不会再碰到莫隐那帮人。段思成想着，向光亮越走越近。

突然，他呆住了。

第三十一章

光明并不意味着希望。

段思成很早就知道。小时候，他看过许多飞蛾，不顾一切地扑进油灯里。他嘲笑过那些小虫，但从没想到，将来有一天自己会做出同样的选择。

隧道已经到了尽头。但展现在眼前的，并不是一个新的岛屿，也没有沙滩和大海，而是一个巨大的石窟。

从段思成的角度，只能看到石窟的一角。但这足以令他惶恐，因为光亮的来源，正是一排镶嵌在墙壁上的火把。

里面有人。显然不是莫隐。不属于天青珞的舰队，也不属于“远方号”的海盗。完全是计划外的存在。

段思成突然想到了那个符号。

那么，里面不一定是人。也许是一条面目狰狞的巨龙，也许嘴边还叼着半截残尸，地上丢着属于老瞎的刀。

不知为什么，段思成总下意识把龙族归类为野兽。尽管天青珞描述过龙族的智慧，龙族的神秘，但段思成对龙族的体形有更深刻的认识。

不是人形，而且超越常理地巨大，让所有智慧种族都下意识畏惧。在溯冰海域，龙的传说并不稀奇，但大概都是需要被打倒的邪恶野兽。

段思成盯着洞口，觉得自己应该停下来，至少让天青珞他们先进去再说。但不知为什么，他的双脚却在自动行走，灵魂深处传来无法压抑的兴奋。

当他回过神，已经走进了石窟。

巨大。这是段思成脑子里蹦出的第一个词。石窟足有几十米高，能够容纳纯种的夸父族在里面欢蹦乱跳。顶部呈圆弧状，层层叠叠的岩石均匀地铺开，仿佛蟒蛇的上颌。

石窟的地面并不平坦，很多地方都岩石罗列，靠近左侧，更有一堆互相支撑、灌木丛一样的石林。右半边稍显齐整，一块块椭圆形的石头散布着，仿佛干涸的河谷。段思成感觉整个石窟约有十几间屋子那么大，能轻松容纳数百人。

火把的位置靠近石窟最里面。那里显然经过人工整理，一些石块拼凑成平坦的地面，中间用石块垒出火塘，火焰正熊熊燃烧。

火堆边，一个人影盘膝而坐，正专注地摆弄着什么东西。

段思成怔怔看着那个人。跳动的火焰让对方的轮廓有些模糊，但依稀是张年轻的脸。他穿着浅棕色的长袍，后摆很长，仿佛一条拖在地上的尾巴。头上戴着一顶奇怪的帽子，淡绿色，很高，很古怪。

硬要说，就像在脑袋上顶了个竹筒。

那个奇怪的年轻人始终在专心致志摆弄一件东西，但因为离得远，段思成看不清楚。他朝身后看了一眼，发现天青珞等人已经站在身后。

他们同样为眼前的情形感到困惑。但天青珞却满不在乎地说：“过去看看吧，总不会更糟了。”

段思成认同这一点儿。哪怕对方心存恶意，也不过和莫隐一个样。甚至，他并不具备莫隐的威慑力。

起码他没有几十名全副武装的甲士相随。

一行人沿着石窟右侧走过去。他们经过一块块圆润的石块，朝着石窟后端的平台走去。火塘边的年轻人始终没有反应，专心致志地琢磨手中的东西。

段思成一路走到近前，才看清他的模样。

此人大约二十多岁。脸有些长，却长得很舒服。五官看似普通，偏偏搭配在一起，带着异常和谐的味道。

他的眼睛最为出众，漆黑幽深，仿佛带着神秘的魔力一般。但这样一双眼睛，却似乎对段思成等人的到来毫无察觉，只是死盯着手中的那个东西。

段思成好奇地歪着脑袋看。发现他手中拿着一个奇怪的盒子。盒子一尺见方，一道道经纬将其分割成无数小块。这些五颜六色的小块在男子的摆弄下，正在飞速转动。

男子的手非常快，简直叫人眼花缭乱。盒子大部分地方已经凑成同色，还剩最后一个面，眼看着也即将完成。

“魔方？”天青珞微微惊讶。

作为大氏商会的少主，天青珞的见识比段思成不知高到哪里去。她看过记载，在九州极西的地方，有些国度里流传着一种叫魔方的小玩具。天青珞没见过实物，现在看了两眼就皱起眉头——这东西实在太难了！

连牧桓盯着魔方，眼睛微微放光。

神秘男子全神贯注，简直是在用生命去拼这个魔方。最后一面大约还剩下三分之一，突然，魔方发出咔的一声响。

男子面色一变。

魔方突然四分五裂，变成无数的小块。它们悬浮在半空，微微旋转，放出五颜六色的光芒。

轰的一下，这些小块陡然消失了。

神秘男子呆呆地看着半空，脸上是掩饰不住的沮丧。良久，他慢慢转过脸来，似乎才发现段思成等人。

“你们……是谁？”他呆呆地问。

“你是谁？”连牧桓反问。

“我？”神秘男子皱起眉头，“我想，我应该是……也许是……谁来着？别急，我应该能想起来。”

看着冥思苦想的男子，段思成等人面面相觑。来到这个地方，他们做好了迎接神秘答案或者新危险的准备，但结果呢？

碰到一个……傻子？

“你忘了自己是谁？”段思成忍不住问。

“我好像……叫冯星。”男子突然说，“嗯，冯星，冯星！这个名字听上去很不错，你觉得呢？”

“我也觉得不错。”段思成只能苦笑。

“那我就是冯星了。”男子露出开心的笑容。然后，他似乎才注意到一个问题。“你们是谁？”

“我们是商人。”连牧桓说，“我们的船正好经过海岛，上来补充淡水。”

“你们有船？”冯星眼睛一亮。但很快，眼中的光芒又黯淡下去，摇摇头。“没用，没用。到了这里，谁都走不出去。便是有船也没半分用处。”

“真出不去？”段思成忍不住问。

“出不去。除非……”冯星皱眉，“若是能把魔方拼好。嗯，就是你们之前所见……只是，难，难得很……”

段思成等人面面相觑，觉得这男子有点儿疯疯癫癫。离开这个岛，和魔方有什么关系？

“拼好了会怎样？”连牧桓问。

“就能出去了。”冯星叹气，“但很难，你不懂。”

“刚才我看了，你这魔方纵横十格，总计一千个方格。要说难，倒也未必……”

冯星一怔，突地一把抓住连牧桓的衣袖，激动道：“你会？”

连牧桓微微吃了一惊。冯星的动作极快，自己竟然没有反应过来。虽说是身上有伤，可就算巅峰时期，也未必能躲开这一抓。

他暗生警惕，口中缓缓答道：“难点不在这上面。我瞧你的魔方不全，似乎缺了三块。不补全的话，怎么也拼不上。”

“它定然会补全的。”冯星突然笑了笑，“你有所不知。起初此物不过数百块，前些时候突然多了一块，然后……我想想，对了，就是前几日，又多出几百之数。照此情景，旬日就能完整。哈，不足挂怀，不足挂怀！”

段思成听冯星说话，半文半白十分别扭。他皱着眉，瞧了天青珞一眼，唇形微动：这人是不是有病？

天青珞点点头。

连牧桓却依旧在认真地和对方探讨，问道：“那为什么会这样？”

“我也不知。”冯星摇头。但他丝毫不担心，微笑道：“哪怕知其然不知所以然，也不妨碍我们出去。你能解开这魔方，我们就可脱困，何必管那么多？”

“话虽如此，也不妨未雨绸缪。”连牧桓道，“在下不大明白，这魔方是如何出现的？阁下又如何肯定，拼好魔方便能脱困？”

"我自然知道。"冯星显得有些不耐烦，抬起狭长的眼睛，"至于为什么，我想不起来了。怎么，你不信？"

当然不信！段思成心想。连牧桓却拱拱手，"不敢。那我们便在这里等着——就是不知魔方何时会再出现？"

"那可不一定了。等着吧。"冯星不再说话，只是坐在那里发呆。天青珞招招手，四个人朝石窟的另一角聚集。

他们没有贸然重新进入通道，生怕再发生之前的变故。但这地方距离冯星足有百步，低声说话，想来对方也听不到。

"这人是不是傻的？"段思成终于把憋在心里很久的话说了出来。

"可能。"天青珞点点头，又问连牧桓，"你跟这样一个家伙说那么多干什么？难道你真信？"

"为什么不信？"连牧桓反问。

天青珞张大嘴巴。"天哪！我听着可都是疯话！"

"这地方早就疯了。"连牧桓说，"想想看，会变来变去的洞穴，突然叛变的莫隐，一个困在岛上不知多久的人，还有那个凭空出现的魔方——你觉得这不够疯狂？"

"确实。"天青珞皱眉思考，"再加上一群开着破船，想要打劫舰队的海盗。"

"我那是失误！"段思成恼羞成怒地反驳，"事实上我的船上除了那个想要屠龙的瞎子，其他人都很正常！"

说完这句话，段思成陡然打了个激灵。他下意识回过头，那个叫作冯星的男子仍在远处发呆。

"你们说……"段思成把声音压到极低，"那家伙……不会是一条龙吧？"

第三十二章

龙？

天青珞和连牧桓都愣了一下。天青珞甚至使劲地朝那边张望，动作之大，令段思成都想伸手去掰她的脑袋。

“你为什么会这样想？”连牧桓问。

“老瞎和我说过当年的事儿。”段思成说，“他说三十年前，我爷爷和他在这里遇到了一条龙。他们和那条龙打了一架，龙受了伤，但我爷爷也因此丧了命。可老瞎相信，那条龙还在这个岛上……”

“你爷爷？”天青珞怔了怔，突然想起什么，“啊呀！我差点儿忘记了！你还没告诉我，你为什么挂那个旗帜？”

“那是我爷爷留下的。”

“冰海之王？”

“对，但是……”

“天哪！”天青珞欣喜地大叫起来，“冰海之王！你爷爷居然是冰海之王！”

她的声音极大，在洞穴里往复回荡。段思成吓了一跳，偷眼看去，那个冯星依旧没什么反应。

“能不能小声一点儿！”段思成竭力压低声音，不快道，“你要叫得天下皆知吗？”

“就你这胆子，真丢你爷爷的人！”天青珞撇撇嘴，“快说快说！”

“你想知道什么？”

“宝藏啊！我听说，冰海之王有堆积如山的财宝、黄金！快带我去瞧瞧！”说这话的时候，天青珞兴奋得像个小孩子。

“凭什么！”骨头尖叫起来，“那都是我……呃，我们的！”

如果骨头不出声，大家几乎忘了这个身材矮小的少年。此刻，他正狠狠瞪着天青珞，仿佛看见了杀父仇人。

天青珞歪着脑袋与他对视，一副满不在乎的模样。

“你们够了。”段思成皱眉，“那只是个传说！一切都是老瞎的疯话。你想想，一个打算屠龙的家伙，能不疯吗？”

“那可不一定！”骨头反驳，“你忘了那个骷髅头？那可是纯金的！”

“先不提宝藏，你继续说龙的事。”连牧桓说。

“对，我差点儿被你们岔开话题。”段思成揉揉额头，继续说，“老瞎说这里有龙，本来我是不信的，我以为他在说疯话……可后来，我在石桌上发现了那个符号。你们说这是龙语……”

“他画的？”天青珞朝冯星的方向努努嘴。

“我想来想去，应该没别人。如果他就是那条被困了三十年的龙，一切都说得通了。”

连牧桓和天青珞都陷入沉思。骨头却眨巴眨巴眼睛，摇头。“不对！”

“什么不对？”

“你之前不是说，这岛上根本没有龙吗？”

“如果有呢？”

“那就说明老瞎没疯，他说的是真话。既然他说的是真话，那就一定有宝藏。既然有宝藏，那宝藏就一定属于我……不，我们！”说到这里，骨头又死死盯着天青珞，“你根本别想抢！”

“你凭什么拦我？”天青珞歪着脑袋蔑视。

等等，哪里出了问题？段思成拍拍脑袋。为什么对话转了一圈，又回到最开始的时候？这两个家伙脑袋里只有宝藏吗？

连牧桓伸手拍了拍他的肩膀，说：“来这边。”

他们沿着洞墙走开几步，把对峙的两人甩在身后当成背景。连牧桓吐了口气。“这边说吧，清静一点儿。”

“那你怎么想？”段思成问。

“我么……”连牧桓沉吟片刻，抬头问，“你见过龙吗？”

“你之前已经问过一次了！”段思成有些不快，“我再回答一遍，没见过！你现在是什么意思？再嘲笑我一次？”

“我不太明白，你们为什么都这么说？”

“还有谁？”

“天青珞。还有……总之很多人。”

“你跟她也这么说话？”

“为什么不？”

“哈！”段思成笑起来，“她有你这样一个情人，实在是倒霉透顶！一想到这个，我就心情好多了。”

连牧桓皱眉。“你误会了我们的关系。”

“对！就是因为你的说话方式，你们才没成为那种关系。哈哈，哈哈哈！”段思成兴高采烈，颇有一种幸灾乐祸的感觉。

连牧桓眉头皱得更深了。他盯着段思成，缓缓道：“我们不是要说龙吗？”

“对。龙怎么了？”

虽然被段思成一通搅和，连牧桓的思路依旧分毫不乱。他说：“我看过的典籍里，有一些关于龙的记载。但它们能否变化成人，这件事情并无详述。但我猜测，应该是可以的。”

“为什么？”

“还记得之前说过，天青珞很小的时候，和龙吟者学过秘术吗？”连牧桓说，“那时候，龙吟者带着天青珞，去过一个据说龙居住过的地方。她一直记得一个细节：有张桌子上放着一本书。”

“什么书？”

“重点不是书，而是桌子。”

段思成一愣，旋即明白过来，拳头捶了一下石壁。“对呀！如果不是人的样子，用桌子干什么？”

连牧桓点点头。

“那你觉得这冯星……”

“不好说。”连牧桓摇摇头，“可我听你讲的故事，当年那条龙很是凶暴，否则也不会发生那样的争斗了。而他……”

“也许关了三十年，关傻了呢？”

这话本是段思成胡搅蛮缠，谁知连牧桓点点头，若有所思。“也有这个可能。总之，咱们要存着防备的心思……”

话没说完，突听背后传来当的一声响。两人回头一瞧，见骨头手中持着匕首，在石壁上敲得当当作响。

“你疯啦？”段思成赶忙走过去。

骨头充耳不闻。他的眼睛燃烧着火焰，里面倒映着天青珞的影子。骨头恶狠狠地说：“……不行！有本事你杀了我！”

“哈？你以为我不敢？”天青珞也抽出匕首，就是之前借给段思成的那一把。

“总之就是不行，杀了我也不行!”

“天哪，我都已经这样大慈大悲了，你还这么顽固?”天青珞摇头叹气，“五五分账够多了，不能改了。”

“你们在说啥?”段思成觉得自己有点儿听不懂。

“在谈宝藏怎么分配!”骨头气哼哼地说，“这女人太贪心，一张嘴就要把我的宝藏分走五成!”

“有没有搞错!”段思成叫起来，“就算真有宝藏，那也是我的好吧！跟你们两个一点儿关系都没有!”

“瞎说!”骨头和天青珞异口同声。

连牧桓叹了口气，轻声说：“你们内讧之前，至少要考虑一下宝藏究竟在什么地方吧?”

“你知道?”

连牧桓刚要摇头，突然听到背后一个声音说：“你们在找宝藏?”

四人悚然回头。不知什么时候，冯星无声无息地出现在了背后。那顶上奇怪的高冠微微晃动，仿佛一根烟囱。

一时沉默，众人谁都没说话。

“若说宝藏的话，我似乎是见过的。”冯星慢悠悠地说。

一排甲士沉默地走出山洞。阳光泻落下来，一片郁郁葱葱的海岛展现在眼前。自黑暗到光明，由逼仄到敞阔，这种变化本该驱走压抑。但此刻，每个人都面色凝重，心中结着一团无法释怀的阴郁。

没人说话。他们已经许久没说话了。一种奇异的静默笼罩着他们，所有人都在想刚才的事情。

本该是一锤定音的行动，却被一种诡异的、无法解释的变化破坏了。他们无法理解，甚至有人认为这是上天对背叛的一种警告。

李都管感觉到，队伍的士气正在迅速低落。他隐隐感觉到不安，可一转眼，却发现莫隐的表现截然不同。

莫隐仰着脸。阳光洒在面颊上，勾勒出鲜明的阴影。他眯着眼睛，眼神透着某种惊讶与迷惑。

但无论如何，李都管看不到一丝沮丧。

“头领。”李都管试探着问，“刚才……”

“有趣。”莫隐喃喃地吐出两个字，然后回过头说，“怎么，你怕了？”

“没有。”李都管硬着头皮否认，“只是刚才那事儿，太邪门了。那几个人，怎么突然就没了呢？”

“嗯，我知道。”

尽管李都管很想知道，莫隐究竟明白了什么，却没敢再问。他吐了口气，突然发现最后一名甲士慌慌张张从洞里跑出来，手里还拎了一个东西。

“怎么回事？”李都管怒喝。

“都管！您瞧！”

那甲士把手里的东西塞过来。李都管吓了一跳。这是个沾满灰尘的骷髅头，但在阳光下，掩饰不住的光芒从里面透出来。

“金子？”入手沉甸甸的，李都管大喜，连忙用袖子拭去灰尘。骷髅头立刻变得金光灿灿，光彩夺目。

所有甲士都扭过头，目光中充满了贪婪。他们之所以义无反顾地走上这条狭路，就是因为莫隐的许诺。

是的。莫隐许诺过财富。他透露过这岛，透露过堆积如山的黄金。而这颗金骷髅，无疑给低沉的士气浇上了一桶油！

“头领！这个……”李都管欣喜地把金骷髅递给莫隐。

莫隐没说话。他的表情和所有人都不同。黄金没有晃花他的眼，反而让他流露出一种怀念。他轻轻抚摸这颗金骷髅，仿佛在看一位老朋友。

三十年了，他以为自己已经忘记了太多。但现在才发现，那些记忆并未丢失。它们潜藏在浑浊的水下，只需一种叫作“细节”的钓竿，就能钓出翻覆波澜的大鱼来。

“老罗……老罗……”他喃喃着。

是啊。当年他还不叫莫隐，甚至没有正式的名字。所有人都叫他——老罗。

第三十三章

这条通道似乎永远也走不到尽头。

段思成打量着周围，粗糙的石壁大半是天然的，上面滋生着绿苔。还有一些地方，有斧凿的痕迹，应该是人工将几个不相连的岩洞凿通。

冯星举着一支火把走在前面，火光将他的影子拖得极长，仿佛一条在岩洞上蜿蜒的蛇。段思成摇摇头，让自己不要胡思乱想。

不知什么时候，段思成已经走到了队伍最后面。紧跟着冯星的是骨头，如果不是段思成怒斥过，他甚至早就一头冲进黑洞洞的通道里，把所有人远远抛开。连牧桓走在中间，他后面是天青珞。

经过休整，两人的伤势好了一些，起码能应付长时间行走。根据段思成估算，他们已经走了两炷香的时间。

这也太远了吧？段思成心里嘀咕。他不相信海岛能有这么大，更别提一个洞穴了。但在这样一个不讲道理的岛上，段思成已经学会了接受现实。

他开始想之前的事。

冯星提出要带他们去找宝藏，这让所有人都感到意外。段思成很不信任，可骨头和天青珞却跃跃欲试。

他有点儿看不懂天青珞。不知道她为何对宝藏这样热衷。说实在的，段思成不相信天青珞是个财迷。她和骨头完全是两种人。

段思成想要反对冯星的提议。但没人支持，包括连牧桓。段思成觉得连牧桓比所有人都聪明，既然他不反对，想必有他的理由。

于是，他们跟着冯星进了山洞。山洞就在冯星脚下。之前谁也没发现，冯星一直盘坐的旁边，有个几尺宽的洞穴。

说实话，进洞的时候，段思成还真有几分激动。他以为很快能看到堆积如山的黄金，但这种情绪很快被漫长的行进磨灭了……

突然，前面的天青珞停了下来。段思成险些撞上她的后背。

“我们走了不少回头路。”天青珞说。

“啊?”

“先等一等!”

天青珞叫住了连牧桓。但冯星却没停。还有骨头，他为了宝藏走多远都不怕。两个人不紧不慢地朝前走，很快和后面拉开了距离。

黑暗降临了，火把的光越来越远，仿佛夜空中摇曳的星辰。段思成突然有些恐惧，他叫起来：“喂！前面的！等等!”

火光停了下来。然后慢慢地，往回移动。冯星的脸在火光中显露出来，阴影在面庞上荡漾。

“为何不走了?”他问。

“这条路我们走过了。”天青珞指了指头顶，洞顶倒垂着一根浅绿色的石笋，“那东西我见过好几回了，大概是三次?”

“四次。”连牧桓开口说，“不光这里，我们还走过其他重复的路。加起来有三十四次。哦，走过这里，就三十五次了。”

“哦，连先生好记性。”冯星点点头，叹了口气，“这些东西，我是记不住的。”

“你记不住还带路？”骨头惊叫起来，“还能不能找到宝藏了？”

“这倒不需担心。”冯星说，“反正顺着这条路走下去，总能到的。我来过几次，每次用的时间都不同。”

“那这么说，根本不需要你带路！”天青珞皱了皱眉。

“是啊。”

“你走得太慢了。火把给我！”天青珞从冯星手中夺过火把，大踏步朝前走去。众人发呆的工夫，她已经走出了很远。

连牧桓皱了皱眉，快步跟上去说：“你在做什么？”

天青珞说：“我迫不及待想要看到海盗王的宝藏，这样走路已经烦透了！”

“这很危险！你该收收你的性子。”

“你说我性格不好？”

“……难道很好？”

“连牧桓。”天青珞咬着细白的牙，气呼呼地说，“我知道，你从小就讨厌我。那你为什么不离我远一点儿？”

她甩开连牧桓，加速向前。连牧桓呆立在原地，一时说不出话来。段思成叹了口气，拍拍他的肩膀。

“我很同情你。”段思成说。

“天青珞没你想的那么难相处。”

“不，我是在同情你的脑子……”段思成摇摇头，一脸同情地走开了。

什么意思？连牧桓迷惑了。他觉得自己刚才的话没问题，脑子更没问题。要知道，整个天氏商会，连牧桓的脑子最好使。

但为什么……几乎所有人都对他的谈话技巧有误解？这个世界……嗯，这个世界一定有问题。

突然之间，他发现天青珞举着火把，已经快消失在通道尽头。连牧桓定定神，快步追了上去。

事实上，天青珞并没有看上去那样生气。

这么多年来，她早已习惯连牧桓说话的方式。但她也确实有点儿生气，因为这种方式，令她看不清连牧桓的心。

我为什么要看清他的心？天青珞突然有些迷惑。“连牧桓”这个名字，究竟对自己有着何等意义？童年的伙伴、事业的帮手、绝境的依靠？

还是……别的什么？

天青珞突然有些惶恐。她曾经期盼连牧桓打开心扉，说出那些欲言又止的潜台词。但她却发现，她并不知道自己的心。

若真那样，该如何回应？天青珞全然不知道。

天青珞举着火把，实际却全无用处。她想着自己的事，周遭的景物并未传递到脑海中。她不知自己走了多久，也不知走到了什么地方。只是突然发现，前面出现了一扇半开着的石门。

“到了。”冯星的声音从后面传来。

天青珞陡然清醒过来。她恨不得给自己一个耳光，自己刚才都在想什么？她深深吸了口气，将翻滚的情绪平复下去。

眼前的石门大约一人多高，用一整块泛白的花岗岩打磨而成。它的做工很粗糙，在羽族眼里，这都算不上人造物，基本就是天然大小的石块随便磨了两下。门后是个岩洞，一股阴冷潮湿的风从里面灌出来。

天青珞刚要上前，突然有只手按住她的手腕，连牧桓嘶哑着声音说：“还是我去。”伸手去拿火把，却被天青珞躲开。

“你在赌气？”她问。

“什么？”

“别赌气！我是说刚才。喂！你干什么！”天青珞的火把被一团闪过的影子夺走！她吓了一跳，才发现居然是骨头！这个河络少年像只小狗，噌一下从身前挤过去，钻进了石门。

火把的光在里面闪烁着，骨头的声音也传出来：“我的天啊，这么多……”

他的声音戛然而止。火光也熄灭了。黑暗再次笼罩下来，半开的石门仿佛阴森的嘴，将骨头吞得无声无息。

“怎么回事?”段思成面色大变，盯着冯星，“这他妈怎么回事?里面有什么?”

冯星一脸愕然。“不知道啊。”

“你最好真不知道!”段思成恶狠狠地扔下一句话，走到石门前。他拿着一把匕首，小心翼翼贴着石门摸进去。

里面黑乎乎的，什么都看不清。段思成从怀中摸出一颗火种，猛地往前一弹。火种飞出一丈开外，陡然点燃。

一瞬间，段思成看清了里面的情景。

那是一个巨大的洞窟，洞窟里充满了水，水就在段思成的脚边一点儿，再往前一步，就会像骨头一样跌进去。

是的，他看到了骨头。那个可怜的孩子正在水里扑腾，像一只落水狗。但段思成顾不上他，反正也不会淹死。

他的注意力，全部被水中那座山峰样的东西吸引住了。那是数不清的金属堆积而成，大多是钱币，也有一些器皿。它们大多泛着暗淡的金光，金光中夹杂着红斑，还有一些灰黑色的金属混在里面。这些颜色错乱着，形成一种诡异的震撼感。

“天哪！我的个天！真的……居然是真的……”段思成嘴唇颤抖。

噗一声，火种跌到水中熄灭，黑暗重临。段思成恢复了理智，他刚才险些像骨头一样，不顾一切地扑进水里。

饶是如此，段思成还是深深吸了口气，才勉强压抑住这种冲动。他哆哆嗦嗦，想要从怀里再摸一颗火种，却怎么也摸不到。

突然，火光从身后亮起。连牧桓不知用了什么法子，又弄出一支火炬来。天青珞也跟了进来，后面是冯星。

直到此时，段思成才看到洞穴的全貌。这里和冯星居住的洞穴格局相似，只是稍微小了一些。洞穴中间凹陷下去，仿佛一个大坑。大坑里注满了水，那座金山冒出水面有两人高，可以想象，水下部分该是何等宏大！

“哇……”天青珞盯着那座金山，两眼放光。

此时，骨头已经游到那座金山上。他湿淋淋地扑了上去，发疯一样打滚，双手抓着一些钱币往天空挥撒，似哭似笑。

“金子！都是金子！哈哈哈……”骨头癫狂地叫起来，“我的！都是我的啦！”

这家伙疯了。段思成想。但他一点儿也不觉得奇怪，因为他自己也很想扑上去，在金子上面打滚儿。

“好啦。”天青珞突然笑嘻嘻地拍了拍巴掌，吸引了所有人——除了骨头——的注意力。她慢悠悠地说：“看来这里就是海盗王的宝藏。那么，咱们该商量一下了。”

“商量什么？”段思成愕然。

天青珞刷地从腰间拔出长剑，挽了一个花，盯着他笑道：“商量怎么分。”

第三十四章

这柄剑有一寸宽，三尺长。剑脊上有一团蚀刻的云纹，一直延绵到剑柄。剑柄呈飞翼状，带着流畅的弧线。

很精致，也很实用。但这不是天青珞的佩剑，似乎是那几名甲士丢下的。一名普通士兵的武器都如此精雕细琢，奢侈靡费，可见天氏商会得多有钱。

“你都这么有钱了，还盯着我的钱？”段思成看着天青珞，心中无比愤怒。

“不乐意？”天青珞歪了歪脑袋。

“你这个姿势很招人烦！”

“姿势？”

“对。像个女流氓一样！”

“哈？”天青珞被气乐了。手一伸，剑尖顶上了段思成的胸膛，“你说谁？来，你再说一遍。”

段思成觉得胸前微微一痛。衣服被扎了一个小洞，但皮肤没破。可以看出，天青珞的剑术非常高超。

“没什么，你刚才听错了。”段思成立刻认㞞。

天青珞哼了一声，把长剑收回来。连牧桓从她手中拿过火把，抬头瞧了瞧，突然用力掷上半空！火焰旋转着，撞上高处的岩壁。突然，一溜火线迅速蔓延，仿佛火龙在游弋，顷刻间映得整个石窟亮亮堂堂。

段思成这才发现，洞壁高处凿有一溜石槽，里面大概注满了油脂，就变成了火环一样的长明灯。

火光围绕金山跳跃，金山又将火光反射成千万细碎的光斑。黄金的光彩在洞穴、水中、人们的脸上跳跃，仿佛在呼应每个人心底的贪婪。

“噢，居然有此等事物。”冯星叹息，“惭愧，以前竟没发现。连先生，佩服，当真是心细如发。”

“愧不敢当。”连牧桓说。

这两人谈吐文雅，相比之下，另一边就直截了当得多。天青珞瞅着段思成，笑吟吟地说：“那你说怎么分？”

“这个嘛……先不急，咱们过去瞧瞧。”段思成四下看，找到了一根半截泡在水中的木头。他走过去，发现这其实是一张桌子，但早已泡烂没了形状。段思成把它往水中一推，自己晃晃悠悠踩上去，直奔金山。

段思成做过很多发财梦，从小就做。比如从老瞎——那时候还不老——手里骗钱，比如和别的孩子打水漂赢蕨根菜……长大后，这些发财梦更具体，最终体现在孤注一掷地想要通过投资商船捞上一笔。

哪怕破产后，他依旧没放弃幻想。发财梦给了他无限动力，让他去找到老瞎，找出“远方号”，打算去当一名“替天行道”的海盗。但无论怎样，那些都属于看不见也摸不着的愿景，除了打鸡血这个作用之外，并没真正接近过。

此时此刻，如此庞大的财富，真正的触手可及。他反而有些茫然。这种茫然之前就存在过，此刻更加具体。

哗啦一声，木桌撞上了金山。段思成跳了上去，落在黄金里。他蹲下身子，抓了满满一把金铢。

这些金铢的纯度并不好。日久年深，加上水的浸泡，大多生有红斑。但没关系，段思成知道，只需简单的打磨，它们就会重新焕发光彩，散发出那种让灵魂坠入罪恶的光芒。

段思成松开手，金铢叮叮当当地落下去。这声音真是令人着迷，段思成发誓，世上最伟大的音乐也不过如此。

他深深吸了口气，走到金山顶上。他看到骨头正把身体埋进去，像一只刚刚打好洞的兔子，惬意地眯着眼睛。看到连牧桓和冯星，正无动于衷地在岸边谈论什么。看到天青珞轻轻一跃，踩着水中的木桌同样落在金山上。

我……发财了！直到此时，他才冒出这样一个真实不虚的念头。在此之前，他仿佛一直踩在云雾里。这样一笔庞大的财富，哪怕分给天青珞等人许多，剩下的仍旧难以计量。段思成开始思考，他该用这笔钱干什么。

天青珞走在金山上。她的眼睛闪闪发亮，时不时捡起一件东西，看看又丢下。她这个举动，一点儿也不像一个财迷心窍的人，反而像一个在海边捡贝壳的天真女孩儿。最终，她找到一张有些破损的黄金面具，一屁股坐下，仔细研究上面的花纹。

“你……要分多少？”段思成突然问她。

“分什么？”天青珞没抬头。

“分这笔宝藏啊！刚才不是你说的？”段思成咬了咬牙，说，“我想过了，你确实该分一些。没有你，我找不到这个岛。你救过我……总之，你开个价吧！”

“哦。”天青珞把黄金面具丢下，抱着膝盖发呆。段思成开始患得患失，生怕她报出一个无法接受的价码。过了片刻，天青珞突然叹了口气。“没意思。”

“啥?”

“没意思，不想要了。”

“不想要？你是说……”段思成呆呆地看着她，良久才颤声说，“这些……黄金？你、你不要了?”

“对啊。”

“可……可是……”段思成想不明白，“你之前不是还……为什么?”

“我只是想找到它。”天青珞仰着脸，看着洞壁上跳跃的火环，“有一种事儿，你会强烈地想要去干，谁要拦住你，你就恨不得要杀了他。你懂这种感觉吗?”

“呃……”

“但这件事干完之后呢？该怎么办？我不知道。反正我一开始没想过。我就是想找到海盗王的宝藏，亲眼看一看。这件事我觉得很有意思。但宝藏本身让我觉得无聊，你觉得这些东西有什么用?”

“用处太多了！我……”段思成顿了顿，说，“等等，我可不是劝你，不是一定要分给你，我脑子还没毛病。咱们说定了，既然你不要，那都是我的。”

“好。”

“那我继续说。为什么宝藏没用呢？它能让我过上想要的生活，我可以住大大的房子，吃山珍海味，有很多随从，再……”

“再找一堆美女?”

“也……也行吧?”

“行。然后呢？”

“然后？然后就这样过下去呀！”

“不会无聊？”

当然不会！段思成想要这么说。但不知怎么的，有点儿说不出口。事实上，当他说完刚才那番话的时候，就感到一种索然无味。这种情绪曾经在“远方号”上有过，而现在，拥有了整座金山，却感觉更加强烈。

“那又怎么样？”他终于说话了，带着几分怒气，“日子总要过！既然这样，我为什么不让自己过得好一点儿？”

“这么说你还是会无聊喽？”

“好吧，你来说说，一个人该怎么过？”段思成反问。

“我不知道。”天青珞说，“但我觉得，也许我正在接近。寻找宝藏这件事，让我很开心。也许我该继续找下去。”

“另一笔宝藏？”

“不，是更多的，更有趣的事。”天青珞眼睛渐渐亮起来，“这件事结束了，再去寻找别的。一直在寻找，一直也不要停下来。”

“我不懂，但我觉得像个流浪汉。”段思成说。

“有点儿这个意思。怎么样，有兴趣吗？”天青珞转过头看他。

“我？”段思成惊愕地指着自己，“你说我？天哪，除非我发了疯！我为什么要跟你去干这种傻事儿？我又不是连牧桓！”

“连牧桓？”天青珞摇摇头，“我不觉得他会有兴趣。”

正常人都不会有兴趣！段思成腹诽着，瞥了一眼岸边的连牧桓。但说实话，他觉得连牧桓不是正常人，别看他一板一眼的样子，未必不会跟着天青珞发疯。至于自己……

“你为什么找我？”他问。

“哦，我觉得你有点儿不一样。”

“不，我没兴趣。”他再次拒绝。

“无所谓了。”天青珞站起身，毫无形象地伸了个懒腰，“反正你也不像是个有本事的人。”

“喂，你这也太功利了吧?”段思成说，“而且你不觉得，现在考虑这些太早了吗?”

“哪里早?”

“咱们还困在这个岛上！找到宝藏有什么用？哪怕一座金山也换不到半个馒头！离不开这座岛，咱们迟早要饿死渴死。宝藏毫无意义，你的志向也一样。我们现在最该琢磨的，是怎么离开!”

“这正是我要做的，但我已经懒得和你讲了。”天青珞撇了撇嘴，用力在木桌上一踏，重新跃回了岸边。

连牧桓走过来，皱眉道：“你的伤还没好，别跳来跳去的。”

“好好，我知道了。”天青珞摆摆手，很是敷衍。

“刚才你的话我听到了。”连牧桓盯着她，问道，“你有那么多手下，偏偏为什么要找他?”

“他们都会认为我疯掉了。不会有人跟着我。就算有……”天青珞不易察觉地叹了口气，“……我也不能答应。因为大家出海是为了挣钱，这没什么错，我不能因为自己的想法去改变别人的命运。”

“但我可以。”

“什么?”

“我已经说过很多次了。”洞顶的火焰在连牧桓眼中跳动，令他的目光显得热烈，“我可以。我愿意帮你。”

“我……”天青珞张张嘴巴，一时不知往下接什么。此时此刻，她几乎已经确定了连牧桓的心意，却不明白自己的心。

幸好，连牧桓很快转移了话题。

“宝藏的事情结束了，接下来呢?”他问，“你说的，该奔向下一个目标了。”

“想办法离开这座岛。这就是新的目标。”天青珞飞快地说，扭头看了冯星一眼，“嘿，那个魔方什么时候再出现?”

“在它想出现的时候。”冯星微微皱眉，似乎在思索。然后，他微笑起来。“比如……现在?”

一扬手，无数光芒在掌心聚拢，渐渐形成了一个魔方。

第三十五章

莫隐睁开了眼。

阳光落在肩头，他却感到有些凉意。心中传来一阵悸动，上上下下，反反复复。他想起了当年的“远方号”，也是在那样的波涛里被抛动。

那是一种什么样的感觉？莫隐说不出来。刚才那么一瞬间，他仿佛灵魂出窍，同时看到了两个不同的空间。

这是第二次了。

之前是在洞穴中，天青珞等人突然消失的时候。有那么一刻，他的目光一直在追随天青珞，看着他们奔向一个长长的隧道。可与此同时，他也矗立在原地，和一群手下面对空荡荡的洞穴发呆。

那种感觉一闪而逝，莫隐甚至以为是幻觉。但现在，他再次感受到了，他看到了一个巨大的洞穴，看到了无数灿烂的黄金。

画面依旧消失得很快。他甚至无法肯定自己真的看到了什么，也许一切只是浮光掠影的幻想。但有一种奇异的感觉依旧残留在体内，怂恿他去试一试。

试一试，不管做什么都好。莫隐的灵魂开始躁动。就像一只从未起飞过的鸟，一天惊讶地发现，原来自己有对翅膀一样。没人能阻挡飞鸟振翅的欲望，莫隐也一样。他下意识地顺着那种感觉，张开手。

两颗湛蓝色的方块悬浮在掌心。原本是一颗，自从杀掉刘老三之后，又多了一颗。刘老三终究说了谎。

两颗方块给了他一种奇异的力量，自从来到这座岛屿，力量每时每刻都在增长。这种力量并非身轻体健，而是感觉。莫隐觉得，他似乎能掌控什么。

下意识地，他把手中的黄金骷髅轻轻一拍。

倏然，骷髅头消失了。

莫隐呆呆地看着自己的双手。这不是幻觉，骷髅头刚刚就在手中。他不知自己是怎么做到的，那种感觉也随着骷髅头消失了。他不再是飞鸟，再次变成一个普普通通的人。

“莫头领。”李都管走过来，神色有些慌乱。

“什么事？”莫隐不快地看了他一眼。他依旧在寻找那种感觉，但怎么也找不到，这种体验令他烦躁不已。

“少了……两个人。”李都管小声说。

“怎么少的？”

“我听人说，有两个士兵又进了洞，想要去找宝藏。”李都管压低声音，“他们都看到了那个黄金骷髅……头领，人心有点儿散哪，再这样下去，恐怕……”

“随他们去！”

“啊？”

李都管呆住了。他不理解莫隐的想法，只知道如果任由这些甲士一窝蜂去寻找宝藏，他们就失去了武力依仗。

“可是头领……”

“够了!”

砰的一声，莫隐一拳砸在地上！李都管惊恐地退了一步。莫隐站起身，有些烦躁地朝前走去。

没关系。莫隐告诉自己。一切都没关系。那种感觉还会回来。而且他相信，距离自己真正掌握这种力量，并不远了。

“瞧着吧。”他轻声说。

一个魔方在冯星手中出现了。

相比上一次的惊鸿一瞥，天青珞终于将它看得清清楚楚，明明白白。魔方很特别，它朦朦胧胧，若有若无，看上去不属于任何已经知道的材质。它处于存在与虚无之间，仿佛水中月，镜中花。

冯星托着魔方，却没有去旋转拼凑。他盯着某个地方，微微皱起眉头。天青珞发现，魔方并不完整，它的顶端缺了四个小块。

“怎么和上次一样?”天青珞问，“你不是说，很快就能凑齐吗?”

“不知。”冯星摇摇头，“或许还需再等等。”挥了挥手，魔方重新化作一道道光，渐渐消失了。

“等下次吧。”冯星叹了口气。那么多年都等了，还在乎一时半刻？他心里这样说。但不知为什么，心底却有了一丝急躁。

“哎？对了，那魔方我能摸摸吗?”天青珞又问。

冯星一怔。“我也不知。下次你试试。”

天青珞点点头，似乎还要说什么。突然，骨头的声音传来：“哈！瞧瞧这个！我又找到了一个!”

天青珞转头，看到金山之上，骨头正托着一只黄金骷髅欢呼雀跃。骨头曾用这玩意儿当过武器，砸过自己，天青珞可忘不了。

“海盗总喜欢弄这种玩意儿吗?”天青珞撇撇嘴。

段思成心中一动，走上去伸手。“给我看看。”

骨头犹豫了一下，不情愿地交出去。哪怕身在金山，他还是对黄金骷髅情有独钟。段思成拿在手里端详，越看越熟悉。

“似乎和之前的那个一模一样。”他皱着眉，问道，“骨头，你还记得老瞎说的吗？有个叫老罗的家伙，用一堆首饰弄了这个……”

“是啊。”

“我听他的意思，应该是只有一个。”

“他老糊涂了呗。”骨头满不在乎地说，“再说，都几十年前的事儿了，谁能记得那么清楚？”

“不对……不对！”段思成盯着骷髅头，自言自语，“这东西不是铸模，而是手工造的，怎么能做到一模一样？”

听他说到这里，连牧桓在岸上说道：“拿来我看。”段思成一抖手，把黄金骷髅抛了过去。

连牧桓接在手中，略略扫了一眼，又随手抛了回来。段思成连忙把骷髅头抱住，有些发蒙。就听连牧桓道：“就是之前那个东西，不会错。看这里，还有剑痕。”

段思成把骷髅头一转，果然在后脑处，发现一道深深的痕迹。他想起来，骨头拿这个砸天青珞时，连牧桓曾经挡了一剑。

“怎么可能？”段思成百思不得其解，抬头问骨头，“这东西……你后来一直没找到对吧？”

骨头摇摇头。

“这就怪了。”段思成皱眉。难道是这颗黄金骷髅，顺着通道一直滚到这里的吗？他觉得这种猜测根本不靠谱，但在这个怪异丛生的岛屿上，什么都有可能。

“回去了。”他听到冯星这样说。

冯星看上去兴致不高，和带众人来看宝藏时截然不同。他一个人朝外走，并没有理会有没有人跟上。虽然之前他一直是这个样子，但段思成还是觉得，冯星肯定有了什么情绪。也许是因为魔方，也许是因为别的，反正段思成这么看。

冯星一走，众人自然不会留下来。但是当段思成跳过水面后，却发现骨头并没有跟上。回头一瞧，那家伙还缩在自己挖出的小窝里，脸上带着一副痴迷的笑，一副神志不清的样子。段思成不得不返回去，拎一只小动物一样，把骨头从里面拎出来。

骨头手舞足蹈地挣扎，非常不乐意。最后，他拗不过段思成，却在临走前狠狠抓了几把金铢，把衣襟塞得满满当当。同时手里还抱着那个黄金骷髅。骨头觉得这东西有特殊意义，它开启了众人的财运。

这么一耽搁，段思成和前面的队伍有点儿远了。火把的光在远处摇曳，仿佛随时要消失的样子。段思成不得不加快脚步，但黑乎乎的洞穴令他有些踉跄。反观骨头如履平地，迅速追了上去。

“喂！”段思成不由得愤慨。骨头这混蛋也太不够意思了！可一张嘴，脚下未免不利落，陡然被一块突出的石头绊倒了。

啪的一声，段思成摔了一跤。地面都是石头，险些把他摔散了架。而且这地方似乎有个斜坡，他骨碌碌滚了下去。

段思成摔得七荤八素。挣扎着站起来，发现周遭一切都漆黑一团。有那么一刻，他以为自己失明了，但旋即才发现，自己已经脱离了刚才那条路。远处的火光，不知在什么时候消失了。

“喂！喂！”段思成忍不住大叫起来，“有人吗？我还在后面！听到了吗！”

声音在黑暗中回荡，仿佛无数人在呼喊。但段思成知道，只有他一个人，他没听到任何其他人的声音。

段思成慌了起来。他手脚并用，跌跌撞撞朝前赶。不知走了多久，黑暗依旧严严实实包裹着他，仿佛一种粘稠的液体在限制他的行动。

段思成突然停下来，大口地喘气。

他们去哪儿了？无边的孤寂突然袭上心头，段思成有了一种毛骨悚然的恐惧。他曾经惧怕老瞎的疯狂，厌烦骨头的贪财，瞧不上黑山的呆头呆脑……可现在，他觉得每个人都是那样的可爱。

一想到可能会永远迷失在黑暗的洞穴里，段思成就觉得头皮发麻，肌肉僵硬得仿佛一块石头。过了许久，他才想起从怀中摸出一颗火种，费力点燃。

微弱的火光映亮了周遭。仅仅是一丝光明，却让段思成恢复了冷静。他举着火种四下看，发现自己依旧在一条通道内。他左右仔细检查，却没发现有什么岔路。

突然，他想到冯星说过，“只要一直走就好了”。如果是这样，也许他并未遗失在什么不知名的歧路，而是摔了一跤后，把方向搞错了！也许自己一直在背向出口行进！

这个发现让段思成充满了力量。他弯下身子，仔细寻找自己走过的痕迹。段思成希望能回到最初的地方，找到正确的方向。

大概走了十几步，他突然听到一阵脚步声传来。段思成大喜过望，理所当然地认为，这是骨头他们返回来寻找自己。

“我在这儿！在这儿！”他一边叫，一边朝那个方向奔去。很快，他看到了火把的光亮，心中的喜悦几乎要沸腾起来。

“我在……”他的声音戛然而止。

一支火把下，两个身着甲胄的士兵，正一步步朝段思成走来。

第三十六章

说来有趣，段思成第一眼看见这两名甲士，心中竟升起一种亲切感。大约无论是谁，在黑暗中幽闭良久，骤然见到同类，也会情不自禁产生这种感情。

下一刻，他才知道害怕。

那两名甲士，显然早有准备。听到段思成呼喊的时候，长剑就擎在了手中。两人对视一眼，狞笑一声，同时朝段思成扑来！

"啊呦！"段思成大叫一声，转身就跑。

两名甲士紧追不舍，段思成能听到甲叶的声音哗哗作响，感到甲士越追越近。段思成慌忙丢下手中的火种，硬着头皮朝黑暗中钻去。

没了火光的指引，两名甲士不由得放慢了速度。但段思成也没能脱身，他被一块石头绊住，扑通一声摔倒。

此时此刻，段思成已经感觉不到痛楚。他强忍着没发出声音，顺势滚向一边，将身体死死贴在一根石笋后面。

两名甲士渐渐接近。他们听到了之前的声音，知道目标就在附近。但此地石笋密布，将火把的光亮分割成一道道阴影，很难找到一个执意躲藏的人。甲士们展现出了足够的谨慎，一面举着火把观察，一面将长剑四处撩拨，希望能将段思成从黑暗中捅出来。

有那么几次，剑锋几乎擦着段思成的脸颊划过。但段思成咬紧牙关，一动不动。

两名甲士低声商量了一下。他们决定彻底搜查，放任一个藏在黑暗中的敌人，于情于理都不安心。谁知道这个敌人会不会在他们寻找宝藏的过程中突然跳出来，从背后捅上一刀呢?

而且他们知道，段思成并非一个人。从现在的情况看，这人或许是和同伴走散了，却不能保证他无法在逃脱之后引来更多的敌人。

两名甲士互相掩护着，一个石笋一个石笋地搜查。段思成在暗中看到了这一切，知道自己的时间越来越少。他四下打量，看到身后的洞壁上，有几个突出的石块，似乎可以供人攀援。

段思成悄悄地起身，用极轻柔的动作开始爬墙。他一点儿一点儿地行动，看上去像一只吃饱了的树懒。与动作形成反差的，是他几乎要爆炸的心态。但段思成还是竭尽全力压下想要抱头鼠窜的欲望，慢慢向上爬。

两名甲士已经检查到段思成之前躲藏的石笋前。而段思成，刚刚爬到两人头顶，稍稍高出一点儿的位置。倘若这两人一抬头，就能看到一个人壁虎一样爬在洞壁上，然后轻轻一剑就能把他钉在上面。

但问题是，两名甲士只顾低头检查地面，谁也没想抬头。段思成心惊胆战地瞧着两个披坚执锐的士兵在下面用长剑扫来扫去，一串串火星在石笋上闪烁。

两名甲士没有找到人，开始向另一个方向搜索。段思成松了口气。他想好了，一旦两人离开，他就朝相反的方向跑。别管那条路是通向什么地方，总之逃得越远越好。

只要这两人离开……

突然，段思成觉得脚下踩着的石块微微一松！

来不及做出任何反应，石块陡然脱落，连同段思成的身体，一同从洞壁上摔了下来！他不由自主地惊叫一声："啊！"

砰！

一名甲士刚巧经过下面，被段思成砸了个结实！两人同时摔倒在地，那甲士虽然有铠甲护身，却也被砸得七荤八素，长剑脱了手。

另外一名甲士反应显然慢了一拍。他连忙转身，刚巧看到段思成一个翻滚，抄起地面的长剑，自下而上刺出！

噗的一声，长剑钻入小腹，鲜血喷出！

那名甲士痛苦地伸手想去捂住伤口。但双臂抬起一半，浑身的力气已经随着鲜血流淌干净。他扭着身子，跌倒在地。

段思成来不及庆祝，一双铁臂突然从背后伸出，死死勒住他的脖子！段思成只觉得一阵剧痛，眼前发黑，一口气喘不过来。他奋力去掰那条胳膊，但对方死也不肯放开。

两个人都在坚持，段思成渐渐没了力气，他眼前直冒金星，肺叶好像着了火，整个世界似乎越来越远。察觉到段思成的虚弱，身后那名甲士更加亢奋，他怒喝着，不住地用力！

段思成的双手垂下去，再没有力气去和甲士对抗。他觉得自己变得轻盈，似乎自己正在向上升高……升高……

突然，那条胳膊放开了。

濒死的段思成灵魂归窍，他抓住这个机会，甩开对方的胳膊，然后用尽最后的力气，把那个家伙一脚蹬开。那甲士无声无息，仿佛一只装满沙子的口袋。

段思成躺在地上大口地喘气。他头一次发现，能自由呼吸是一件多么美妙的事情。不知过了多久，他才有了睁眼的力气。

他看到一个人影站在自己身边，正居高临下地俯视。他很想起来搏斗，但浑身上下，他能控制的大概只有眼皮。

“每次看到你，你都是那么狼狈。”那个人影说，“我刚才真的很想让他勒死你算了，免得玷污你爷爷的一世英名。”

“老瞎？”段思成瞪大眼睛！

没错，眼前这个人影，竟然是分别许久的老瞎！段思成大喜过望，就连对方的讥讽，都觉得亲切无比！

老瞎和分别时没什么不同。腰杆依旧是那样笔挺，眼神依旧那样犀利。他举着一根火把，右手的长刀滴着鲜红的血。这把刀刚刚从那名甲士后背抽出，他将狭长的刀锋在尸体上蹭了蹭，又甩掉血迹。

“你从哪儿来的？”段思成扶着石笋站起来，“你都去了哪儿？”

“转了很久，可没收获。你呢？”

“我找到了宝藏！”

老瞎吃了一惊。“真找到了？”

“对啊！我一直以为你说的都是疯……呃，反正我没想到，我爷爷真的留下那么多财宝！”段思成兴奋地说，“你不知道，骨头简直高兴傻了，他恨不得钻到金子里，死在里面！”

“哦，那可要贺喜你们。冒了这么大风险，总算得偿所愿了。”老瞎问，“你们是怎么找到的？”

“这可说来话长。”段思成叹了口气。当下，他原原本本，将事情经过讲了一遍。

老瞎一直平静地听着，但到后来，他却微微皱起眉头。“你说那人叫冯星？他长什么样子？”

“看上去挺年轻的小伙子。”段思成将冯星的面貌形容了一下。

“哦，我还以为是当年的同伴……”老瞎想了想，有些不解地摇摇头，“我们当年离岛的时候，可没有这个人。也许他是后来上岛的？可听他的意思，在这岛上待了很多年，难道他上岛的时候，还是个小孩子？可就算这样，他这些年在岛上吃什么？”

“不能吃鱼吗？”段思成愕然。

“一个人要抓鱼可不太容易。我总觉得不像……”老瞎突然想起什么，问道，“你有没有问他，看没看到一条龙？”

段思成一时没说话。他发现，老瞎压根没把冯星和龙联系在一起。这说明当初老瞎见到的龙，没变成过人。或许龙根本不能变成人，这一切只是自己的胡乱猜测。

段思成犹豫了一下，摇摇头。“没有。”

他这句话含糊不清，不知道是在回答“没问”还是“没看见”。但段思成已经打定主意，决不能告诉老瞎自己的猜测。以老瞎的执拗，恐怕听到这个猜测后会径直找冯星去拼命。

那么结果有两个：第一，冯星真的是条龙。老瞎打不过死掉了。然后冯星恼羞成怒，把所有人都吃掉。第二，冯星不是龙，被老瞎砍死了。但这样一来，他们再也没有离开这座海岛的办法。

无论是哪一种，都是段思成不可接受的。

老瞎不了解段思成的担忧，并未就这个问题追问下去。他只是皱了皱眉。“那条龙究竟去了什么地方？”

“也许已经离开了呢？”段思成说。

“不可能。你也看到了，这个岛进得来，出不去。”

“那当初你是怎么出去的？”

“我？”老瞎似乎陷入了回忆，隔了一会儿才摇头说，“现在和当年不同，我也没办法。”

“你没办法？可你却把我诓到这座岛上！”段思成变得激动了，

怒极反笑，“哈！我当然知道，你是为了杀一条龙！我不想评论你是不是在做梦，可就算是做梦，那也是你的梦，不是我的！还有骨头、黑山，以及船上那么多人！我们都没有这样的梦！你太自私了老瞎！你从一开始就想着，让这么多人给你陪葬吗？”

老瞎似乎被问住了，一时没说话。良久才慢慢道：“那你们的梦想是什么？不就是发财吗？”

“对啊！”

“你找到了宝藏，不是吗？我并没有说谎，你们的梦想已经实现了。”

“可我们要死在这儿了！”

“那是以后的事。也许我们都不会死，谁知道呢？如果你问我究竟怎么离开这座岛，那么我可以给你答案：杀掉那条龙。”

“我们根本找不到！”段思成气愤地说，“就算找到了，也只是送死！”

“不试试怎么知道呢？”老瞎说，“而且我相信能找到，我能感觉到，那条龙一定在这座岛上。”

“感觉？”段思成嗤笑，“哈，凭感觉？”

“我一直能感觉到的。”老瞎笃定地说，“那条龙的身上，有一种奇怪的东西。而我，也有。”

说着，老瞎摊开手。一个半寸高的半透明小方块浮现在掌心。它呈现出神秘的蓝色，微微放着光。

“魔方！”段思成惊叫起来。

第三十七章

段思成第一眼就认出，这东西正是冯星手中魔方的组件。也就是冯星念念不忘，缺了四块中的一块！

天哪！他心里想。如果老瞎说的是真的，那冯星真可能是一条龙！天哪，我竟和一条龙待在一起那么久！

“魔方？”老瞎狐疑地看了段思成一眼，问道，“你管这叫魔方？”

“不叫吗？”

“为什么叫，你见过？”

段思成呆了呆，才发现自己说漏了嘴。他赶忙补救：“你知道，我爹是个木匠。他做过很多小玩意儿，比如魔方什么的……你这东西，看上去就像上面的一个小块。”

老瞎哼了一声说：“听起来像是你爹干的事情。”

段思成松了口气，甚至没空理会老瞎的嘲讽。他问道：“那么到底是不是？那条龙也有这种东西？”

“那你爹当初造的什么魔方，到底是什么样子？”老瞎反问。

段思成蹲下身子，用石块在地面上画了一幅草图。他爹当然没造过什么魔方，但他见过冯星手中的那个。于是，地面上的草图，几乎和那个魔方一模一样。

老瞎盯着那张图，露出思索的神色，慢慢说："其实我不知道。当初那条龙身边，围着很多这样的小方块转来转去……但我觉得你画得没错，那些小块如果凑起来，很可能是这个样子……"

他突然看了段思成一眼。"你爹怎么知道？"

"知道什么？"段思成一呆。

"魔方。我可没和他讲过这件事。"老瞎说，"但我不是为了隐瞒什么宝藏，而是怕他听见有条龙在岛上，吓得尿裤子。可我没想到，就算这样，他还是不肯跟我合作。我以为他只是胆小，但现在看来……他早就知道那条龙的事情，而且比我知道得还要多。"

段思成没想到，自己信口胡说，竟让老瞎产生了如此诡异的猜测。他不禁张张嘴。"你……想多了吧？"

"不，是我以前想得太少了。他造了木船，造了魔方，又把藏宝图塞进木船里……他究竟想干什么？也许他有自己的计划，而且并不想叫上我……"

"他……为什么不想叫上你？"

"也许你爷爷并没有死。"老瞎突然说。

"不可能！"段思成吓了一跳，他一点儿也不明白自己为什么要害怕，他叫了起来，"怎么可能？"

"我是说当时。"老瞎陷入回忆，慢慢说，"我并没有看到你爷爷死去，我只看到他冲向了那条龙……也许后来，他离开了这个岛，然后把一切告诉了你父亲。所以……"

"所以什么？"

"所以你父亲并不信任我。"

"那他还能信任谁呢？你是我爷爷的船员，你们并肩战斗过，你又不可能背叛……”说到这里，段思成突然停住了。他怔怔地盯着老瞎，脸上慢慢浮现出惊恐的神色。他用颤抖的手指指着对方。“你……难道……你……”

“对啊。就像你猜的那样。”老瞎有些寂寥地叹了口气，“那场战斗里，我背叛了你爷爷。”

段思成脑子里嗡嗡作响，一句话也说不出来。

在此之前，如果有人说老瞎是个叛徒，段思成肯定会笑破肚皮。在他看来，老瞎可以是个暴徒，是个疯子，是个混蛋……他可以是任何一种人，却绝不可能是个叛徒。

段思成宁可相信自己是个叛徒，也不相信老瞎这个浓眉大眼的家伙也会叛变。

但现在老瞎竟亲口承认，自己当年在战斗中，叛变了？

如果真是这样，那老瞎引自己到这个岛上，真实目的究竟是什么？他要与那条龙合作，将海盗王的后裔一网打尽？这个念头才浮现出来，就被段思成否决了。如果只是那样，老瞎自己就能做到，用不着这样大费周折。

“你……你是……”段思成咽了口唾沫，终于说出一句完整的话，“你和那条龙，一起害死了我爷爷？”

老瞎愣了一下，摇摇头。“没有。我们根本没和那条龙沟通。你爷爷带着我们，一开始就进行了死战。但到最后，我吓坏了，当了逃兵……”

听到这番话，段思成突然松了口气。他突然发现，自己因为惊吓，浑身肌肉绷得极为僵硬，此刻隐隐发痛。段思成靠着墙壁坐下去，慢慢喘了口气说：“如果你把这个叫作‘叛变’，那我完全可以理解。说实话，换成我，大概也会那样……老瞎，你愿意跟我说说当时的情形吗？”

“我已经说过很多了。”老瞎沉默了一会儿说道，“还记得吗，我说那一天，我们在海上遇到了‘天渊’，就是咱们之前经历的那些。你爷爷带着我们冲了过去，然后发现了这座岛——这些都是真的。”

“后来呢?”

“我们当时很奇怪。这座岛是我们的秘密基地，不单用它来补充淡水，修缮船只，还汇聚了我们全部的财富。这座岛不该出现在这里，它明明应该待在一个我们知道的地方。所以当时大家都急坏了，都想立刻冲到岛上看看。”

“要是我也会急。”段思成点点头。

“我还记得，当时太阳很好，也没什么风。我们把‘远方号’停进港口——当时这座岛上有一座天然良港，两条剪刀一样的峭壁，中间正好能让‘远方号’开进去。可现在鬼知道它去了哪里……”

“我们所有人都上了岛，一开始没什么特别的，但你爷爷让我们都打起精神，他觉得味道不对。不是真有什么味道，而是他天生的直觉。在这方面，你根本没继承他的天赋。如果你爷爷是一匹狼，那你顶多算一头猪，家养的那种，野猪都算不上。”

“行了老瞎!”段思成不快地说，“你能不能说点重点？难道你能从讽刺我上面获得特别的快感吗?”

“哦，也许我已经习惯了。好，我继续说正题。”老瞎点点头，继续道，“我们都拿着武器，向岛中间走去。那时候，岛还很大，中间是一座山峰，有一个山洞通往山腹，里面有巨大的岩洞。我们所有的财宝都藏在岩洞里，我们都发誓，有谁敢打它的主意，我们就和谁拼命。”

“你们确实做到了。”段思成吐槽。

“我们进到岩洞之前，什么都没发生。如果不是你爷爷一直以来的威信，我们早就放松警惕了。可当我们进到岩洞的时候，却发现……”说到这里，老瞎深深吸了口气，才继续说，“我们的宝藏上，趴着一条龙！那条龙可真大，我永远也忘不了……”

“龙到底是什么样子？”段思成连忙问。

“它的身体就像一条放大了无数倍的大蛇。它的鳞片闪着金属的光泽，每一个都有巴掌那么大。但它有四条腿，每条腿上都有锋利的爪子，有点儿像鹰。它的头非常怪，我没办法形容……哦，有点儿像蜥蜴的变种。但在脑袋上面，生着一对麋鹿一样的犄角……”

“我的天……”段思成呆了呆，“听起来太可怕了。”

“是的，非常可怕。但你真要见到它，又会觉得非常壮观。这样一种生物……我没法说出当时的感觉，因为我脑子里一片空白。直到现在，我还是想不起来我当时在想什么。我只记得，你爷爷大吼一声，冲上去驱赶那条龙。然后，那条龙似乎说了一句话……”

“说话？”

“是的。但我记不清了。也许它没说，可我一直有这个印象。这三十年来，我一直想回忆起它说了什么，却一直做不到。不过，即便它说了什么，对结局也不会有改变。我们都不能容忍，它占据了我们的岛，趴在我们的宝藏上。你爷爷更加如此。”

“然后你们打起来了？”

“没错，战斗爆发了。那条龙非常强大，一抖身子就能弹飞三个壮汉，利爪能轻易撕开盾牌。但如果只是这样，我们最终能赢，而且当时的地形，对它也有很大限制。可没想到……”

老瞎顿了顿，下意识揉了揉那只受伤的眼睛。“我们的错误，就是把它当成了野兽。对于野兽，我们从没惧怕过，哪怕海中巨大的鲸鱼，我们也能轻易找到它的弱点捕杀它。但这条龙……如果它真算野兽，也是世界上最狡猾的野兽，比人还要狡猾……”

“它到底干了什么？”段思成奇怪地问。

“其实……我都不知道它干了什么。”老瞎的回答令人意外，“那条龙一开始利用庞大的身体和爪牙，杀死了几名我们的同伴。当我们适应过来后，它又退入一条低矮的岩洞，让我们没办法包围它。我们死了十几个兄弟，你爷爷才砍中了那个畜生第一刀!”

“这么厉害?”段思成张了张嘴。

“你以为只是这样?”老瞎哼了一声，“那条龙受了伤，开始向后逃窜。我们都冲了进去，以为战斗马上要结束了。那条龙再怎么狡猾，也不过是只畜生，充其量是只狡猾的畜生。可没想到……”

“什么?”

“没想到，那条岩洞，竟然成了兄弟们的坟场!”

第三十八章

洞穴里突然来了一阵风，吹得火把摇曳不定。那些石笋投下的影子在火光中跳跃，仿佛无数鬼魂在起舞。

段思成打了个冷战。他看到老瞎左眼上那条蜈蚣一样的伤痕，在不住地扭动，仿佛活了一样。

“你很冷?”老瞎的声音有些飘忽。

“不，你继续说。”

“刚才，我说到了那个洞穴……”老瞎深深吸了口气，似乎想要从中获得一丝勇气，然后才慢慢说，“我们都进了那个洞穴后，却找不到那条龙了。你爷爷察觉不对，就想带人出去。可天知道怎么回事，那条龙竟绕到了我们后面，把洞口堵住了。它还引来了大量的海水，一个劲往洞穴里面灌!”

“啊!”段思成不禁叫起来。他突然想到了一种可能，那条龙如果能变成人形，确实有可能趁着黑暗躲起来，再绕到海盗们背后——就像段思成之前干的那样。

老瞎不知道段思成的想法，继续说：“你爷爷带着一些用刀的好手，拼命攻击那条龙，后来那条龙耐不住，终于逃走了。可我们的兄弟，却被活活淹死三十多个！我被水冲得撞到一根石笋上，就这样丢了一只眼。”

“什么？可你说，你的眼睛是被龙爪伤的！”

“都是骗人的！我为这只眼睛编造了很多谎言，比如什么白刃战，还有什么和龙搏斗……”老瞎越说越激动，突然狂笑起来，“哈哈，瞧啊！人们都惧怕我，却不知道，我其实是一个根本不敢上前的胆小鬼！”

老瞎的声音在岩洞里回荡，一声比一声高，旋即又渐渐安静下来。到了最后，周遭静得出奇，只剩下老瞎粗重的喘息声。段思成觉得喉咙发干，一句话都说不出来，他被这个真相吓到了。

老瞎是个胆小鬼？太夸张了，这比他是叛徒更让人不可思议！

不知过了多久，老瞎的声音再次传来：“我不知道后来的事情，因为我疼晕了过去。当我清醒过来，发现自己已经被你爷爷送到了岸边。他身上都是血，身边只剩下几个人追随，他们每个人都有很重的伤。我也看到了那条龙，它已经追了过来，但它身上到处都是可怕的伤口，胸前还插着你爷爷的那柄刀……”

“你爷爷对我说：‘走吧，小伙子，你太年轻了，不该死在这里。’他还冲我笑了笑，我永远忘不了那个笑容……我看着你爷爷冲向了那条龙，那条龙身上环绕着蓝色的雷电……你爷爷和它搏斗的时候，这些雷电引爆了，笼罩了整座岛屿……”

“蓝色的雷电？”

“就是这个。”老瞎再次拿出那颗半透明的小方块，“爆炸之后，我看到满天的这种东西，像雨点一样落下来。它们接触地面，就钻进去，接触海洋，就融化了，还有很多落在了‘远方号’上，像种子一样生根发芽。其中有一个，落在了我的身上……从此，它就和我形影不离。”

“为什么？”段思成感到不可思议。

“我不知道。”老瞎摇摇头，看了段思成一眼说，“现在你知道了，我是怎样一个人。你怎么想？”

“说出这些之后，你是不是感觉好一些了？”段思成反问。

老瞎怔了怔。“我不知道。”

“应该会好一些。”段思成说，“你把这些藏在心里三十年，没办法跟任何人倾诉。那种感觉……说实话，我很难想象。我记得你带我去看墓地的时候，你的脸色很糟糕。当时我以为你在怀念同伴，但现在我知道，你是在被你的谎言折磨。”

“是啊。”老瞎自嘲地笑了笑，“我一直在骗你。根本没什么老死的船员，坟墓底下什么都没有。”

“如果我是你，早就崩溃了。我一直不理解你对那条龙的执着，现在我终于明白了。你对这一刻，已经期盼了这么多年。你想杀掉那条龙，或者干脆被那条龙杀死。你想要一个无愧于心的死亡——这我之前就说过了，看来我猜的一点儿都没错。”

老瞎沉默着，没有说话。

“但我还是猜错了一点儿，我曾经以为你只是因为没有成为传奇，没有得到自己应有的结局……所以我一直在劝你，放弃你的想法。但我没想到……”段思成舔了舔嘴唇，叹了口气，“我没想到，事实并不是那样。真正的老瞎，是一个受尽三十年自我谴责的人。你回到这里，是为了赎罪……我觉得，什么话语都没法改变你的想法。”

“你到底想说什么？”老瞎问。

“我想帮你。”段思成说，“如果你相信我的话，我可以帮你想办法，对付那条龙。”

老瞎盯着段思成，好像第一天看到他一样。过了一会儿，他问道："你要帮我？这可不像你说的话。"

"你的故事打动了我。让我觉得，逃避解决不了任何问题。无论我们怎样逃避，最终还要回来解决它。"段思成慢慢说着，突然问，"当年你多大?"

"什么?"

"我是说，遇到那条龙的时候，你多大?"

"十七岁，怎么了?"

"当时你还是个少年，却用半生去悔恨。我不想重蹈覆辙。况且，如果不解决这件事，我很可能死在这个岛上，也未必有什么后半生可懊悔的。"

"那你打算怎么帮我杀那条龙?"

"不，我说要对付那条龙。"段思成说。

"这有什么区别?"老瞎皱眉。

"我不认为咱们能杀死它。毕竟，那是我爷爷都没做到的事情。"段思成说，"但如果那条龙不傻，我肯定能找到共存的方式。我们可以一起找到离开这个岛的方法。"

"哈？你打算说服那条龙?"老瞎讽刺，"凭什么?"

"被困住的不单是我们，还有'飞云号'。"段思成目光炯炯，"'飞云号'上有一千人，那条龙再怎么厉害，也不可能是这么多人的对手。"

"可你说过，那条船已经叛变了。"

"不，是莫隐叛变了！"段思成高声说："只要联系上'飞云号'，莫隐就完蛋了！然后，我们再一起和那条龙谈一谈！除非它不想离开这里，否则我们根本不用大动干戈。"

听到段思成的谋划，老瞎反而沉默了。段思成瞅着他，问道：

“怎么，你认为我说的不可行？”

“听起来，你又想赌一把。”老瞎终于说话了。

“我不觉得这是在赌什么。”段思成反驳，“就算像你说的，这一样还是赌博——但你不觉得成功的可能性很大吗？”

“事实上我挑不出什么毛病。”老瞎慢慢说，“确实，这次看上去还像点样子。但……我不同意。”

“为什么？”段思成愕然。

“我必须找到那条龙！”老瞎加重语气，沉声道，“我必须用我的刀洗刷耻辱！杀掉它或者被它杀掉！”

如果是以前，段思成一定大骂老瞎是块又臭又硬的石头。但他已经理解了老瞎，知道那条龙是老瞎心中的一根刺。这根刺，只能用对方或者自己的鲜血来软化，不可能被言语所打动。

因此，他没有再劝。但他原本想说出冯星的事情，此刻也闭口不言。他不想因老瞎的行动，打乱了自己的谋划。

“那你打算怎么办？”他问。

“当然是继续找下去，直到找到那条龙。你呢？”老瞎看着他，“看样子，你是不打算和我一起行动了？”

如果在以前，段思成巴不得有一位高手在身边保驾护航。但此时此刻，他确实不这么想了。听完了当年的隐秘，段思成终于有了自己的全盘想法，他又从老瞎的故事中汲取了力量，他不想做让自己后悔的事情。

“我想自己试一试。”段思成回答。

“祝你赌博成功。”老瞎点点头。他把长刀挽了一个花，重新插在腰带上。然后举着火把一步步向洞穴另一头走去。

“老瞎！”段思成忍不住叫了一声。

“后悔了？”老瞎停下。

“我只想说一声——保重。”

“哈！”老瞎没回头，拍了拍腰间的长刀。他越走越远，火光越来越暗淡，终于消失在黑暗中。

段思成再次孤单下来。但此刻，却不再那样恐惧。他捡起甲士丢掉的火把，用火种重新点燃。接着，他又拾起一把剑，在手中呼呼舞动几下。武器给了他一种信心，让他觉得自己充满力量。

但他知道，这力量并非来自刀剑，而是来自内心。他从未这样完整地考虑过一件事情，也从未这样强烈地想要完成它。

没错，他曾经想要发财。但那些想法都是空中楼阁，并无详尽计划。于是，那种强烈的欲望只能驱使他像没头苍蝇一样乱撞。

而现在，他觉得自己真正在做一件事情，也真的想做一件事情。他更加理解了老瞎为什么永远一副打不倒的样子——那正是一个永远怀着坚定信念和拥有目标的人应有的样子。

“让我看看吧，我能做成什么样子。”段思成喃喃自语。他举着火把，向岩洞另一头走去。

他的步伐从未如此坚定。

第三十九章

通道依旧很长，但段思成却耐心一直走下去。不知过了多久，他看到眼前有了光。

段思成向光亮走去，渐渐发现，这里居然是个洞口。他熄灭火把，握紧长剑，深深吸了口气。

他走出洞穴，刺目的阳光洒下来。段思成眯起眼睛，海风吹拂着面颊，丛密的树林在微微摇摆，湛蓝的海面起伏不定。

“好运气。”段思成自言自语。

这地方他来过。他在这里遇到了天青珞和连牧桓，遇到了莫隐，还险些被射死。他下意识看了一眼，发现残留在地面上的几支羽箭。

最重要的是，这里有“飞云号”。

在洞穴中行走的时候，段思成设想过很多可能。他觉得自己很可能会走到金库，又或者找到天青珞他们。如果是前者，他需要掉头重走。后者的话，他打算把计划和盘托出，与连牧桓一起谋划。

他唯独没想到，自己竟然一路走了出去，还如此顺利地找到

“飞云号”。段思成突然觉得，自己时来运转了。

尽管如此，他依旧没有放松警惕。鬼知道莫隐会不会留下几个士兵，专门堵着这条路呢？

段思成弯着腰，快速通过几十米的空旷地带，然后一头扎进丛林里。他沿着之前开辟出来的小路，走到水塘边。

这里布满了凌乱的脚印，散碎的灌木和断裂的藤条。地面上还有血迹，段思成印象很深刻，莫隐就是在这里刺了天青珞一剑。

段思成仔细查看，却没再发现其他线索。这意味着，再也没人经过这里。段思成不禁有些奇怪，“飞云号”上的人都在做什么？

你们少主都丢了这么久，怎么一个个跟没事儿人似的？这心得有多大？

段思成在池边喝了几口水，又洗了把脸，感觉神清气爽。他没敢多待，迅速穿过丛林，到了海滩。

从海滩望过去，能看到“飞云号”就停在两里外的海面上。它依旧显得很巨大，就像天上的云落在了碧蓝的波涛里。在海滩的几块礁石边，段思成找到了莫隐等人留下的冲锋舟。浅白色的小舟半截被拉上了礁石，并用铁链缠绕住，另一头则在水中微微晃动。他三五下解开铁链，奋力将小舟推进水中。

段思成跳上小舟，用船桨奋力划动。这种船很难用单桨操纵，但对于段思成来说不成问题。小舟载着他慢慢向“飞云号”靠近，可那条巨大的帆船，依旧没有什么动静。

段思成仰头看着那条越来越近的巨舰，心中的疑惑再一次浮现出来：“飞云号”上的人都在做什么？

段思成并不知道，“飞云号”毕竟是条武装商船。尽管这条船的战斗能力，足以匹敌任何国家的旗舰，但它的重点，依旧放在“商船”上面。

简单来说，“飞云号”上的乘员，大部分都是没什么战斗力的水手、货员、商队伙计、管事……

真正能够战斗的就两种人。一种是羽哨，但已经迷失在山洞里。另外一种是商队护卫，但这些人都在莫隐的领导下。商队护卫里，有一半已经成了莫隐的爪牙，剩下的还蒙在鼓里，正遵照莫隐的指令守护商船。

关于要不要去寻找少主，船上正发生激烈的争论。船上的几名管事都表示反对，因为一旦这些人离开，“飞云号”就失去了所有战斗人员。在这片诡异的海域里，随时可能遇到危险。

而护卫大多希望下去寻找少主，可没有莫隐的命令，再加上管事们的反对，让他们一时间难以成行。

就在这时，一名护卫突然看到，一条冲锋舟正飘飘摇摇，朝着“飞云号”划过来。他立刻大叫起来，引起了所有人的关注。

“是莫头领的船！”一名管事瞪大眼睛，“怎么……好像里面只有一个人？发生什么事了？”

说话的工夫，小船更近了一些。能看到一个男子在里面拼命挥手。管事们还在疑惑，一些护卫已经叫起来：“海盗！是那个海盗头子！”

“难道莫头领被害了不成？”

“该死的海盗！”

一名护卫拉开长弓，嗖地一箭射下去！

段思成正在小舟上挥手，突然看到“飞云号”上有人拉弓，赶忙蹲下身子。一支羽箭擦着头顶，嗤一声钻入海中。段思成赶忙大叫：“别放箭！我有重要事情！关于你们少主的！”

海风鼓荡，将这句话吹得支离破碎。谁都听不清，只知道那名海盗在叫唤。拉弓的护卫还要再射，旁边有人拦住他。

“听听他要说什么！”

“跟一名海盗有什么可说的？”

“不过是一个人，你怕他做什么？”

大部分护卫都点点头。他们想看看这海盗究竟为什么跑到这里。拉弓的护卫只得放弃，却说：“那放个软梯下去，我去问问。”

此时，段思成的小舟已经到了大船下面。他仰头看着，只见一架软梯从船舷上抛下，然后有人示意，让他把一头系在小舟上。段思成这样做了，很快，一名护卫顺着梯子下到了小舟上。

那护卫还没站稳，段思成赶忙说：“你们那个叫莫隐的，叛变了！”

护卫一愣。“你说什么？”

“他叛变了！还扎了天青珞一刀！”

“那少主？”

“没死！可莫隐带了一群人，正满岛上追杀呢！”

“啊……可惜。”

什么？段思成怀疑自己听错了。他瞪大眼睛看着对方，突然发现，这人居然……

“你！是你！”段思成瞠目结舌。

这人他认识。当初押送自己的三个护卫中的一个。然后他跟着李都管，杀死了一名同伴，还要把段思成按在木桶里溺死！

段思成做梦也没想到，自己竟会在这里遇到这个人！他不是应该跟着莫隐，一起冲上岛才对吗？

“是我。”那护卫笑起来，“你的记性真不怎么好，看样子，已经把我忘记了。”

是啊，段思成自己都觉得不可思议。他曾以为，自己永远忘不了这个人。毕竟，他距离杀死自己，大概只差了几秒钟的时间。可经历了海岛上一连串诡异凶险的事件，他竟然差点儿忘记了这件事！

他想得太多，满脑子都是怎样联络“飞云号”的人，竟没能第一时间认出这个刽子手！

“还是那句话，你应该是个聪明人。对吗？”护卫继续笑。但在此之前，右手已经将一把匕首偷偷抵住了段思成的左肋。

段思成感受到了轻微的痛楚。他下意识抬头，发现船舷上有很多人正在趴着看。但因为角度，没人能看到这把歹毒的匕首。

“众目睽睽，你不能杀我。”段思成说，“除非你为了莫隐，能忠心到不顾一切。”

“你猜我会不会？”

“我想你也是个聪明人。”

护卫握紧了匕首。只要轻轻一送，就能结果这个海盗的性命。但正如段思成说的，他并不敢这么做。

“跟我上去，什么话都不许说。”护卫说。

段思成顺从地点点头。在护卫的要求下，段思成率先爬上软梯。他能感觉到，护卫依旧紧紧贴在他身后，那把匕首指向的位置变得更加阴险。

他原本想着，借助上船的机会摆脱对方。但现在看来，这不是一个很好的选择。

这么想着，两人一前一后登上了“飞云号”。段思成完全没有摆脱护卫的机会，只能任由他继续贴着自己。

“到底怎么回事？”刚上船，迎头就有人问。

段思成感觉到，抵住后心的匕首紧了紧。他叹了口气说：“我是来投降的。我们的船没淡水了，在岛上也没找到。”

“那你看到我们少主了吗？还有莫头领？”

“没有。我一直在找水，然后就来了这里。”

“怎么可能！”那人一脸不信，“这破岛就这么大，怎么可能没遇到？他们是不是被你害了？”

“如果我有那个本事，当初怎么会被你们抓住呢？”

那人一愣，旋即浮现出怒气。但没等他说什么或采取什么措施，段思成身后的护卫就说道：“好了，这个人交给我们护卫队。我现在把他带下去好好审问，保管他把他母亲的小名都说出来。”

显然，那人并不满意这个答复。但护卫说的也是事实，否则船上的分工就毫无意义。他悻悻地让开一步，任由护卫将段思成押下去。

但与此同时，又有几名护卫跟过来。段思成不确定这几个人是不是同伙，但从这名护卫的表情来看，大约不是一路人。

如果这样，他短时间找不到机会杀自己。段思成想。但他终究要动手，也终究能找到合适的机会。如果自己什么都不做，那只能一步步陷入对方准备好的屠宰场中。

在几名护卫的押解下，段思成已经进入了“飞云号”内部。这是一条笔直的通道，洁白的木头上镶嵌着云纹。大约每隔十几步，就会有一扇紧闭的门。段思成四下看，终于发现了自己所需要的。

“带我去哪里？”他问。

“牢房。还能是哪儿？咖啡厅？”一名护卫说。

“噢，这太好了，我还有一些兄弟关在你们船上。我能见到他们吗？”段思成故作惊喜。

“少废话！你到底想……”段思成身后的护卫皱起眉头。

突然，段思成“啊哟”一声，同时身体趔趄了一下，似乎扭到了脚。护卫们还没反应过来，段思成突然弓着身子，猛地窜了出去！

段思成猛跑几步。前面是一扇虚掩的门——这是他早就看好的——他从门缝里挤进去，旋即拼命用后背抵住大门。

护卫们喝骂着，用身体撞向大门。第一下的时候，大门险些被撞开。段思成一面拼命抵挡，一面找到了门闩。他竭尽全力，将手臂粗细的门闩拉下来，将木门紧紧锁住。

呼喝声被隔绝在外面，段思成得到了一丝安全感。但咚咚的撞门声，依旧敲打在他心脏上。

他必须想个办法，要尽快……

突然，他听到了一些奇怪的声音。倏然回过头，发现一双硕大的、不属于人类的赤红色眼睛！

第四十章

段思成毛骨悚然！

他满脑子都是那条龙，因而下意识地，以为那条龙不知什么时候，竟追到了“飞云号”上！

但下一刻，他还是看清了，眼前站着的，居然是一匹马。

“好漂亮！”段思成脱口而出。

段思成从没见过这么漂亮的马。它身材高大，却不显得笨拙，通体红色的毛发闪闪发亮。特别是脖子后面的鬃毛，飘逸松散，仿佛一团燃烧的火焰。它正低着头，用那双赤红的大眼盯着段思成。那双眼睛水汪汪的，似乎带着人类的感情一样。

“你……呃……”段思成突然觉得自己犯傻。他居然想和一匹马说话。天哪，我居然在一匹马面前手足无措！

但他马上觉得，自己还是应该说话。因为那匹马已经慢慢踱步过来。四蹄踏在地板上，发出清脆的声音。段思成看着它的蹄子，发现比自己拳头还大。如果被踢上一脚……

“等等！”他下意识叫了一声。

那匹马居然停了下来！它眨巴着一双大眼盯着段思成，然后慢慢侧向移动，像是跳舞步一样围着段思成转了半圈。褐色的鼻孔耸动着，似乎嗅到了什么特别的味道。

段思成没敢动。生怕会引起这匹马的攻击。虽然从常识来说，马不是一种会主动攻击人的动物。但段思成觉得，这匹马肯定不同。

一人一马僵持了片刻，那匹马突然凑过来，用头顶了顶段思成。段思成感觉到湿漉漉的鼻孔在自己身上蹭来蹭去。他发现那匹马的眼睛里并无暴躁，反而带着几分亲近。

为什么？段思成没闹明白。但他旋即想到，这匹马的主人，很可能是天青珞。只有以少主的身份，才有资格在船上养一匹马。

“听着，你的主人，是不是天青珞？”段思成问。

马当然不会回答。不过听到这个名字，它还是有了反应。那匹马扬起头颅，好像在四下寻找什么。

也许是自己身上沾染了天青珞的气味。段思成想。但明白了这个问题，无助于解决眼下的困境。撞门的声音越来越大，门闩咯咯作响，眼看就要折断。段思成四下看，却找不到什么办法。

突然，他在围栏旁，看到了一副马具。纯白色的马鞍，用丝绸包裹的鞍垫，还有朱红的马镫。段思成又回头看了看摇摇欲坠的大门，咬牙定下一个主意。

“马……马兄！”段思成拱拱手，“你一定很担心自己的主人，对不对？我知道她在哪里，她正等着咱们去救呢！可外面那些人都是坏蛋，一个个心怀鬼胎，咱们可不能被他们害了。要那样，天青珞可就死定了！你听我的，咱们一起冲出去，好不好？”

那匹马毫无反应。段思成也觉得自己这番话蠢透了。但他手脚不停，把鞍具、马镫、缰绳一一给那匹马戴上。这种活计他不熟练，弄了半天才勉强弄好。说来也怪，那匹马就静静站着，没有做任何反抗。

段思成打完最后一个扣，突然听到轰的一声，大门左右分开。几名持着刀剑的护卫涌了进来。他一咬牙，翻身上马，然后在马背上一拍。“我们冲！”

骏马一阵嘶鸣，陡然一跃，向大门冲去。那几名护卫猝不及防，连忙向旁边躲开。段思成一人一马冲了出去，沿着通道疾驰。段思成根本不会骑马，险些被强烈地颠簸甩下去。他死死抱着马脖子，竭力把自己变成一块膏药。

战马冲上了甲板。甲板上许多人仍未散去，似乎还在讨论着什么。看到这匹马冲上来，个个目瞪口呆。他们一时间不知所措，直到几名护卫大呼小叫地从甲板下追上来，才明白是怎么回事。

段思成发现，自己根本指挥不了这匹马。当然，以他的骑术来说，他指挥不了任何一匹马。骏马沿着甲板一路狂奔，这是它跑熟了的一条路。它将所有人远远甩开，如一道闪电冲向了船头。

往常这个时候，天青珞会拉住缰绳，让它在船舷前停下。但此时此刻，段思成根本不知道要做什么。骏马失去了束缚，它发出一声龙吟般的嘶鸣，朝着空阔的海天一跃而起！

段思成顿时感到一阵腾云驾雾。他睁眼一看，发现自己正趴在马背上，在空中飞行。他呆呆地张着嘴巴，终于发出一声惨叫。

“啊啊啊啊……”

随着段思成惊恐的叫喊，骏马连同他一起，从“飞云号”船头跃下！他们画出一道美妙的弧线，向着大海坠落！

扑通一声！

人和马都消失在湛蓝的海水中。

“飞云号”上的人都惊呆了。他们面面相觑，不知如何是好。那海盗也就罢了，但那匹飞麟可是少主的爱马！等少主回来，他们该怎么交代？当即有些人就要下去打捞，就算死了，也要见到尸体！

正乱哄哄的，突然有人叫起来：“看！快看！”

海面咚咚冒出气泡。接着，一个人露出头来，接着是一匹马，脖子高高扬起，两股水柱从鼻孔喷出。飞麟奋力摇晃了一下脑袋，将鬃毛里的水甩开。然后隐没在水中的四蹄刨动，像一艘小船般地，平稳地向海滩上游去。

“飞麟……居然会游泳？”

片刻惊愕后，甲板上再次乱作一团。他们要赶紧下海，抓住那名海盗！更重要的是，得把飞麟追回来！

可就在他们乱哄哄准备小船的时候，飞麟已经载着段思成上了岸。它四蹄如飞，沿着海滩疾驰，很快消失在了视野中。

马跳下去的那一刻，段思成以为自己死定了。没想到的是，这匹马竟然承受了那样大的冲击力，然后还能活蹦乱跳。更神奇的是它会游泳，带着段思成一路上了岸。

一连串意外的冲击，让段思成始终处于发呆的状态。等他清醒过来，骏马正带着他在海滩上狂奔。

狂风扑面而来，景物从两边掠过，化作两条延绵不绝的线。这让他突然想起小时候，从山坡上往下滑的情景。那一次，段思成险些粉身碎骨，这回也差不多。他感觉自己随时要摔下去，很想让马停下来。

但段思成刚一张嘴，狂风就灌了进去。除了一肚子冰凉，他什么话也没能说出来。他学着记忆中的知识，用一只手去拉缰绳。但不知怎么的，那匹马对这个动作根本不理会。

就在段思成慌乱不已的时候，骏马突然毫无征兆地停了下来。段思成一个没抓住，从马背上滚落，扑通一声摔在地上。幸好地面很平，否则一定会跌断骨头。可就算如此，他依旧摔得眼前发黑。

等段思成爬起来的时候，才发现自己居然又回到了山洞口。而那匹马呢？他左顾右盼，却看不到马的踪迹。

难道我在做梦？段思成到处寻找，终于发现地面上有一串浅浅的马蹄印，一直延伸到山洞里。看样子，它已经独自进了洞穴，寻找主人去了。

“这马简直成了精！”他摇摇头，叹了口气。这次的行动可谓失败透顶，他真该在骑着马闯上甲板时大喊大叫，把真相说出来。可惜当时太过慌乱，完全忘记了这件事。

现在，他已经不可能返回“飞云号”，再来一次了。也就意味着，他的谋划从一开始就失败了……不，也未必全然如此。他这个举动，定然会吸引“飞云号”上的人下来探查。他安慰自己，这结果总比什么都不做要强。

一阵喧嚣声，顺着海风隐隐传来。看样子，“飞云号”上面的人已经行动了。段思成不想和他们碰面，一头钻进了山洞。

洞里依旧漆黑一团，段思成却已经适应了。他点燃火把，轻车熟路地快步前行，很快走出很远。他本想再找找那匹马，但不知是对方走得太快，还是说又出现了岔路，总之什么都没碰到。

他身后也没什么动静。岛上的隧道就是这么有趣，当你进入的时候，你就似乎永远在孤身行走。倘若一般人，早被这种孤寂的恐惧压垮，但段思成现在毫无惧意。

段思成一面走，一面思考接下来该怎么办。他决定先回去找天青珞、连牧桓、骨头他们。起码，要让他们小心那个“可能是一条龙”的冯星，再把“飞云号”的情况说一下。最后大家集思广益，想出一个可行的办法来。

但这一切的前提，是先要找到人。段思成猜测他们应该还待在冯星那个洞穴，但怎么回到那里，他完全是两眼一抹黑。

又走了一会儿，前方似乎有声音传来。段思成赶忙握紧了手中剑，又熄灭了火把。周遭立刻黑下来，声音却更加清晰。他听到有人在呼喝，似乎正在进行一场搏斗。

段思成深吸一口气，屏住呼吸，悄悄向前行进。拐过一个弯道，突然有火光亮起。在明昧不定的光影下，段思成看到一个身材高大的巨汉，正和一群人对峙。巨汉的右臂淌着血，而他的脚边，躺着几个身着铠甲的士兵。

“黑山?”段思成愣住了。

第四十一章

看到人之前，段思成想到过很多种可能。

比如，也许是天青珞他们又遇到了莫隐，双方正在大打出手。又比如，正在搏斗的人是老瞎，反正在洞穴里穿来穿去，迎面撞上的概率也不小。

甚至可能是莫隐的队伍闹了内讧。

但段思成唯独没想到，会看到黑山。因为当时进洞的时候，黑山因为太过高大，根本进不去，就被段思成留下来看船。

那么问题来了，黑山是怎么进来的?

这些念头在段思成脑子里转了一圈，很快抛开。他贴着石壁，轻手轻脚地来到那群甲士后面。这地方比普通隧道宽大一些，有点儿小石窟的样子。黑山靠墙，身前有五个持剑的甲士。再加上地面上躺着三个，一共八个人。

段思成没看到莫隐，也没看到李都管。他怀疑，这帮人也走散了。黑山块头很大，威慑力十足。那帮甲士谨慎地盯着他，轻易不敢上前。

但黑山终究是一个人，身上没披甲，一刀砍上去也会流血。因此，那帮甲士并没有逃走，而是结阵防御，慢慢推进。眼见着，黑山可腾挪的空间越来越小。

“杀!”五名甲士突然怒吼，一同出剑。明晃晃的剑刃从四面八方刺来，黑山根本没办法躲闪。

黑山大吼了一声，倏然向前一步，劈手抓住一柄长剑的剑刃。鲜血登时从手掌淌出，但他恍若未觉，用力一甩，将那甲士连同武器一同挑起。那甲士撞上边上的同袍，两人一同摔倒。

嗤嗤嗤……

另外三柄剑同时刺中了黑山，却都不是要害。黑山怒吼着旋转身体，硕大的拳头挥舞，将一名甲士砸飞出去。但此时，摔倒的两名甲士已经起身，同时出剑。黑山不得不退了一步，重新背靠岩壁。

双方再次回到最初的状态。不同的是，甲士还站着四人，不过飞出去那位伤得不重，很快还能爬起来再战。但黑山身上多了三处创口，虽然不重，却没工夫包扎。若就这样磨下去，恐怕黑山凶多吉少。

被黑山打飞的那名甲士倒在地上，正疼得龇牙咧嘴。黑山那一拳砸中了肩头，尽管有铠甲护着，依旧觉得骨头有些错位。这甲士费力地想要爬起来，突然黑暗中有人伸出一只手，扶住了他。

“兄弟，辛苦了。”一个声音说。

那甲士以为是自己人，刚要说话。突然觉得左肋一阵灼热，接着一阵剧痛从骨髓深处散布到全身。他猛地挣扎起来，继而要大叫。但一只手捂住了他的嘴巴，将惨叫声死死憋了回去。

甲士抽搐几下，软软地倒在地上。段思成抽出带血的长剑，从尸体旁边走过去。

黑山和甲士搏斗的圈子边，扔了几根火把。黑山隔着四名甲士，看到段思成从黑暗中走出来。黑山先是一愣，旋即大喜过望，叫起来："头儿！俺、俺可找到你啦！"

"蠢货！"段思成大骂，同时一剑刺向最近的一名甲士。噗的一声，剑尖直透甲叶，深深钻进去！

剩下三名甲士此刻才回过头来。三柄长剑伴随着怒吼，同时刺向段思成。段思成来不及抽出长剑，只能撒手后跃。甲士疾进两步，挺剑再刺！

段思成掉头就跑。最近的一柄长剑划破了后背的衣襟。他感觉火辣辣的，却根本不敢回头。接着乒乓几声，然后一切寂静下来。段思成屏住呼吸，躲藏在黑暗里。

"头儿！出来吧！"黑山的声音传来。

段思成再次从黑暗里走出来。他看到追逐他的三名甲士都倒在地上，脖子歪成一个诡异的角度，仿佛被宰杀过的鸡。

"你不是说不杀人吗？"段思成问。

"俺可没想杀。"黑山很憨厚地笑了笑，"怪他们的脖子都不结实呢。"

段思成不知道该说什么。他走过去，将那些甲士逐一踢了踢。除了自己杀死的两个，剩下的个个筋断骨折，竟没找到一个活口。

这家伙手真黑。段思成瞅了黑山一眼，心想。他一直以为黑山属于中看不中用那种，谁知道竟看走了眼。

"对了，你怎么进来的？"段思成问。

"用力挤呀。"黑山扬了扬胳膊。段思成发现，他手臂上的伤势并非全然是剑伤，更多的是血糊糊的摩擦痕迹。除了手臂，肩头也是这样，那身粗布褂子磨得褴褛。

"我不是让你看着船吗？"

"俺瞧见这帮人进来了，之前还杀了个长翅膀的。"黑山说，"我怕他们还要杀人，就想着来告诉你一声。”

段思成心头一暖。怪不得骨头把黑山当生死朋友，这个大块头果然仁义。他笑了笑。“你做得很好。”

黑山摸摸后脑勺，露出憨厚的笑容。

“总共碰上几个？”段思成指着尸体问。

“就、就这么几个。”

“哦，那看来他们也走散了。这是好事儿。”段思成点点头。他瞧着黑山的样子有些不安，问道：“以前没杀过人吧？”

“小时候和人一起逗着玩，不小心捏死过几个。”黑山露出忧郁的表情，“那都是俺朋友。”

“……后来呢？”

“长大了在码头扛活儿，有时候不留神，就……”

“又死了？”

“嗯，后来俺就没啥朋友了。”黑山沮丧地回答，“头儿，你说俺是不是做得不够好，所以才没朋友的？”

“……那个，你先离我远一点儿。”段思成咳嗽一声，和黑山保持距离，然后说，“骨头不是你的朋友吗？”

“可我总觉得骨头有点儿怕俺。”

现在我都怕你！段思成心想。但凡听了黑山的光辉历史，还能毫无芥蒂地和黑山做朋友的，那心得有多大？

“那你上我的船是为什么，我看你不像是想发财的样子。”

“俺就骨头一个朋友，不想他死了。”

“放心，他死不了。而且，你也不止他一个朋友。”段思成说，“上了我的船，大家都是兄弟。”

黑山没说话，咧嘴笑了。

“对了，你看到一匹马没有？”

“马？”黑山一脸茫然。

“那算了，跟我走。”

段思成带着黑山，继续朝山洞里走。洞内比入口要宽阔，所以黑山能继续行进。两人一前一后走了片刻，段思成突然惊呼一声，停了下来。

黑山赶忙凑过来。“咋了？”

段思成没说话。他蹲下身子，将火把凑过来照明。地面上，有一摊血迹，段思成用手沾了沾，凑到鼻子前闻了闻。

“挺新鲜。”段思成说，“这地方有过打斗。估计结束没多久。咱们可得小心点。”

黑山点点头。他蹲下身子，做出隐蔽的姿态。段思成瞧了瞧，蹲下去的黑山就像一堵墙，没有任何隐蔽效果。

“……你随便吧。”他叹了口气。

两人继续朝前走，没几步，段思成发现了一具尸体。是一位甲士，致命的伤口在胸前。段思成比画了一下，应该是来自匕首穿刺。

“天青珞？”段思成想起了她那把黄金匕首。当然，也有可能是骨头。但段思成很怀疑，那小子有没有跟别人正面打斗的勇气。

段思成立刻把火把熄灭。他不想成为众矢之的，那些甲士携带的弓箭可不是闹着玩的。但他旋即发现，虽然没了火把，周围却依旧有光亮。

“谁？”

段思成循着光亮一看，赫然发现冯星就站在不远处。他举着火把，正在墙壁上刻画着什么。

“你……你怎么在这儿？”段思成愕然。

“唔？”冯星转过头，不解地问。“我为何不能在此呢？”

“这个……”段思成呆了呆，又问，“这些人，都是你杀的？”

“不是。”

“那是谁杀的？”

“这便说来话长了。”冯星转回去，继续慢条斯理地在墙上刻画。段思成等了良久，却发现对方始终不说话。

“就算话长你也得说呀……”

“且等一等。”冯星说。

段思成走到冯星身后，发现他在石壁上刻画的都是一些奇怪的字符。其中有一个“θ”，段思成在石凳上见过，剩下的“ΦΘлζДЖ”之类，宛若天书，段思成别说看懂了，感觉照着画都费劲。

冯星写完长长一串怪异的文字，又盯着看了良久，才转过身来问：“你刚说了什么？”

“我问人是谁杀的。”

“哦。”冯星恍然，瞧了尸体一眼说，“天青珞。”

“她人呢？”

“逃了。”

“啊？”段思成呆了呆，“到底怎么回事？”

“有群人要杀她，她自然是不肯的。于是就动起了手。天青珞杀了一个，其他人被连牧桓引走了。他们追追逃逃的，也不知去了哪里。”

“你没动手？”

冯星奇道：“我为何要动手？”

“你问为什么？”段思成简直气乐了，“天青珞和连牧桓都有伤，万一被这些人杀了怎么办？”

“那便杀了吧。”冯星道，“天青珞杀这人时，我也没阻拦呀。”

段思成愣住了。他发现自己思维出现了一个误区。他以为，甭管冯星是不是一条龙，至少目前来看，表面上是自己一头儿的。

结果冯星一句话，把“表面”直接撕掉。而且，他说得那样自然而然，简直让段思成无话可说。

也许他真的不是一个“人”。段思成心底突然冒出这个想法。他下意识瞧了瞧冯星刻在墙上的字迹，天青珞说过，那是龙语。

“哦，你认得这字?”冯星问。

“什么字?”

“龙语呀。”冯星看着他，嘴角微微勾勒出一个弧度，“你认得龙语，对吗?”

第四十二章

段思成小时候养过猫。他见过猫捉到老鼠的样子。把老鼠在爪子下翻来覆去地玩弄，一副很开心的样子。

所以冯星笑眯眯的模样，并不能让段思成感到安心，反而毛骨悚然。

“什么龙语？”段思成勉强笑了笑，“我一点儿也不懂。”

“那你是不是在什么地方见过？”

“是见过。”段思成定了定神，说道，“刚上岛的时候，洞里有个石墩子，上面画着这么个字。”

他指了指那个“θ”，继续说：“我觉得像是字，但又不认得。现在才知道，那个字是你写的？”

“对，是我写的。”冯星问道，“你想知道是什么意思吗？”

我一点儿也不想知道！段思成心里大叫。但他不能这么说，那未免太过怪异，干笑一声问：“你要是愿意告诉我，我当然想听一听。”

冯星点点头。他又凝视了墙上字迹良久，才慢慢说：“这些个字，都与日月星辰有关。是龙族用来描述变化的一种方式。我没法告诉你怎么读，因为你学不会，哪怕是听到耳朵里，大概也是一团杂音。”

“哦……”

“你知道星脉吗？”冯星说完，又自顾自地说，“应该知道，这世上的人都应该知道星脉。但想来，你定然不知道星脉的来由。嗯，这件事说来话长……”

又说来话长？段思成张张嘴巴。

“应该从何说起呢？嗯，对啦，我们就从根由上讲。你知道这个世界是怎么来的吗？”冯星又问。

“我听说世界原本是个球，后来有个夸父一斧子劈开……”段思成毫无把握地回答。

“咦？”冯星有些奇怪地瞧了瞧他，然后又打量了一下段思成身后的黑山。这是冯星第一次正眼看黑山，此前他一直把这个沉默的巨汉当成背景。冯星说：“这是夸父族的说法，你应该没有夸父血统，为何信这个？”

“不知道。”段思成苦笑，“我就听人瞎说的，难道不是吗？”

“当然不是。”冯星说，“根据我族的推测，这个世界源于荒和墟的二元意识。荒代表物质，墟代表精神。这两者相互作用，产生了一场无法形容的大爆炸。荒的一部分成为尘埃，巨大的碎片化作大地和海洋。而墟，则衍生了神灵，它们抓住了一些小的碎片，成为了星辰。这些星辰又演化万物，才有了九州上的生灵。”

“……感觉好厉害的样子。”段思成一个字都听不懂。

“天上的星辰不计其数，但真正强大到与生灵呼应的，却并不多。根据千百年的研究，我们发现强大的星辰共有十二个，分别是：太阳、明月、密罗、印池、岁正、亘白、谷玄、暗月、裂章、填盍、寰化、郁非。”

“亘白我知道!”段思成脱口而出。“远方号”的主桅，就是利用了亘白星脉的力量。

“嗯，你看这个字。”冯星指了指那个“θ”，说道，“它就代表‘太阳’。”

“怪不得!”段思成一拍手，“果然看着像！原来它就念作太阳!”

“不是念作，而是代表。”冯星摇摇头，“它实际上的意思，可远远不是你说的那么简单。嗯，在你眼中，这个字是什么样子的?”

“看上去像个月亮，但中间有个横线……”段思成不好意思地笑了笑，“你写得有点儿弯，我把轮廓看成月亮了。现在想来，应该是个圆太阳?”

“看来你没有龙吟的天赋啊。”冯星叹气，“这个文字，其实在描述太阳星脉的来由和指向，如果用人族文字来描述，大概需要一千多个字。”

“那……”段思成瞠目结舌，简直没法想象，“那应该看起来是什么样?”

“嗯，用你们人族的语言，有些难以描述了。”冯星想了想说，“应该是一种展示，一种流动的图画，一种意象。”

更不懂了。段思成想。

“你不懂?”冯星问。

“不懂。”

“那也无妨。”冯星说道，“这世上，能弄懂的人本就不多。你要能懂，我反而会觉得奇怪了。对了，你可知我为何要跟你说这些?”

“不知道。”

“瞧。”冯星把手一抬，一道道蓝光聚集，那魔方再次出现。段思成瞧了瞧，上面依然缺了四块。冯星问：“你知道这是什么?”

“魔方啊。”

“不。就像那个文字一样，它与你所见实有不同。你只看了表象，实则它是一种展示，一种意象。”

“那……它应该是什么?”

“星轴。”

段思成一脸茫然。“星轴”这个词，是如此陌生，他完全不能理解。他试探着问：“星辰的……轴?”

“你便当是如此吧。”冯星说，“每一颗星辰，都在九州形成了星脉。这些星脉有强有弱，有一些甚至弱到我们无法察觉。但它终究存在，依旧有力量可以借用。而它存在的根由就是星轴。星轴可以将星脉锚定在大地或海洋上，然后展开它的力量。你瞧，这多么神奇?”

这可真是出人意料！段思成被勾起了好奇心，甚至忘了自己谨言慎行的打算，问道：“它是怎么来的?”

“当然是找到的呀!”冯星笑了，很是得意地说，“为了找它，我足足用了一百年去论证计算，又用二百年苦苦寻觅。等我回去，定然让那些因循守旧的家伙大吃一惊!”

冯星此刻的神情让段思成有些意外。一直以来，这家伙给段思成的感觉都是捉摸不透，甚至没有正常的情感。没想到，提起这个什么星脉，他倒是真情流露。

“可惜啊……”冯星突然寥落地叹了口气，“我在这岛上待了三十年，寸步无法离开。前些日子，星轴突然有了变化，增补大半。我还以为，脱困指日可待。可没想到，最后这四颗星轴碎片始终不肯出现。”

其实已经出现了一个。段思成想着老瞎。但他肯定不会说，至少现在不会。

“说了这么多，你该明白我的身份了吧？”冯星突然问。

这句话问得猝不及防，段思成吓了一跳！他瞅着冯星，对方似笑非笑，仿佛一切尽在掌握，那样子越看越像一只逗弄老鼠的猫。

“身份？”段思成干笑一声，“真猜不出来。不过你说你活了几百年……那肯定不是人族，羽族也不行，让我想想……”

他始终不肯把话说透，冯星有些不耐烦了，直接揭开谜底，“我是龙族。你不是早就这么猜过吗？”

“我……”段思成瞠目结舌，脱口道，“你！你当时都听见了！”

在那个洞穴里，段思成曾经把自己的猜测小声讲给天青珞和连牧桓听。当时他们和冯星相隔很远，段思成始终以为很安全。没想到，这一切全然是自作聪明！

他盯着冯星。当对方自承龙族的那一刻，段思成就盯着他。这一次，他看出了更多的不同。

冯星的五官较其他种族更为立体，鼻梁很高，眼窝也更深。他的眼角有点儿像天青珞，微微上挑。但和羽族眼眸的狭长不同，他的眼睛更大，也更幽深。而他的嘴角，向后收拢的深度也要超过人族，抿起来自然很好看，但段思成想象它竭力张开的样子，不由得倒吸了一口凉气。

“你有点儿害怕？”冯星问。

“是……有点儿。”段思成咽了口唾沫，强笑道，“没别的意思，我是没想到，这世上竟真的有龙……”

“这不是真话。”冯星笑眯眯地说，“你那条船，我认识。那是一条很有趣的船，当年……嗯，那也是一群有趣的人。我记得领头的那个，和你相貌相似。”

天哪！

段思成脑袋嗡嗡作响，天哪，这家伙竟然什么都知道！他现在终于明白，为什么老瞎把那条龙形容得如此狡猾！

“我……有点儿不太明白。”段思成嘴上应付，然后飞快地瞥了一眼黑山。那个大汉愣头愣脑，丝毫不觉得大难临头。他知道没法指望这个大个子，自己必须找出脱身的办法。

“你可以问。”

“我不了解龙，但我想应该没什么种族比你们更强大了。可你为什么离不开这座岛？这座岛又发生了什么？”

“这其实是一个问题。”冯星说道，“龙族很强大，但更强大的是星神。星脉是星神的力量，没有任何生灵能与之抗衡。当年星轴崩落，星脉的力量失去控制，改变了这座岛。扭曲的空间形成了牢笼，若不理顺星轴，没人能离开。”

“星轴……崩落？”

“是啊。”冯星低笑起来，“三十年来，星轴慢慢自动聚拢，就是你眼中的魔方。直到前几日，魔方突然一下子恢复大半。你知道为什么？”

“为什么？”

“因为你的那条船。当年它带走了许多星脉的碎片，现在又还了回来。融入船中的碎片，无法抵抗星轴本体的吸引。”

竟是这么回事！段思成呆滞半晌，心中生出一种荒谬绝伦的感觉。

他甚至有点儿想笑——很可笑不是吗？老瞎处心积虑地想要杀龙，反而成为了这条龙脱困的机缘！如果他们一辈子也不登上这座岛，那这条龙就要被困上一辈子！

“行吧。”段思成反而冷静下来。他深深吸了口气，“你跟我说这些，到底是为了什么？总不是为了满足我的好奇心吧？”

“碎片。”

“什么?”

“只有一种情况下，星脉碎片不会被星轴吸引。”冯星盯着他，“那就是，它融入了生灵的身体。”

“你!”段思成惊骇，“你是说……你以为……”

“把碎片交给我!”

第四十三章

冯星死死盯着段思成。

他仿佛变了一个人，似乎某种凶恶的东西，陡然从体内钻出来。蛇一样的竖瞳从淡灰色的眼眸中显现，尽管旋即隐去，但那种阴冷的感觉却始终残留下来。段思成感到呼吸困难，仿佛被湿漉漉的毛巾覆住了口鼻。

“你……”段思成退了一步，“你……以为碎片在我这儿?”

“不承认?”

“这简直是胡话!”段思成努力辩解，“就算我爷爷真有一个碎片，我也根本没见过他！他死在了这座岛上，你知道的!”

“唔，原来那人真是你爷爷。”

“你诈我?”段思成眼睛瞪得溜圆。

“我得纠正你一个错误。”冯星摇摇手指，“那个人——也就是你爷爷，他并没有死。至少，我没有亲眼看到他死。”

“这不可能!”段思成惊叫起来，“那他去了哪儿?”

“他也许还在这个岛上，也许离开了。我认为应该是后者，不然我为何一直找不到他呢?”

“可连你都离不开!”段思成不相信,“我爷爷再怎么厉害,也厉害不过一条龙吧?”

“一‘条’龙?”

“一——位——龙——族。”段思成好容易把这个量词安排得不那么别扭,然后说,“你想想我刚才说的话,是不是有道理?”

“可当时确实有人离开了。”

段思成没说话。他知道冯星说得对,确实有人离开了。但那不是他爷爷,而是老瞎。段思成也不知道为什么。

“星轴崩溃这件事,从没有人遇到过。我是第一个,因此也没什么前例可借鉴。我研究了很久,只能做一个猜测。”冯星露出思考的神色说,“你应该见过海上的漩涡,有些细小的东西,并不会被漩涡吞没,它们能一直围着它旋转,直到漩涡消失。也许那一瞬间,发生了类似的事情。”

“但我爷爷没有,他从没回来过。”段思成说,“再说那东西能交给别人吗?就算他真给我,我能拿到?”

“也许。”冯星看着他,慢慢说,“但我确定知道一种方法——如果你杀了他,那么一定能拿到。”

“是你疯了还是我疯了?”段思成不可思议地看着他,“你们龙族就这样干吗?杀掉自己的亲人?为什么你说起来像是很平常的事?”

“如果是他自愿呢?”冯星说,“龙族有这种事情,我相信人族也会。”

“听着挺有道理。但我必须得说,你的想象力太丰富了。”段思成苦笑,“我从来没见过他,不管你信不信。”

冯星打量着他,然后说:“看你的样子,我有点儿相信了。”

段思成松了口气,但旋即又听冯星说道:“可凡事总有万一。万一我看错了你，万一有什么机缘巧合，万一这事情你自己都不知道……那怎么办呢？”

“那……怎么办呢？”

“当然是找个万无一失的法子。”冯星笑起来，“把你杀掉不就行了？”

段思成瞪着眼睛。心脏仿佛被一只手捏住了。他的嘴角保持僵硬的微笑，像被时光冻结在那里似的。他本该掉头就跑，或者干点别的什么。可是他什么都干不了，仿佛对方的一句话已经决定了自己的结局。

“你……”段思成努力把嘴角向上弯——此时此刻，这个动作真的很艰难——试探着询问，“你刚说——要——杀我？”

“是啊。”

“可……为什么？我们不是，不是朋友吗？”

“朋友？”冯星显然比他还要吃惊，“你为什么会这样想？”

“因为我们一见如故！”段思成激动地向前走了一步，大声说，“知道吗！我第一眼见到你，就觉得亲切、可敬、崇拜！我立刻下定了一个决心：你这个朋友我交定了！可为什么，为什么……我把你当朋友，你却想杀我？告诉我，为什么！”

冯星呆呆地看着段思成。有那么一刻，他差点儿就相信了。他旋即明白过来，这是对方的脱身之计。于是他奇怪，这家伙为何能如此厚颜无耻？是人族共性，还是体质问题？他不禁深深陷入了思考……

“……现在我明白了，这一切都是我自作多情！”段思成露出一副被伤害的神情，愤恨地说，“是我的错，没想到你是这样的人！算了，话不投机，告辞！”

段思成一扯黑山的胳膊，转身就走。大约走了没几步，冯星的声音从背后传来，“你是在把我当傻瓜吗？”

段思成脚步一僵。他慢慢转过身，问道：“你真的不肯放过我？”

“我本以为自己等得起，但我错了。”冯星叹气，“三十年不算长。可要是失去了自由，无所事事地虚度光阴，就算龙族也会焦躁。”

“所以宁可杀人？”

“你说得太郑重了。”冯星淡淡道，“杀人是一件很简单的事。”

“这不对。”黑山突然说。

冯星有些讶异。一直以来，他都把这个沉默寡言的巨汉当成背景，就和头顶上的石笋，手中的火把没什么不同。他险些忘了对方还能说话，因此还真想知道他能说点什么。

“你说说看？”他饶有兴趣地等待。

“朋友很重要。”黑山严肃地说，“头儿那么看好你，你却这样对待他，这是不可原谅的。”

“但我不觉得他有什么资格和我做朋友。而且……”冯星笑了笑，“他那番话你还真的信了？”

“为什么不信？”

“我想不出为什么。”冯星摇摇头，“我的意思是说……我想不出像你这样单纯的家伙，是如何活到现在的。说实话，我有点儿可怜你。所以你最好让开一点儿，我不在乎多杀一个，但我从不进行无意义的杀戮。”

黑山没说话，他瞪着眼睛，就像一头即将发怒的公牛。他开始向前移动，沉重的脚步声在山洞里咚咚作响。他举起粗壮的拳头，对准了冯星的脑袋。

“黑山！”段思成惊叫一声。他觉得黑山不可能是一条龙的对手，但谁也不能将一头发狂的公牛拉回来。

呼的一声，黑山的拳头带着劲风，砸向了冯星的脑袋。粗壮的拳头甚至比对方的脑袋还大一圈。冯星微微一笑，右手扬起。

砰的一声闷响，狂风四溢。黑山发出愤怒的吼声，手臂肌肉虬结，仿佛一条条奋力缠绕猎物的蛇。但他的拳头却被冯星的右手挡住，不能寸进。

“啊啊啊啊……”黑山不能理解眼前的一切，也不懂得恐惧。他发出更大的吼声，震得人耳膜发胀。他身体前压，茎草编织的鞋底被一根根踏破，发出咯嘣咯嘣的声音。但毫无意义，冯星仍然用一只手轻描淡写地挡住。

段思成呆呆地看着这一切。

是的，他从一开始就知道黑山不是对手，但不应该是眼前这种画面。冯星应该是利用秘术，使用龙吟，就像天青珞……不，哪怕相当于一百个天青珞！一个龙吟就能排山倒海、撕天裂地——他也不会像现在这样吃惊。

段思成太了解黑山的力气了。他一个人就能拉动五六个人才能操纵的风帆，把上千斤的铁锚随便扛在肩上，发起狂来能将一头牛扔上半空！他从没想过，世界上还能有人在力气上战胜这个大块头。

“我来了！”段思成大叫一声，拔出了长剑。冲上去的一瞬间，他自己都有点儿奇怪——我居然没想着逃走？

段思成的举动无济于事。他知道这一点儿，却不可能抛下黑山独自逃跑。如果是以前，他或许会那么干。但自从和老瞎的那番谈话之后，他内心有很多东西改变了。

他不能抛下同伴，不能抛下一个准备为自己牺牲的人。况且他刚刚还说过，上了“远方号”的人都是兄弟。他不想让黑山失望，更不想让自己后悔。老瞎的故事还没结束，他不想上演第二次。

看着冲过来的段思成，冯星笑了。明晃晃的长剑刺向眉心，他恍若未见。一双竖瞳陡然出现在眸子中，随之而来的，是口中发出的、简短的、玄之又玄的声调。

段思成无法形容那种声音。那音调有些奇异，从未听到甚至想象过。但声音发出的那一刻，又让人感觉到理所当然——它本该就是那个样子。

它像一万种生灵用一万种语言同时吟唱，再将风雨雷电当作伴奏，它们搅拌在一起，通过彩虹披挂在天空，凝成摛章绘句、雕文织采的言语。

龙吟!

是龙吟!

段思成在心中狂呼！但他说不出一句话，眼前都是白茫茫的光。他觉得周身灼热，又觉得有千钧重压在身！无形的力量在碾压着他，让他心脏狂跳，血脉奔流，随时随刻将变成一颗被碾爆了的浆果。

陡然，一个巨大的阴影遮蔽了白光。段思成听到黑山发出一声痛苦到低沉的呼喝。接着，段思成飞了出去，就像飘在云朵里。

他迷迷糊糊，浅灰色的帷幕正在合拢，世界在眼前缩小。

晕过去的那一刻，他隐约听到有人“咦”了一声。或许是冯星，又或许是别人。但他已经无从分辨。

第四十四章

段思成仿佛做了一个悠长的梦。数不清的人影从眼前晃过，每当他去分辨，那些人影却又倏然消失。他们来来去去，带着扭曲的光影和变调的声音。段思成竭力发出声音，想要叫住其中一个。

那人果然停下来，笑眯眯地看着段思成。但他的眼眸中有一双竖瞳，嘴角以超过人类的角度向后弯曲。

冯星！

段思成大叫一声，倏然醒来。

周围黑洞洞的，什么都看不清晰。段思成浑身又湿又黏，衣衫早被冷汗浸透。微微一动，他感到浑身每根骨头都在剧痛。

“冯星？”段思成嘶哑着问。

没人回答。他的声音在不住回荡。从这一点儿，他感觉自己身处一个不大的洞穴里。

“奇怪……”

看样子，自己是被关了起来。但说实话，他不太理解冯星的举动。既然对方想要杀掉自己，试试能否获得星轴碎片，为什么不赶紧动手呢?

良心发现?段思成觉得，这种可能一点儿都没有。他摸出火种，费力点燃。

光芒填满了空间。正如他所预料的，这里是个洞穴，大约有一间房那么宽。头顶稍矮一些，站直了只剩下一拳的距离。出口在左侧，很小，要弯着腰才能钻进去。但段思成没着急出去，依旧仔细打量这个洞穴。

洞穴明显有人居住过的痕迹。角落稍微平整的地方放着一摞干草铺成的床榻。很简陋，干草都是捞出来晒干的海草，黑乎乎的挺难看。中央有根石笋，但头部被磨平了，放着几块漆黑的石头。

段思成走过去摸了摸，蹭了一手黑。

这应该是炭灰，他判断着。很明显，有人拿这几块石头当架子，在下面生火。天长日久，这些石头染上了厚厚一层炭。

段思成觉得，这应该是冯星搞的一个“监狱”。或许曾经有人被他捉住过，囚禁在这里，而且时间挺长。冯星没说过这件事，但他绝对干得出来。

他在洞穴里继续搜寻，却没有新的发现。段思成不禁有些奇怪，如果这里真的住过一个人，那么他留下的痕迹未免太少了一些。

当然，也许被冯星打扫掉了，虽然段思成不太理解为了什么。

段思成有些疲惫，坐在草垫上休息。他想到了黑山，最后一刻，他能确定是黑山替自己挡了一击。段思成暗暗揪心，哪怕是以黑山壮硕的身体，挨上一记龙吟怕也凶多吉少。

他心中生出一种愤怒来。之前，段思成总想着苟且偷生，想着怎么和那条龙媾和，千万不要生死相搏。而现在，他无比同意老瞎的做法——应该杀掉那条龙!

段思成突然明白了一件事。冯星并不是人，哪怕他拥有人的外表，人的名字，依旧不是。龙是一种高高在上的生物，和人族、羽族、夸父、河络……各个种族截然不同。在九州大陆，在溯冰海域，这些种族混居在一起，哪怕文化、性格、理念都不相同，却都互相承认对方的生存权利。

这种共识存在于每个种族的基本理念中。哪怕他们互相杀戮，依旧能理解被杀戮者的痛苦，承认自己剥夺了对方最重要的权利。

但龙族不理解——或者仅仅是冯星。段思成不太确定，遇到的样本实在太少。至少在冯星身上，他看不到这种同理心。是的，冯星并不滥杀，但真正的原因只是不需要。一旦杀戮能带来冯星想要的收获，那么他毫不犹豫。

段思成忘不了冯星看他的眼神。那种眼神就像屠夫在看猪狗。不，其实没那么凶狠，也许更类似今天晚餐想要吃一只鸡，就随手杀掉那种感觉。一个打算吃鸡腿的人很难去惋惜一只鸡的生命，冯星也一样。

冯星的杀戮甚至带着一种天真和好奇。这一点儿，恰恰比残暴更加令人不寒而栗。

段思成分不清这是龙族的特点，还是冯星自身的问题。但无论如何，他知道再也不可能和这条龙和平共处。

洞穴里不知道时间，段思成被一阵饥饿打断了思考。他觉得自己必须找些吃的，但身上的干粮早已经吃光。他看了看洞口，弯着腰钻了出去。

这条洞穴蜿蜒曲折，段思成走到腰椎发疼，终于看到了一丝亮光。凭经验，他知道那是太阳的光芒，前面应该是个出口。

段思成钻出了洞口，迎面吹来一阵带着咸味的风。大海在眼前徐徐展开，蔚蓝的海水泛着金光，太阳高高悬在天空。

他左右观察，发现这里依旧是一个岛。它不算大，也没什么植被，海边都是岩石。整个岛屿宛若三角形，两端是笔直光滑的岩壁。它与其他几个岛屿一样，都仿佛在某个地方，被巨斧劈开了。

段思成在心中计算一下，发现这个岛屿正是心中最后一块拼图。如果把他所有走过的岛屿凑到一起，就能形成一座完整的大岛。这座大岛，就是他爷爷藏匿宝藏的秘密基地。如果冯星所说不错的话，是因为星轴崩溃的力量，将它分割成了四块。但这种分割十分奇妙，甚至超出了常人的理解。事实上，它们依旧是相连的，从某种意义上讲，这座岛其实从来没有分开过。

段思成想起了老瞎说过的，关于港口的话。果然，他在海边的乱石中央，找到了一条水道。看上去杂乱无章，对于船舶来说几乎是天敌的礁石从这里分开，宛若张开的剪刀。段思成能想象，“远方号”是如何从中间驶入，停泊到岸边的。

这真是天造地设的港口。除了“远方号”，其他帆船都很难停泊。它们没有“远方号”狭长的身躯，也没有能够独自提供动力的主桅。所以哪怕真有别人发现了这个地方，也不可能将船停进来。

看到这里，段思成又开始怀疑，这地方真的是冯星设计的牢房吗？如果是一座牢房，那么囚犯的活动范围，未免太大了。诚然，没有人能从这里逃出去，可问题是，冯星本身就在一座类似的“囚牢”里。

一个“囚犯”不需要担心另外一个“囚犯”逃走。如果想让对方品尝痛苦，那应该是塞进笼子里——就像之前那个洞穴那样。可问题是，那个洞穴是开放的，能够通向眼前这片海岸。

段思成有点儿混乱，但饥肠辘辘的感觉如同火烧，让他想不了更多。他必须解决食物的问题，当然还有淡水。从这个角度想一下，更不像冯星的安排。如果他想杀掉段思成，就没必要搞什么囚禁；如果不想，又为何不提供一些食水呢？

段思成走到水道边上。这地方还依稀能看到当年海盗留下的痕迹。黑黝黝的岩石上或许曾经有过一条栈道。但三十年没人维护，木板早就烂掉，只有那些做过耐蚀处理的木桩残存着。那些木桩七扭八歪，参差不齐的断面泛着乌黑，就像老海盗的一嘴烂牙。

海水到了这里，变得格外温驯。水流轻轻在岩石上拍击，激起雪白的浪花。段思成观察了一下，走到一块石头边上。

段思成撸起裤腿，下到海水里。他伸手在岩石下面摸来摸去，却没找到任何活物。沿着这块石头一路摸下去，谁知到处空空如也，别说期望中的各种贝类，连一只虾米都没看见。这种情形，让段思成忧心忡忡。

所有老练的水手，都有一身绝境求存的本事。航海是个危险的工作，如果被大风吹得偏航，或者触礁被困孤岛，面临的就是饿死渴死的局面。有些人就这样死了，而活下来的人则学到了很多。他们生嚼贝类或海鱼果腹，还能用它们的体液代替淡水。在任何地方，生命总是那样顽强。

但眼下的情形很不好。按说礁石密布的地方，贝类总能繁盛。可不知为什么，段思成却什么都没找到。他两手空空，没法子去抓海鱼。更何况，他压根也没看到任何海鱼的影子。

段思成突然想到了一个问题：一条困在岛上的龙，它吃什么？答案肯定是吃鱼。那一条困了三十年的龙呢？

恐怕周围的鱼都被它吃干净了……

段思成拼命回忆这一路上的事情，然后惊恐地发现了一个事实——自从进入这片星轴崩落的海域，似乎就没看见过一条鱼！

“这他娘的！”段思成咒骂着，打算围着海岸线走一圈，看看能否有别的收获。突然，他发现距离小港口大约几十步的地方，有一汪水池。

段思成以为那是海水退潮留下的水洼，可走过去发现不像。这水池有两口井那么大，足够一个人下去洗澡。而且挺深，没法子一眼看到底部。段思成坐在水池边一块椭圆形的石头上往里瞧，越瞧越觉得不对劲。

水里似乎有东西！那东西似乎在动！

“老天爷，最好给我来条鱼……”段思成喃喃着，试探着伸出手去拨弄水面。突然，一个硕大的头颅钻出水面，满是利齿的大嘴咬向他的胳膊！

第四十五章

“啊！”

段思成吓了一大跳！他连忙缩手，整个人向后仰过去。砰的一声，屁股底下的圆石头翻了，连带着整个人狠狠摔在地上。

段思成忍痛从地上爬起来，惊魂未定。他看到一条黑色的怪鱼在水池里游弋，搅得水花四溅。这条鱼足有半人长，脑袋巨大无比，尾巴却很小，一对胸鳍也有些不成比例。段思成呆了片刻，突然笑出了声。

“天不绝我呀！”他自言自语。

这是一条眠鱼，不多见，但也算不上稀有。从那嘴牙齿看，凶猛可怖，但实际上，在食肉鱼里，它几乎没什么竞争力。

主要原因，就是这种鱼不擅长游泳。小得可怜的尾巴和胸鳍，让它在海中无比笨拙。它通常潜伏在浅海底，把身体缩起来冒充岩石。要是有什么生物从旁边经过，它就会陡然暴起，一口咬住死不撒嘴。

但实话实说，这种捕猎方式太被动，而且是一锤子买卖。若对方有所警觉，基本很难成功。因此，这种鱼还掌握了另外一个绝技——睡觉。

如果很长时间找不到猎物，眠鱼就会进入休眠。据说有人试过，一条饱餐后的眠鱼，能睡上十几年。也许还能更长，但闲着没事儿研究眠鱼的人毕竟是少数，段思成只听说过这么一个例子。当然这不是关键，关键是段思成的食水终于有了着落。

那条眠鱼还在水中龇牙咧嘴，殊不知在段思成心里，它早成了一顿……不，是许多顿美餐。别看它的样子凶巴巴的，其实很好对付。只要能早早分辨出来，小孩子都能用石头把它砸死——段思成小时候就干过。

他开始找石头。一转身才发现，刚才他坐着的那个圆石头，另外一面居然是凹陷下去的，整体就像个锅的样子。段思成不禁大喜，真是双喜临门，这下处理鱼的厨具都有了。他不禁怀疑，老天在眷顾自己。

当他蹲下去仔细观察时，发现这“石锅”并不是巧合。它真的是一口锅。它的边缘很薄，凹面上有一道道刻痕，显然是有人用工具——很可能是其他石块——慢慢打磨，用了好多功夫才变成现在的样子。段思成不禁感慨，那个人一定在这里生活了很久。

那么这条鱼呢？难道是对方养在这里，当储备粮的？这种可能性很大，但段思成找不到那个人，只能猜测他也许已经死了。而且不是死在这个地方，因为段思成没有找到任何人类的尸骨。

他想了很多，但手下丝毫没停，很快找到了一块大石头。段思成把石头高高举起，同时脚尖一捅，把一个小石块踢进水里。

眠鱼哗的翻上来，扑向石块，硕大的脑袋露出水面。段思成双臂用力，大石头砸下去！砰一声，眠鱼在水中翻出了肚皮。

搞定。就这么简单。

但段思成没着急，又拿了一块石头猛砸过去。眠鱼被砸得在水中晃荡，身子依旧是软软的。

看来是真死了。段思成心满意足地伸出胳膊，攥住眠鱼短小的尾巴，准备拉出水面。谁知双手一握，一股触电般的感觉传来，让他浑身一个激灵！

一抹蓝光，从眠鱼身上泛起，顺着段思成的双臂钻过来！他吓得猛然松了手，疾退几步，手里又抄起一块石头。

但眠鱼依旧漂浮在水中。再看看自己的双臂和身体，好像也没什么变化。段思成有些奇怪，难道刚才的一切都是幻觉？

他试探着再次去摸眠鱼，这回一切正常。段思成松了口气，用尽全身力气，把这条大鱼拖上了岸。

看着硕大的眠鱼，段思成不禁兴奋起来。他已经想好了怎么吃。有石锅，岛上还有稀疏的灌木，那个洞穴里还有个灶台——就是那根磨平的石笋。段思成敢打包票，那个未曾谋面的“囚徒”，就是这样处理食物的。

段思成把眠鱼团进石锅里，结果鱼太大，高高鼓出来。这没关系，先拉回去再处理。他临时拿石锅当作拖车，拉着一路回了洞穴。因为心中有了底，饥饿感反而消退了，身上又有了力气。半刻钟后，段思成将石锅连同眠鱼拖进了隧道。

这一段路开始艰难了。他必须弯着腰，不太容易发力。段思成咬牙坚持，在曲曲折折的洞穴中奋力拖动，终于在体力透支之前，把石锅运进了之前寄身的石洞。

段思成累坏了，倒在草垫上休息。稍稍恢复了力气，他又马上起身，准备出去弄些灌木当燃料。不过在出去之前，他打算把“灶台”清理一下。

把那几块乌黑的石头拿下去后，能看到下面积了一层厚厚的灰。段思成从草垫上拔了一些干草，卷成简易扫把，将灰尘扫掉。尽管他尽量轻柔，飞散的灰尘依旧呛得他直咳嗽。段思成捂住口鼻，一个劲揉眼睛。

突然，他僵住了。

打扫干净的“灶台”上，出现了一大段文字！

段思成再次揉揉眼，终于确定自己没有看错。确实有字！就在石笋的断面上，有人用匕首之类的东西，密密麻麻刻了不少！

这可是大发现！段思成瞬间忘了还要去找柴火的事儿，甚至忘了自己又饿又渴，他举着火种，俯下身子仔细辨认。

“……我不知道谁会看到这些文字。希望是我儿子，但我知道不可能。说实话，他那性子根本不像我亲生的，怎么可能到这个岛上呢？最大可能是那条龙……我说，如果你真找到了这里，算你赢了。不过你也没赢太多，对吧，想想老子拖了你多少年？娘的，算不清了……哈哈哈……

“……如果你不是一条龙，那么下面的话就是对你说的。这座岛上有一条龙，也许你已经见过了，也许没见过。但你一定要听我说，我会告诉你龙是一种什么样的玩意儿。在我看来，龙就是一条大长虫，无非是多了四个爪子，力气更大一些。说真的，它没什么了不起，一百个人就能打赢它！只要你不怕死！像我们当初那样。这挺重要的，如果都是胆小鬼，那一万个人也没用。”

段思成不禁屏住了呼吸。他从字里行间，看出了这个人的身份。他应该是当年的一个海盗，甚至有可能……

段思成舔了舔嘴唇，继续看下去。

“……但龙还是挺狡猾的，注意别上它的当，它甚至比人还聪明。我们当年就是吃了这个亏，不然我们早就吃上龙肉了，哈哈……如果你面对那条龙，千万别怕，它肯定不如当年强了，因为它受了重伤。对，就是我干的，当胸给了它一刀，刺穿了它的心脏——我猜心脏应该长在那儿。这种伤就算好了，也会留下严重的后遗症。打个比方，如果你被砍掉了一条胳膊，过了几十年，你的胳膊难道能长出来吗？我想龙也是这样，它的实力肯定不行了，可惜我没机会再去砍它一刀……”

天哪！段思成脑袋嗡嗡作响！这人……这人……一个名字呼之欲出，冰海之王！这人是我爷爷！他是我爷爷！段思成在心里狂呼！

他果然没死！至少，他没有死在当时！段思成按着怦怦直跳的心脏，浑身仿佛过电。他不止一次说过，自己和爷爷并没有感情。可现在看到这些文字，他还是感觉到血脉中某种东西在沸腾。

段思成喘了口气，继续看。

“……那条龙在找一样东西，就是那种蓝色的小方块。我不知道这是什么玩意儿，但挺有意思。怎么说呢，这东西能让你看到不一样的道路……哦，这样也许你不明白，那我举个例子：你拿着它可以施展穿墙术，什么都阻挡不了你。明白了吗？这就是那条龙要找的东西，我猜是它离开这里的关键。这些年，那条龙收集了很多，天上，岛上，海底……有那么一段时间，我总能看到这些方块自动飞出来，飞到那条龙手里。

“我一直在盯着它。我也有一个方块，所以它找不到我。我发现一个有趣的事情，如果那些方块在活物身上，那条龙必须亲手杀掉才能拿到。我不知道这片海域有多少鱼虾什么的，但肯定是一个让人头皮发麻的数量。但那条龙一直在杀，很长一段时间里，海面都是鲜红的……说实在的，我挺佩服它的毅力。”

我的天！段思成倒吸一口冷气！怪不得这片海域如此死寂，原来生物都快被冯星杀绝了！想想那描述中，泛着鲜红的死寂之海，段思成觉得脊背一阵酥麻，仿佛有一条千足虫正在爬行似的。

“……我的身体渐渐不行了，当年受的伤太重。毕竟我是人，不是龙那样的畜生。另外，就算我身体没事，海里也没什么东西能抓来吃了。你能相信吗？那条龙真的把这片海域的活物都要杀光了！我不知道他用了多少年，我早就记不清时间了……如果我死了，那个蓝色方块就会自动飞到那条龙手中。我得想个办法……比如，找一个寿命很长的动物，把它藏起来，再把我的方块弄到它身上。

“最后，你有没有发现那口锅？还有，你吃眠鱼了吗？味道怎么样？哈哈哈……抱歉，想到你吃鱼的情景我就简直要笑得打滚！提示一下，你猜我是怎么把方块弄到那条鱼身上的呢？”

段思成的脸色突然白了！

第四十六章

那条眠鱼仍旧盘在锅里，头颅露出来，泛白无神的眼珠凸起，却似乎带着一点儿嘲讽的笑意。

段思成一阵作呕。他死死捂住嘴巴，好让自己不至于吐出来。

他已经猜到星轴碎片，是怎么到了眠鱼身上的了！

尽管不敢去想象，但那个画面却不由自主地跳出来……垂死的老人扑入水塘，饥饿眠鱼在撕咬，鲜血仿佛沸腾的气泡……

段思成无意识咬住手指，腥咸的味道在口腔中弥漫。他不愿再去想象，但老人的笑容却萦绕在脑海里。老人的面目一片模糊，只有那笑容真实不虚。段思成可以发誓，扑入水塘的那一刻，老人绝对在放声大笑。

他在笑自己拖住了冯星，在笑自己找到了一个好办法，在笑将来会有人吃掉这条眠鱼，然后看到字迹时的反应……

哪怕死掉，也要搞这种损人不利己的事情，满足自己的恶趣味……你就是这个样子啊，冰海之王，我的爷爷。

段思成觉得眼睛有些酸涩。他揉了揉，终究没有眼泪。如果因为这个原因掉泪，大概又会被死去的人看不起吧。段思成自嘲地想。

他突然站起身，一把抓住石锅。身体不知哪来的力气，段思成拉着石锅、连同那条巨大的眠鱼，噌噌噌向外拽。没多少工夫，他就出了洞穴，然后猛地把死鱼和石锅一同扔进大海里。

段思成瘫倒在海岸边，呼哧呼哧喘气。

不知过了多久，段思成慢慢撑着双臂，坐了起来。疲惫和饥饿席卷上来，比之前还要凶猛。他怀疑自己要死在这个地方，但一点儿也不后悔扔掉了那条鱼。段思成挣扎着站起来，看着海面。

或许是饿得眼花了，他竟然在海中看到了一座长桥。他仔细看，发现那不是长桥，而是一道灰蒙蒙的雾气，雾气尽头影影绰绰、朦胧不清，仿佛盘踞着某种巨大的东西。

段思成朝前走了几步，眼前的景象又消失了。他摇摇头，想起小时候因为被父亲惩罚不许吃饭的事情。那次骑着木柴下山，摔断了一条胳膊，当时父亲什么都没说。但伤好之后，却挨了一顿打，还被罚了一天的饭。

但他始终不记得，刻骨铭心的饥饿是一种什么感觉。或许当时饿得不够狠，所以也没出现幻觉？段思成想，如果真有幻觉，也不该是礁石带，而是大鱼大肉什么的。

突然，段思成感到体内有一种说不出的变化。有点儿像一个贫嘴的人憋了许久，终于可以说话了一样。他形容不出来，反正是一种想要释放的欲望。段思成顺从了这种感觉，然后就看到右手的手心上，开始冒出点点蓝色的星光。

光芒聚集在一起，凝聚成一颗蓝色的小方块。这是星轴碎片，段思成呆呆地看着它，不知为什么又想起了那条鱼。

他捂住嘴巴，抑制了干呕的欲望。

现在全明白了。他的爷爷、冰海之王，让眠鱼杀死自己，转移了碎片。然后段思成杀死了眠鱼，又把碎片转移到自己体内。

老瞎和冯星猜的没错，他爷爷果然没死。但他们都猜错了一点儿——冰海之王始终没离开这座岛。

冰海之王用带着欢笑的残忍，设计了一个套路，却没想到套路到了自己的后代。但段思成觉得，如果他爷爷知道了这一切，恐怕会笑得更开心。

但这碎片有什么用？段思成盯着它，研究不出来。他爷爷留下的文字里说，有了这个，冯星就找不到他，而且，还能看到别人看不到的路……

别人……看不到的路？

段思成陡然一惊。再次朝海面上看去，果然发现，那条雾气形成的道路，再次出现在大海中。他一步步走过去，那道雾气铺在海面上，能看到下面荡漾的海水。段思成犹豫了一下，试探着伸出脚。

脚下很坚实，支撑着他整个人悬在海面上。这真是一种离奇的体验，段思成放下心，踩着雾气向前走。他终于看到雾气尽头的东西，那是一团更加巨大的灰雾，但它却有着奇怪的形状——就像层峦叠嶂的山崖。

这让他想起在白石商会老板家见过的水墨画。画的是一座山，晃眼看去却以为是纸上沾了灰尘。大概那位画家只是稍微沾一点点墨汁，用水浸泡良久，再轻轻地涂上去。它浅成薄薄一层灰色，甚至盖不住纸张的本色。

但依旧能看出它是一座山。正如现在，段思成依旧能认出，这雾气就是山体一样。

没过一会儿，路走到了尽头。雾气一样的山体突然消散。周遭一下子黑起来，什么都看不见。段思成赶忙点燃火种，发现自己身处一个洞穴中。前面黑乎乎不见尽头，后面也是一样。

仿佛刚才的一切，都只是幻觉。但段思成知道不是，他还能感到那个蓝色方块在体内的脉动，就像星辰的呼吸。

“怪不得……”段思成喃喃自语。他终于明白自己爷爷如何能偷偷监视冯星了。拥有了这个方块，就能在几个岛上畅通无阻。

但他不明白的是，为什么冯星却无法反向找到爷爷，甚至连那个分裂的小岛都没登上去过。如果冯星能做到任何一点儿，所有的布置都会成为笑话。

这里面，肯定有自己还不清楚的事情。

段思成放过了那些让自己迷惑的问题，继续朝前走。孤单的脚步声异常空荡，或许和这条隧道格外高阔有关。它足有两人高，哪怕是黑山都可以挺直腰板。想到黑山，他立刻感觉胸口发闷，他必须马上找到那条龙！

他咬着牙，发足奔走。虚弱的身体发出了警告。那柄长剑越来越重，仿佛是提着一座山。段思成不肯放弃，一路拖行。每走一步，肌肉都在颤抖。嘴唇仿佛龟裂的田野，崩开一块块干皮。

段思成需要水，食物，和休息。但连最后一条他都没法满足。他强迫自己前进。不知又过了多久，他的脚步突然一个踉跄，眼前发黑，贴着岩壁慢慢滑倒。

火种被身体压灭，一阵灼痛令他稍微清醒。段思成警告自己不能睡，可眼皮越来越沉……朦胧中，他听到一阵激烈的节奏，仿佛一百个人在耳朵边敲鼓。接着，一匹浑身笼罩在火焰中的骏马从眼前掠过，化作一道长长的朱虹……

段思成觉得自己肯定睡着了，否则不会有如此荒诞不经的梦。没等思维转过一个圈子，突然听到有人在耳边说话，但声音却宛如从天外传来，飘飘忽忽无法捕捉。紧接着，一个东西塞入口中，清冽的感觉顺喉而下！

水！

段思成精神一振，大口大口喝起来。他一口气喝干，整个人宛如枯树逢春，重新饱满了起来。

“老瞎？”段思成终于看清了给他水的人，惊愕万分。

“你一次比一次惨。”老瞎冷着脸，右手的火把跳跃着火光，显得脸色阴晴不定，“我或许不该救你，也许你下次死得更痛苦。”

“不……没有下次了！”段思成喘了口气，发现自己没力气站起来。他有些不好意思地问：“有吃的吗？”

老瞎瞥了他一眼，甩出一个小包。段思成赶忙打开，里面是一块硬邦邦的黑色麦饼，以及一小团头发似的腌菜。段思成咯嘣咯嘣地嚼麦饼，几乎崩掉了牙，他觉得吃这玩意儿应该标配一柄锤子。

至于腌菜，他吃了一口，立刻又向老瞎伸手。“还有水吗？”

老瞎塞给他一根灰了吧唧的东西，上面有细微的毛刺，应该是某种藤条。段思成用剑刃削开一头，咕咚咕咚喝里面的汁液。味道很熟悉，刚才喝的也是这东西。

段思成再次喝光，发出一声满足的叹息：“这可真棒。老瞎，你真有一手。这都是从哪儿找来的？”

“真正的老海狗都有一手，你还嫩得很。至于这麦饼，也许你忘记了，出海之前我就提醒过你，应该每人备一份。”

“是啊，我想得太简单了。”段思成摇摇头。那个时候，他被发财的狂热冲昏了头脑，什么都顾不上。

老瞎静静地站着，过了一会儿才问：“看你的样子，又赌输了？”

“我是没想到‘飞云号’上的人能有那么蠢。商人是不是都这样？怪不得我爷爷能发那么大财！”

“可你比他们还蠢。”

“别提我行吗？对了……”段思成突然想起了一件事，连忙问，

“你刚才看到一匹马了吗？”

“马？”

“对，浑身通红，跟着了火似的。”段思成说，“你可能不信，要没它你都见不着我了。真没看见？哦，那是我昏了头了……”

“不，我看见了。”老瞎说。

“真的？”段思成一激灵。

“马上还有人，两个。”老瞎朝前指了指，“往那边去了。你知道这条路通向什么地方吗？”

“不知道。”

“我知道。”老瞎盯着漆黑的远方，冷笑一声，“走，咱们去看看热闹吧。”

第四十七章

两个对时前。

天青珞和连牧桓正在面临一场危机。他们打算回头寻找失踪的段思成，却走进了一条曲折的岔路。

连牧桓打算停下来想一想，天青珞却走得义无反顾。她的理由很充分——如果靠脑子能解决问题，那为什么大家还困在这里呢？

没等连牧桓反对，天青珞就振振有词地说："我知道你要说什么。你觉得如果一个办法不行，就再另想一个。可你知道么，第一个想到的办法往往是最好的，而后面则越来越馊。归根结底，现在根本不是用脑子解决问题的局面。"

"你是说？"

"九州有一句谚语：拉起风帆吧，大海能带你到任何地方。"

"就是听天由命的意思？"

"我发现你这人总是很消极。"天青珞没好气地看了他一眼，"你就不能想的浪漫一点儿吗？"

"怎么想并不重要。"连牧桓摇摇头，从怀里摸出一包东西，"重要的是事实——我猜你肯定饿了。”

天青珞接过来，里面是几颗纯白色的小球，隐隐散发着香气。但这香气有点儿古怪，透着几分甜腻。

“行军丸。”连牧桓说，“一颗管一顿饭，还能让你不渴。”

天青珞把行军丸放在嘴里咀嚼，立刻露出厌恶的表情。她没有把这东西啐出去，但用了很久才下咽。

“这是我这辈子吃过最难吃的东西。”天青珞皱着眉头，微微感受了一下，又有些惊奇地说，“但确实管用。你要不也来点？”

她问的是冯星。冯星微笑着摇摇头。连牧桓也往嘴里塞了一颗行军丸，慢慢咀嚼。他的动作很优雅，仿佛这里不是山洞，而是富丽堂皇的餐厅，嘴里吃的也是羽族大厨精心烹饪的美食一样。

“我到现在也不敢相信。”天青珞看着他的样子，情不自禁地说，“你这样的人，居然会和我一起胡闹。”

“你觉得是胡闹？”

“不，是你。我觉得这是正经事。”

“我也觉得这是正经事。”连牧桓认真地说，“你只顾得上往前跑，我得负责替你保管好脑子。”

“那我真得谢谢你啊！”天青珞咬牙切齿。

“不用。”连牧桓说，“我说过，一定会帮你。”

天青珞依旧觉得这是个讽刺。但讽刺之外，她又听出些别的东西。但她还是不确定，也不想就这个话题继续说下去。

“走吧。”她说，“我们得赶紧找到段思成。我觉得他胆子不够大，也许已经快在黑暗中吓死了。”

“头儿胆子挺大的，不比你差。”骨头抗议地发出声音。

“天哪，我都把你忘了！”天青珞找到了角落里的骨头。那个矮个子少年抱着金灿灿的骷髅头，按说应该很显眼。可他偏偏就有一种天赋，能让人把他无视掉。天青珞同情地摇摇头说："显然你不了解他，孩子。他遇到一个敌人就吓得浑身发抖，而我，面对一百个人也面不改色！"

然后，她听到了一阵杂乱的脚步声。天青珞瞪大眼睛，看到洞穴对面，蜿蜒如长蛇的火把，以及下面晶亮的甲胄。

天青珞下意识捂住嘴巴。

"不要自责，跟你没关系。"连牧桓叹了口气，抽出了腰间的长剑。

"你不要提醒我！"天青珞瞪了他一眼，同样拔出了剑。她看了一眼冯星，问道："你打算如何？"

"请便，不用理会我。"冯星笑眯眯地说。

"就知道你靠不住……"天青珞把长剑在胸前一横，"那就让开一点儿，小心溅一身血！"

冯星从善如流，向后退了两步。他用一种充满趣味的眼神看着那群甲士越来越近，到了天青珞对面。这让他想到了很多年前那场战斗，如果不是因此被困在岛上，本该是一件更加有趣的事情。

天青珞没有在人群中发现莫隐。她看着领头的李都管冷笑。"怎么，莫隐躲起来了？就派了你们来送死？"

李都管面色不好。如果有可能，他真不想直面天青珞。但老天爷显然喜欢看热闹，在这地方安排了狭路相逢。

在孤岛上徘徊了这么久，这支队伍的士气显而易见地下降。尤其在两名甲士偷偷离开，独自去寻找宝藏后，人心涣散极了。如果莫隐能站出来弹压或许还好，但不知为什么，莫隐显得满不在乎，总是独自在琢磨什么。

更要命的是，他们和莫隐走散了。或者说，莫隐消失了。就在一刻钟前，在众目睽睽之下，莫隐往前走了几步，突然就不见了踪影。这支队伍的主心骨被抽离了，每个人都惶恐不安。

他们再次遇到了天青珞，却已经不是之前那支沉默的杀戮部队，每个人都在为自己盘算。李都管也不例外，他发现天青珞的伤似乎好多了，而且就算她不伤，也能用出一手同归于尽的秘术。

他不想冒这个风险。

“我们未必非要打一场，少主。”李都管硬着头皮说，“你的伤看上去好了不少，但我们人多。最终的结果，很可能是两败俱伤。我们都是小人物，但你呢？你的性命比我们可金贵多了。”

“这可真逗，听起来你们好像是受害者？”天青珞嗤笑，“难道不是你们当了叛徒，然后还给了我一剑吗？”

“如果我说，我们现在改变主意了，只想发财呢？”李都管说，“过去的事情就让它过去，我们都不想再拼命了。”

“莫隐不在？”连牧桓敏锐地发现了问题。

李都管紧紧抿着嘴，没有回答。他手中握着武器，身后那些甲士也一个样。但他们都是戒备的姿态，没有上前攻击的欲望。

“他去了哪里？”连牧桓问。

依旧没有人回答。李都管死死攥着剑柄，直勾勾盯着天青珞和连牧桓。他的注意力如此集中，甚至没看到后面的冯星。

所有人都感觉到，连牧桓的问题暗藏杀机。或许下一刻，连牧桓就会冲过来。这个以决断著称的年轻人，不会放过这个机会。

但连牧桓却松了口气。他把长剑垂下来，侧身让开一条路，然后说：“既然他不在，那我相信你们的诚意。”

“喂！你……”天青珞瞪大眼睛。

连牧桓摇摇头。“他说得对，我们没必要冒这个险。他们满脑袋都是发财梦，盔甲和刀剑只是装饰品。让他们过去。”

天青珞不同意这个观点，但连牧桓拉住她，向一边让开。天青珞很想挣扎，可连牧桓攥得非常紧。

李都管盯着他们。良久，他朝那群甲士做了个手势。甲士们开始移动，起先十分谨慎，但越走越快。

连牧桓毫无动作，任凭甲士们从身边经过。李都管微微松了口气，跟在那群甲士后面向前走去。

擦肩而过的时候，李都管还是很不放心地注视着连牧桓和天青珞，手中握紧了长剑。但连牧桓微微一笑，做了一个“请”的手势。

李都管加快脚步，和两人拉开了距离。他终于放下心，回头朝前看。突然，他发现路边有一个奇怪的陌生男子。

陌生男子带着诡秘的笑，朝他点头致意。

这人是谁？李都管很是诧异。一名海盗？还是……

突然，李都管觉得背心一阵剧痛！低头一瞧，一截带血的剑尖从前胸透出！他发出绝望的嘶吼，竭尽全力转身一剑扫出。

但背后什么都没有。他看到连牧桓依旧站在原地，却保持一个投掷的姿势。

骗子！这个骗子！他居然用这种方法——李都管疯狂地大吼，声音却无法透出喉咙。他的身躯摇晃了一下，颓然倒下去。

鲜血从身下淌出。

他死了。

这一变故，让所有甲士哄然叫起来。他们愤怒又惊恐，疯狂又慌张。每个人都举起了武器，却不知该不该杀回去报仇。

此时此刻，一个领头者都没了。

“为什么？”天青珞同样惊呆了。她瞪大眼睛看着连牧桓，“你刚才明明说……”

“我不会放过敢向你挥剑的人。”连牧桓冷冷地说。

“可……”

“没什么可是。你要跟一群背叛者讲信誉？”连牧桓再次拔出长剑，问道，“敢不敢跟我冲杀一次？”

“好呀！”天青珞眼睛一亮。这种无脑的事情，她最喜欢。两人齐声呼喝，竟主动向着几十名甲士冲杀过去！

甲士们呆住了。

如果在杀死李都管之后，天青珞和连牧桓转身就跑，这些甲士或许会追击。可当那两人气势汹汹地冲上来时，没有人知道此时该怎么办。

一愣神的工夫，最后面的两名甲士已经被砍倒。他们步了李都管的后尘，热血喷洒在冰冷的岩石上。临死前的痛苦哀嚎令所有人胆寒，距离最远的人开始挪动步伐，想要离得更远，而靠近战团的甲士干脆丢下武器，拔腿就跑。

天青珞和连牧桓追出了很远，追到体力不支，拄着长剑呼哧呼哧喘气。天青珞一面喘，一面哈哈大笑。“哈……痛、痛快！太……痛快了！”

“别那么冲动，你的伤还没好。”连牧桓适时地泼冷水。

“冲动个屁啊，刚才你可比我疯狂多了！难道不是你先干的？”

“我之前的行动经过了缜密分析，而现在可没有。”

“我不管！”天青珞哼了一声，看了一眼几乎要跑没影的甲士们，咒骂道，“浑蛋，我的飞麟在就好了，保管追他们个屁滚尿流。”

话没说完，背后传来一声熟悉的马嘶！

“飞麟？”天青珞愕然回头。

第四十八章

就像一团火焰从黑暗中穿梭而出。一匹通体赤红的骏马，奔到了天青珞身边。它晃了晃脑袋，打个响鼻，伸出舌头温驯地舔着天青珞的手掌。

“飞麟！飞麟！”天青珞兴奋地大叫。她搂住飞麟的脖子，用脸在马头上摸索。飞麟仰了仰头，显得很欢快。

“它从哪里来？”连牧桓很吃惊。最大的可能是“飞云号”上的人终于醒悟过来，下船来找他们的少主。但为什么会携带一匹马？

连牧桓始终没找到其他人。而天青珞已经跨上了马背。她双腿一夹，呼喝道：“驾！飞麟，冲上去！”

一人一马，像是被弩炮射出的箭一样，疾驰而去！

“喂！小心头顶！”连牧桓呆了呆，连忙拔腿追上去。这个山洞虽然比较高，但随时有倒垂下来的石笋，这种情况下骑马飞奔，很有点儿作死的意思。

但天青珞兴奋极了，飞麟也一样。无论主人还是坐骑，很久没有享受这种尽情的飞奔。眨眼工夫，天青珞追上了逃遁的甲士，挥剑劈砍！

惨叫声传来，洞穴里弥散着鲜血的味道。连牧桓好容易追到近前，看到天青珞正控制着飞麟徘徊。马蹄下，躺着几具尸体。

“都跑了。”天青珞有些遗憾，“太黑了，离远一点儿就连个影子都看不到。”

“他们不再是威胁了。”连牧桓松了口气，“现在就剩下莫隐。”

“他不是我们的对手。甚至一对一也不行。”天青珞自信满满，“他除了偷袭，或者人多欺负人少，还能干什么？他根本上不了台面。”

“所以我有点儿不明白。”连牧桓一面说，一面伸出胳膊。天青珞扶着他的手臂从马背上跳下来，嫣然一笑。

“不明白什么？”

看着她的笑容，连牧桓一时失神，旋即定了定神说：“他为什么要这么做？他哪儿来的自信能成功呢？”

“你说莫隐？”天青珞挑了挑眉头，“他差点儿就成功了。为了钱，很多人什么事都办得出来。”

“但他不像。”连牧桓沉默了一会儿，问道，“还记得我问过你的事吗？你是怎么知道，海盗王的宝藏的？”

“我当时回答不记得了。”

“现在还这样？”

天青珞耸耸肩——这又是一个不雅动作——但旋即，她似乎想到什么，叫起来：“啊！我突然想到一个……我记得是看过一个小册子，上面写到的。我当时很感兴趣，还去找莫隐求证过。那是三年前了。”

“莫隐？”

“嗯，莫隐。所以……”天青珞愕然，“这些都是他……他算计好的？”

“我不能保证，但可能性非常大。”连牧桓说，“也许你看到的那个册子，也是他偷偷安排的。”

“为什么是我？”天青珞指着自己的鼻子，很是气愤，“难道我看起来比较傻？比较好骗？”

“……还有一个原因就是，你大哥是继承人，不可能离开天氏去溯冰海域，你却有这个可能。”

“你说的有道理。但……”天青珞盯着他，有些抓狂，“什么叫‘还有一个原因’？你是承认了我之前说的那些？”

“不，你只是比较天真。我觉得这是一种可贵的品质。”

“……你听说过越描越黑吗？”

“那么回到我之前的问题，莫隐并不像一个喜欢钱的人。”连牧桓强行转换了话题，分析道，“他在天氏工作了三十年，生活很简朴，也没什么特别的嗜好，甚至没有成家。这样一个人，会为了宝藏不顾一切？”

“我不知道。但我觉得也没必要知道。”天青珞说，“他现在已经不再是威胁。我们只需要离开这座岛，他就完蛋了。”

“没那么简单。”连牧桓摇摇头，“我总觉得，他的目的和这座岛有关，而且他一定有什么底牌……”

话没说完，黑暗中突然传来一阵掌声。

天青珞和连牧桓倏然转身，盯着那个从黑暗中走出来的人。是莫隐。他依旧穿着甲胄，里面衬着暗红的长袍，看上去一丝不苟。

“连牧桓。你是一个聪明人。”莫隐低沉地笑，“比我想的还要聪明。但很多时候，脑子并不能解决问题。”

“你说的太对了。”天青珞上前一步，用长剑指着莫隐，“同样，阴险的小伎俩也成不了事，最后还是要看谁更能打！”

“哦，你能打?”

“反正比你强!”天青珞当时就要冲上去，却被连牧桓一把拉住。天青珞有些愤怒，叫起来：“你干什么?”

“不对劲。”连牧桓皱了皱眉，“他还没疯。敢一个人出现，肯定有原因。”

“那我们就待着什么都不干？还是转身就跑?”天青珞反问。连牧桓给不出答案。天青珞推开他，硬邦邦地说：“把他砍成两半，再瞧瞧他的底牌是什么!”她突然一个滑步，长剑陡然刺向莫隐。

这一剑非常快，也非常突然。莫隐根本来不及躲避，那一剑就刺到了胸前。但诡异的是，莫隐动也没动，天青珞势在必得的一剑刺空了。

“什么?”天青珞吃惊。

与此同时，连牧桓已经抢上一步，挥剑横扫出去。莫隐往后退了一步，但明显不够远。谁也没想到，这一小步却让连牧桓的攻击无功而返。雪亮的长剑徒劳地在空气中划出一道扇面，发出刺耳的尖啸。

连牧桓拉着天青珞，谨慎地向后退。

“没有用。因为你们什么都不懂。”莫隐没有趁机攻击，笑着说，“我敢出现在这里，就是因为弄懂了一件事。”

“什么事?”连牧桓盯着他。

莫隐伸出手，一团光芒聚拢在手心，形成了两颗蓝莹莹的小方块。天青珞惊呼一声，露出不可思议的神色。

“这是……”她险些脱口而出，又立马忍住。

莫隐有些诧异。“你知道这是什么?”

“知道也不告诉你!”

一瞬间，莫隐有些动摇。自己的底牌被认出来，这个是万万想不到的。但转念一想，天氏毕竟是历史悠久的羽族世家，掌握的秘密定然远超想象。作为接班人之一，天青珞见过记载也说不定。

但并不表示她有办法。否则，为什么会困在这个岛上，被自己到处追杀呢？想到这里，莫隐又恢复了自信。

“那么你们是否知道，刘老三是怎么死的？”莫隐问。

“他是你杀的？”天青珞愕然。迅速看了一眼连牧桓。

连牧桓面色凝重，一双眸子死死盯着莫隐。他说道：“那么是我说错了。刘老三并不是死于意外。但我不太明白，你为什么杀他，又用了什么方法？”

“你们果然不明白。”莫隐笑起来，“对啊，如果你们明白的话，当初为什么不站出来揭穿我呢？那样的话，一切都不会发生了。看来大名鼎鼎的天氏，也没办法知道世界上全部的秘密。”

“我听不懂你在说什么！”天青珞咬牙。

“关于这个的秘密。”两颗淡蓝色方块在莫隐手掌上浮动，他轻轻抚摸着，“我杀刘老三，就是为了它。”

“但你怎么做到的？”天青珞问，“看上去那明明……”

“你的好奇心很重，我很喜欢。”莫隐笑着说，“我这就让你知道。瞧清楚了，我就是这样……”

话没说完，莫隐突然向前刺了一剑。这个动作很奇怪，他距离天青珞有十几步远，这一剑毫无意义。但连牧桓却面色一变，突然猛扑过来，将天青珞推开！

嗤……

一截剑尖凭空出现，深深刺入连牧桓的前胸！连牧桓闷哼一声，伸手想要将剑刃捉住。莫隐哼了一声，手腕向后一撤。

剑尖消失了，莫隐仿佛从未动过。但他手上握着的长剑，已经被鲜血染红。十几步外，连牧桓捂着胸口，鲜血汩汩从指缝涌出！

“不！”天青珞惊呆了。她大叫一声，将连牧桓抱在怀里。天青珞七手八脚想要帮他止血，但鲜血越流越快!

“不、不要！连牧桓！你……你，不要……”天青珞感到浑身发冷，整个人都在颤抖。她想要大叫，可牙齿始终在打架，甚至无法完整地发声。

有生以来，天青珞从未害怕过。甚至于，她对自己的生命也抱着一种轻忽的态度，并不认为死亡有什么了不起。但此时此刻，她感到了一种巨大的恐惧。就像黑暗在一点点吞噬光明，最后的光彩被不可逆转地夺走。

她害怕了，怕得要命。她不想失去连牧桓，一点儿也不想!

“瞧瞧，这就是我杀掉刘老三的方法。”莫隐的声音在洞穴里回荡，阴森诡异，“是不是很有趣?”

天青珞充耳不闻，只是死死抱着连牧桓。她甚至没有想过要冲上去给连牧桓报仇，因为连牧桓如果死了，一切就都没了意义。她就这么抱着他，一刻也不想分开。

“快走!”连牧桓突然睁开眼睛。

天青珞呆了呆，一种喜悦宛如火山爆发一样，从胸中涌动而上。喜悦化作热泪，滚滚而下。

她伸手去抚摸连牧桓的脸。

“快走!”连牧桓此刻却冷静如冰，用尽全身的力气叫了一声，“飞麟!”

飞麟一声长嘶，陡然冲了过来。它俯下身子，用健壮的脖颈一挑，竟将两人同时挑到自己背上。

赤红色的骏马放开四蹄，狂奔而去!

这个变故，出乎莫隐意料。一愣神的工夫，飞麟已经带着两人绝尘而去，莫隐来不及阻拦，之前那神乎其神的杀招也无从施展。

“逃得掉吗?”莫隐笑了。他朝前走了几步，消失在黑暗中。

第四十九章

飞麟渐渐停了下来。

天青珞不知道为什么会停，也许飞麟累了，也许前面没了路。她不知道，也不想知道。她现在眼中只有连牧桓，而连牧桓气息奄奄。

天青珞抱着连牧桓从马背上下来，让他平躺在地上。她能感觉到，连牧桓的身体正在渐渐变冷。

“求求你……”天青珞哽咽着。她点燃了火种，看到连牧桓那张苍白的脸。天青珞撕掉自己的长袍，做成一条绷带，七手八脚缠住连牧桓的伤口。血不怎么流了，又或者已经流干。反正连牧桓看上去一点儿都不好。

“求求你不要睡……不要睡……”她恳求着。

“我……不想……”连牧桓费力地睁开眼，微笑了一下。他慢慢向上伸出手，似乎想要抚摸天青珞的面颊。

但他举不起来，手臂重逾千钧。天青珞连忙抓住他的手，贴在自己脸上。温热的泪水，沿着冰冷的手指淌下。

"是……我犯了……个错误……"连牧桓说。

"不，不是!"天青珞拼命摇头，"是我！我的错！我太傻了，太任性了，要不然也不会……"

"那……是天真……很可贵……"

"你喜欢吗?"

连牧桓的眼神微微一滞，然后用微不可察的动作点点头。

"那你不要死!"天青珞急促地说，"我也喜欢你，我想，我想我们在一起！我将来想嫁给你连牧桓！你不要死!"

连牧桓的双眸陡然迸发出光彩。但旋即，又黯淡下去。他努力微笑。"你……不用……可怜我。"

"没有!"天青珞大叫一声，用颤抖的声音说，"是啊，我知道你的心思，但我以前都没有回应，因为我想不明白！可刚才……刚才你中剑的那一刻……我觉得天都要塌了！我害怕了，怕得要命……求求你连牧桓，你不要死，我……我……"

她哽咽着说不下去了。半晌，天青珞深吸一口气，擦干泪水，露出了明媚的笑容。她盯着连牧桓。"我说的都是真话。我……我在等你回答。"

连牧桓没说话。良久，他虚弱地叹了口气："如果我……"

"不要提什么如果!"天青珞大叫，"我就问你的心!"

连牧桓看着她。事实上，他几乎看不清天青珞的样子了。一切都在飘远，声音仿佛在云里雾里。他的目光透过了时间的长河，看到了当年那个倔强的小女孩。他曾经对自己说，我要保护她……

"我愿意……怎么会……不愿意呢?"他喃喃着。

是啊，他怎么会不愿意呢？永远不会。

天青珞笑了。她咬破手指，用鲜血涂抹了双唇，又在眉心轻轻一点。殷红的血在光焰中红得发亮，那张笑盈盈的面孔显得格外魅惑。渐渐地，天青珞收敛了笑，面色肃然。她抬起一只手，指着天空。

“双月在上，请予明证：天青珞与连牧桓心心相印。我们是翱翔的双翼，永不背离；我们是缠绵的萝蔓，永不分割；我们是月琴与星笙，欢唱至永恒——有违此誓，天诛地灭！”

她低下头，朝连牧桓微笑。连牧桓看不清了，但他感受得到。他觉得自己获得了巨大的幸福，温暖包围着他……

周遭陡然亮了起来！

天青珞抬头，才发现自己所在的位置，居然是那个藏宝洞。有人再次点燃了墙壁上的灯槽，照得整个洞穴明亮异常。

不知什么时候，莫隐来到了这里。他拍了拍手，赞叹：“没想到啊，我居然见证了羽族的情誓，真是荣幸得很。”

天青珞没有理会。她温柔地朝连牧桓轻声说：“等我。”慢慢将连牧桓的手放平，然后站起身来。

“莫隐！”她举起剑，咬着牙叫出这个名字。

“你应该感谢我。”莫隐站在那座金山上，中间隔着水域，淡淡地说：“我给了你们时间，让你们不会留下遗憾。说实话，有时候我都觉得自己过于仁慈了。”

“我要杀了你！”

“能做到的话，请便。”

天青珞盯着他。突然，她伸手一指，一股无形的力量盘绕着，银色长发无风自动。她口中吐出了一个奇异的音节，某种力量宛若弹簧一样压缩着。

“ДФ！”

轰的一声，一道白光射向莫隐。

炽热的光轰在金山上。数不清的金铢、珍玩、宝石、器皿四下纷飞。它们带着灿烂的光芒，撞击在石壁上，叮叮咚咚乱响。金色的粉末弥漫着，仿佛黄金在燃烧。当烟尘散去，莫隐的身影重新出现。

他依旧站在原地，仿佛从未挪动过脚步。他的脚下，是被秘术轰击过的坑洞。黄金板结在一起，仿佛熔化过一样。

“这都没有用。”莫隐笑着摇头，“你无法理解，就没法对付我。你的秘术或许很强大，但永远无法击败一个碰不到的人。不要挣扎了，你瞧，连牧桓已经等不及了。我现在就送你们一起——”

就在这时，一阵脚步声传来。莫隐一愣，向密室的大门口看去。火光中，两个人影一前一后走进来。

“是你？”莫隐盯着其中一个人。他忘不了这个人，那家伙当初还不是独眼龙，是“远方号”上最年轻的一个。

“你认识我？”老瞎愕然。他回头瞧瞧段思成，“这家伙认识我？为什么？”

“我怎么知道？”段思成同样不明白，“兴许他是你的仇人。哦，你看他的岁数，当年被你打劫过？”

“放屁！”老瞎骂了一句。

“三十年没见了。”莫隐瞧着老瞎，“我第一眼就认出了你，在那条船上的时候。哪怕你不知什么时候瞎了一只眼，我还认得出来。”

“你……”老瞎惊疑不定，“你是……”

“当初你们叫我老罗。”

“老罗！”老瞎惊呼一声，有些不可思议地看着他，“你还活着？你……天哪，你居然还活着！”

老罗？段思成也大吃一惊。他还记得，那个黄金骷髅头据说就是一个叫老罗的家伙铸造的。

但，他不是死了吗？

“你很吃惊?”莫隐反问。

“是啊。我都不知道你什么时候不在的。岛上那场战斗……我记得没有你？你当时去了哪儿？躲起来了?”

“哪儿也没去。没上岛之前，我就被一个浪头打下了船，和一个叫刘老三的一起。万幸的是，我们都没死。”

“那刘老三呢?”

“被我杀了。”莫隐冷冷地说。

老瞎没再说话。隔了一会儿，他长长出了口气，然后道：“看来这些事情，都是你搞的鬼。我不知道你有什么依仗，敢再回来搞事情。但要我说，当年你就是一个毫不起眼的家伙，要不是你弄了个骷髅头，我几乎把你忘了。像你这样的人，就算搞什么阴谋诡计，也多半干不成。”

“哈哈哈!”莫隐笑起来，“你呢？别看你装出一副了不得的样子，当年不过是个胆小鬼。对，你总吹嘘自己多么勇敢，但我就是知道，你是个胆小鬼。可惜的是，船长不知道，他一直对你青眼有加。”

“不，他知道。”老瞎说。莫隐有些意外。听到老瞎继续说：“你可以叫我老瞎，这是现在的名字。以前的那个我，已经死掉了。”

“我一点儿也不关心。我知道你是个胆小鬼，这就够了。哈，你居然敢站在我面前？以为你能对付我?”

“你简直像变了一个人。不——”老瞎摇摇头，“其实我也不知道你以前是什么人，当年你毫无存在感。让我看看吧，你究竟有什么底牌，才变得这样狂妄?”

“很好，我这就让你看。”

一旁的天青珞露出紧张的神色，大叫：“小心！他能——”

话音没落，莫隐已经出手了。他站在金山上，隔着十几步的水面刺出一剑。那柄长剑无视了时间和空间的阻隔，陡然出现在老瞎胸前。它仿佛就像凭空生长出来的，或者说，它本来就在那儿。

诡异的事情发生了。

老瞎微微退了一步——也许他根本没退，反正天青珞看不清——那柄剑就刺了空。晶亮的剑刃在空中闪耀，瞬间又收了回去。莫隐持着长剑，脸上露出不可置信的神色。

“怎么可能?”他失声叫起来，“你……你怎么……”

“这就是你的底牌?”老瞎摇摇头，“说真的，我有点儿失望。你还有没有别的招数，都施展出来让我瞧瞧。”

“这不可能!”莫隐恶狠狠地大叫着。他陡然抬起手腕，拼命向老瞎连刺了数剑。但老瞎只是轻轻晃动身体，就将凭空出现的剑刃全部躲开。

“怎么可能！怎么可能!”莫隐彻底失态了。他拼命地舞动长剑，让它在几十步外凭空生成刀光剑影。但老瞎无动于衷，轻松化解。

“你为什么不拔刀!”莫隐疯狂地大叫，“拔你的刀啊！来呀！看你能不能攻击到我！你根本对付不了我!”

“你根本不配。”老瞎轻蔑地说，“我知道你的把戏究竟是什么。没了那玩意儿，你什么都不是。就算有，也一样是个废物。”

“你……”莫隐心头一震。他停下了动作，死死盯着老瞎。良久，他嘶哑着声音问道：“你说的……是什么?”

“不就是这个东西?”老瞎一伸手，掌心托着一个蓝色的方块。

“怎么会……你怎么会也有？你……”莫隐喃喃着。突然，他摊开掌心，上面托着两颗蓝色方块。他叫道：“看到了吗？我有两个！比你多！我不会输给你的!”

“我瞧你是疯了。”老瞎哼了一声，“多了有什么用?”

“有用！一定有用！我一定比你厉害!”莫隐已经魔怔了。多年谋划毁于一旦，而且似乎真相和他想的并不相同。他接受不了，不可能接受。

“我说……”一个声音突然出现，“这东西我手里最多。所以……我应该是最厉害的?”

众人一惊!

第五十章

不知什么时候，冯星出现在了密室里。他就站在那片水中，双足踏着水面，却仿佛如履平地。

冯星的出现，让所有人紧张起来，段思成尤甚。他险些冲到冯星面前，质问黑山的下落。但他忍住了没说话，因为冯星正向莫隐走去。

看着踩水而来的冯星，莫隐有些迷惑。他不认识这个人，不知道对方为何出现在这座岛上，这是一个计划外的变数。

更重要的是冯星刚才的那句话。

“你说——你有很多?”莫隐盯着他。连番的打击下，莫隐彻底疯狂了。他顾不上别的，脑子里全是蓝色方块。

“自己看。”冯星一伸手，无数蓝色小块汇聚成的魔方浮现出来，它散发着蓝莹莹的星光，无比瑰丽。

“我的天……我的天……”莫隐贪婪地看着。他忘了一切，眼中只有星光烁烁的魔方，情不自禁地伸出手。“给我！把它给我!”

“想要?”

“给我！把它给我！”莫隐嘶吼着，迫不及待地去抢夺魔方。他脑子里只有魔方，那是力量的源泉，那是他梦寐以求的东西，那是……

他的手抓了个空。冯星看上去就在眼前，却又似乎离得很远。莫隐已经太久没喝醉过，否则他会觉得两者感觉有点儿像。

但他因此愤怒了。觉得冯星在戏弄自己。他谋划了那么多年，到最后却像一个供人消遣的小丑。莫隐拔出了剑，向着冯星砍去！

在莫隐的视角里，那把剑穿透了一张半透明的薄膜。然后剑身发生了弯折，从另一个角度，无视距离地出现在冯星左肋。这是那个蓝色方块赋予他的力量，他梦寐以求，毕生追逐的力量。

剑刃停滞了。

莫隐呆呆地看到，冯星用一只手掌握住了剑刃。但那只白皙的手上，却没有留下任何痕迹。

“这不可能！”莫隐绝望地大叫着。

“是把好剑，我也不是刀枪不入。只是你的力气太小了——”冯星似乎想起了什么，露出缅怀的神色，“……真是太小了。”

莫隐拼命地往回夺剑，可冯星的手掌宛如铁铸。莫隐终于清醒了，明白眼前的人不是自己能对付的。狂热褪去，恐惧浮现出来。他松开手，一步步向后退。

“你不是一个战士。没了自以为是的依仗，甚至没有战斗的勇气。”冯星摇摇头，“那就还给我，你不配得到它。”

突然，冯星一把抓住了莫隐的脖子。在他面前，莫隐仿佛三岁的孩子，没有任何反抗的力量。他想要大声呼喊，声音却被卡在喉咙里。莫隐感受到巨大的力量正在挤压脖子，全身的力气也随着空气一点点从体内被挤出去。

冯星的一双竖瞳显露出来，凑到莫隐面前。两双眼睛对视，冰冷与惊恐交织。

“你没有活下去的意义。”冯星宣布。

咔的一声。

莫隐一声不吭，脑袋以一个奇怪的角度歪向一边。冯星有些厌弃地松开手，尸体软软跌下去，半截搭在金山上，另外半截则扑倒在水中，微微起伏。

几乎所有人都惊呆了。尤其是天青珞。她万万想不到，莫隐居然死了，而且死得如此出乎意料，突如其来。

在她看来，莫隐是幕后的黑手，邪恶的旗杆，就算被杀死，也该是另外一种死法，另外一个故事。可事实上，他却死得如此轻描淡写，干脆利落。

一道蓝光从莫隐的尸体上浮现，飘向半空，化作两颗蓝色的方块。它摇摇晃晃，似乎在寻觅什么，终于找到了方向。方块飘向冯星手中，无声无息地嵌合到魔方上。魔方微微一震，散发出更加浓郁的蓝光。

“还剩两块。”冯星露出满意的神色，他看向老瞎，“你身上也有一块。”

“哦，你想杀了我对吗？”老瞎盯着他，露出思索的表情，“我从没见过你，但为什么有些眼熟呢？”

“不，你见过。”冯星说，“我也见过你。”

老瞎愕然。没等他说话，段思成已经叫起来：“黑山呢？你杀了他对吗？”

“你说那个大个子？”冯星摇摇头，“他没死。他身上可没有我要的东西，为什么要杀他呢？”

段思成松了口气。老瞎在一旁问道：“你说你见过我？在什么时候，我怎么不知道？”

“那不重要。”冯星笑了笑，“根本不重要。”突然伸出手，向老瞎一把抓过去！

老瞎微微退了一步，冯星抓了个空。冯星微微一怔，露出感兴趣的神色来。他向前慢慢走过去，始终盯着老瞎。

“到我背后去。这家伙有点儿不好对付。”老瞎对段思成说。

何止是不好对付！段思成拼命想要提醒：“他！他是——”

突然，老瞎一把推开他。段思成猝不及防，跌倒在地上。冯星的手空划过去，抓在坚硬的岩石上。

哗啦一声，岩石崩出碎渣。

“好家伙！我可从没见过这么硬的手。”老瞎慢慢抽出长刀，“你到底是什么人？”

“他不是人！”段思成大叫。

“我当然不是。”冯星步步紧逼，双眸中映着老瞎的影子。老瞎的面色渐渐变了，他看到了对方针一样的瞳孔，以及冷漠的、渐渐覆盖一层浅灰的眼眸。

没有任何一个种族，拥有这样的、蛇一样的瞳孔。那冷漠的眼神，让他瞬间回想起了三十年前，那条巨大的、恐怖的生物。

“你……你是……”老瞎浑身颤抖。

“怕了？”冯星毫不意外。他玩味地看着。他还记得这个人，当年那场战斗，自始至终躲在别人后面。他很聪明，因而捡了一条命。但也很愚蠢，愚蠢到三十年后，居然还敢跑到这座岛上。

“哈，哈哈哈，哈哈哈哈——”老瞎突然爆发出一阵剧烈的笑声。他甚至笑到无法呼吸，弯下腰去咳嗽。

冯星疑惑地看着他。

老瞎慢慢抬起头。他用一只独眼盯着冯星，眼睛红得像血，疯狂的光芒在血色中闪烁。他嘶声说：“你就是那条龙。”

冯星点点头。

“三十年了。”老瞎似乎想笑，但表情却扭曲得可怕，“知道么？这些年我一直很怕，怕得要命。”

“那你？”

“我怕你已经离开了，怕你已经死掉了，怕再也见不到你，怕我的身体支撑不到这一天……”老瞎深深地吸了口气，“真没想到，真没想到啊……我居然等到了。我想，这是上天想要再给我一次机会……”

他紧紧握住手中的刀，向冯星走过去。“记住这把刀的名字，它叫斩龙！”

冯星有些好笑地看着老瞎，也看着那把刀。刀薄而狭长，暗红色的血槽看上去有些陈旧。看得出，它是一把老古董，而且保养得很好。但除此之外，这把刀没什么特别，并非神兵利器。

“哦，它叫斩龙？”冯星笑了笑。

“你记住了。很好。”老瞎说完，猛地挥出一刀！

很多年以后，段思成经历了很多冒险，见过了很多人。在那些冒险里，他遇到过比这座岛屿更加凶险的状况，见过的那些人中，有很多赫赫有名的大人物，名震四海。

但段思成永远在说，他再也见不到那样的一刀。没有人，没有任何人，能挥出老瞎的那一刀。

那是满腔的仇恨和懊悔，在三十年等待中发酵的一刀；那是用鲜血和生命为引，倾尽岁月年华的一刀；那是半生庸碌无为，在风霜雪雨中克制磨砺的一刀。

没人能够形容，没人能够抵挡，没人能够逃避。

当冯星明白了这一刀的速度，明白了这一刀的力量，明白了这一刀的意义之时，一切已经无法挽回。

“不!”他大吼!

晚了。一切都晚了。钢刀斩在了他的前胸。一切手段都失去了意义，他甚至无法利用星轴来腾挪躲闪。老瞎早就融合了星轴碎片，三十年来，这种力量早早融入了这一刀中。这是必中的一刀，无论前后左右，上下高低，哪怕过去现在未来，都被这一刀完全笼罩!

这一刻，冯星看到了死亡。

三十年前，他被一群海盗逼到绝境，那个凶猛的海盗头子多么令人敬佩。可那时候，他也没有想过死亡。

龙族很难想到这一点儿。他们是如此骄傲，如此完美，无懈可击。无论什么情况下，他们都不相信自己会失败，会死去。

但刀光及体的一瞬间，冯星却这样想了。

剧痛从胸口蔓延，钢浇铁铸的躯体如纸片一样脆弱，可怕的伤口撕开了胸腔。鲜血喷洒出来，隐约能看到跳动的心脏，宛若火种一样散发着炽烈的光。

冯星向后跌去，头上的帽子掉落，露出一对弯曲而圆润的角。他跌入水中，鲜血立刻染红水面。火光中，黄金和鲜血的颜色如此刺目。

所有人都惊呆了。洞穴中安静得出奇，段思成张大嘴巴，呆呆地看着这一切。他简直不敢相信自己的眼睛——老瞎居然做到了，如此轻易!他杀死了一条龙!

“天哪!你杀了一条龙!你——”段思成的声音刚刚出口，却仿佛被人卡住了喉咙。

因为他看到了老瞎。

那个永远挺直了腰杆，像标枪一样的老瞎，此刻却变了样子。仿佛寒冬霜降，白发转眼爬满颅顶。他的脸膛不再红润，他的呼吸不再有力，他的腰杆也开始坍陷。他像一个风烛残年的老人，再也无法站稳。

“老瞎！”段思成猛扑过去，接住老瞎。老瞎的身体软软的，所有的力量、精神，乃至生命，都被那一刀抽走了。

“你怎么了？你怎么了?”段思成大吼。

“它……”老瞎嘴唇嚅动，但声音很小。段思成不得不把耳朵凑过去，才听到后面的话，“……它没死……它还没死……”

“什么?”段思成愕然。

就在这时，被鲜血染红的水塘翻涌起来，像滚开的水一样到处冒泡。仿佛有什么巨大的怪物，正要从里面挣扎而出！

第五十一章

整个洞穴在震颤，水中的金山开始摇晃。从顶部开始，它在一点点滚落、塌陷，最后轰的一声，沉入水底。

然而，一个巨大的生物从水下升起。它高昂着头颅，顶落无数黄金。

段思成张大嘴巴。他无法形容，那是一个多么壮丽的生物啊！那些黄金与之相比，顿时成了黯淡无光的瓦砾。

他想起老瞎说过的话："……它的身体就像一条放大了无数倍的大蛇。它的鳞片闪着金属的光泽，每一个都有巴掌那么大。但它有四条腿，每条腿上都有锋利的爪子，有点儿像鹰。它的头非常怪，我没办法形容……哦，有点儿像蜥蜴的变种。但在脑袋上面，生着一对麋鹿一样的犄角……"

没错，一点儿都没错。

但这些东西组合起来，却形成了眼前这个瑰丽无比的生物！它的身体渐渐浮出水面，微微弯曲着，仿佛一道飘逸变幻的流云。

但这美丽的生物，胸前却有一道淋漓的伤口。里面翻滚着热血，迸发着红光，燃烧着火焰。老瞎倾尽生命的一刀，哪怕它化作本体，依旧无法抹消。

龙踏水而来。它的身体几乎充斥了整个洞穴，居高临下的压迫令人双腿发软。段思成呆呆地看着，不知该用什么手段对付这硕大无朋的敌人。

“扶……我一把……”老瞎低声说。

段思成赶忙把他扶正。老瞎再次拿起斩龙，但他的手臂在颤抖，仿佛这把钢刀重逾千钧。他抬起头，用浑浊的独目盯着那条龙。

龙迟疑了一下。

它当然看得出，老瞎已经灯枯油尽，强弩之末。但它不敢赌，万一他还能劈出同归于尽的第二刀呢?

龙和老瞎对峙。然后，它一点点向后退去，将整个身子重新埋入水中。头颅淹没之前，它发出悠长的声音：“你们——都——要——死!”

轰!

狂涛怒号，波浪翻涌！仅仅占据洞穴一半的水域，仿佛被激活了！它有了生命，开始挣扎出自己的身躯，向着四面八方席卷!

眼见着，水面不断上升，迅速淹过脚面!

“天哪！它想淹死我们!”段思成叫起来，“就像……就像……”

“就像……它当年干的那样……”老瞎喘息着，露出不屑的表情，“这个……该死的大蜥蜴……胆小鬼!”

“快走!”段思成大叫。

不用他说，天青珞已经背起了连牧桓，向门外冲去。段思成拉扯着老瞎，跌跌撞撞紧随其后。

龙不见了，但澎湃的水流取而代之。它已经溢满了洞穴，然后发泄似的，咆哮着冲出石门，沿着洞穴奔腾。它撕咬、冲撞、席卷着沿途的一切，数不清的黄金混在水中，翻滚着耀眼的光辉。

水龙在追逐，追逐着奔跑的人。段思成和天青珞在全力奔跑，他们手中的火把拉成了一条线，映出身后翻涌的浪潮。他们仿佛两只拼命振翅的萤火虫，随时会被翻天而起的巨浪吞没。

但无论段思成还是天青珞，都有些跑不动了。连牧桓昏迷不醒，在天青珞背上越来越沉，仿佛一座山。老瞎几乎被段思成横着拖在地上，有点儿像蛮族用马匹将人拖死的一种刑罚——估计再过一会儿，这家伙就得咽气。

段思成大口地喘气，觉得胸腔火辣辣地疼，马上要爆炸了。这感觉太糟糕了，可更糟糕的还在后面。他发现，洞穴前方居然到了头，是一个死路！

“我们完蛋了！”段思成惊叫。

天青珞也脸色发白。黑黝黝的岩体挡住了去路，形成一个微微倾斜的高坡。高坡之上，是严严实实的洞顶！

“上去看看！”她咬牙说。也许像上次一样，突然又出现了路呢？两人连拉带拽，将老瞎和连牧桓弄了上去。他们一路往高爬，终于碰到了洞顶。两人来回摸索，最终相顾色变——绝路！

真的是绝路！

没有意外，没有侥幸，没有奇迹，这是真真正正的绝路！两人低头看着脚下不到一丈的地方，水流翻涌着向上攀爬，面色发白。

“你……得下去……”老瞎虚弱的声音传来，段思成愕然转头。老瞎咬着牙，一点点将那把斩龙举起来。

“拿着它！下去！”老瞎用尽全力在说话，“你躲不掉！躲不掉！想想三十年前的我，想想！”

“你让我——”

“杀死那条龙！杀死它！这是唯一的办法！”

段思成看着那把刀。弯曲的刀刃上还沾染着龙的血，红得耀眼，就像燃着烈焰。段思成接过来，紧紧握住刀柄。

“去吧……”老瞎看着他，嘶声说，“你是海盗王的孙子！你天生就爱冒险！你必须热爱战斗，你要战胜一切！”

我爹可不是这样的。段思成想。但他点了点头，没有拒绝。

“我和你一起去！”天青珞在一旁说。她把连牧桓安置在坡顶的最高处，但如果什么都不做，海水依旧会漫上来。

“走！”

段思成用牙齿咬住刀脊，深吸一口气，一个猛子扎入水中！天青珞从他旁边入水，仿佛一条美人鱼。没工夫赞美天青珞的水性，段思成奋力前行。一口气憋不了太久，还要在淹死之前找到那条龙，并且杀死它。

听上去，这好像天方夜谭。

段思成也这么觉得，但从接过那把刀开始，就丝毫不再犹豫。老瞎说得对，有些事情必须去面对。

水流依旧湍急，两人逆流潜游，几乎用尽全身的力气。不知过了多久，水流渐渐变得平缓，他们已经潜到一个深邃的、充满海水的巨大洞穴里。

四下黑得要命，段思成什么也看不见。如果不是身旁有划动的声音，他甚至以为天青珞早就消失了。

但在这无边的黑暗中，他隐约捕捉到了一丝跳跃的蓝光。

光！

段思成登时兴奋起来。这也给了他一丝灵感，连忙取出自己的蓝色方块。蓝色方块在手心中悬浮，丝毫没有被水流影响。它散发着微光，映出身边天青珞的身影。

从得到这个蓝色方块开始，段思成就没有仔细观察过它。此时此刻，他突然发现，自己这个方块上有许多细小的纹路，似乎和老瞎以及莫隐手中的方块并不相同。

突然，他看到天青珞冲自己连连摆手，并指了指那个方块。段思成这才醒悟，赶忙将方块收起来。周遭再次黑暗下去，远处的蓝光更加清晰了。

似乎更近了一些。两人都受到鼓舞，游得更加起劲。很快，他们看清了光源的所在——水底深处，点点淡蓝色的星光，勾勒出一条飘逸蜿蜒的龙的身躯。龙盘在那里，似乎陷入沉睡。光彩迷幻的魔方在头颅下方，就像传说中的龙珠。

段思成从口中摘下刀，紧紧握在手中。鼓足勇气，径直游到龙的近前。龙闭着眼睛，一动不动。

它死了？段思成这样想。但随即发现，龙的鼻孔有两道水流循环往复，就像呼吸一样——不，这应该就是呼吸！

睡着了，或者，昏迷过去？老瞎那一刀砍得可真重。段思成感到庆幸，这真是千载难逢的机会，他也许真的能杀死一条龙！

但很快，他又发现这只是妄想。他只有一刀的机会，但这一刀砍哪里？龙盘卧着，将要害全都隐藏起来，包括胸前那个伤口。

与巨大的龙相比，手中这把刀显得太渺小。就算一刀捅进眼睛，也杀不死它。顶多把它变成另一个“老瞎”。

段思成围着这条龙游了两圈，终于沮丧地承认，自己没办法杀死它。更糟糕的是，他感觉胸腔里的那口气，已经快用完了！

他瞅了瞅天青珞，发现她涨红了脸，显然，她比自己更加难以坚持。段思成心念一转，朝她打了个暂停的手势。

天青珞疑惑地看着他，然后就看到，段思成竟然游到龙的头颅下方，一把抓住了那个蓝色魔方！

天哪！他要干什么？为什么不出手！天青珞只恨自己在逃跑时

丢下了长剑，否则肯定要第一个冲上去！

段思成颤抖的手抓住了那个魔方。魔方传来一种奇异的感觉，似乎存在，又似乎虚无，像一团烟雾一样无可捉摸。但顷刻间，一股蓝色的光从段思成手臂上窜出，融入了魔方中。随着光芒涌入，魔方顿时化作了实体，被他牢牢抓在手中。

段思成大喜。他连忙收回手臂，谁知那个魔方明明悬浮在水中，却仿佛生了根，纹丝不动。

用了各种姿势，段思成始终无法挪动一分一毫。他心如电转，突然灵机一动，拿出自己的那个蓝色方块，安在了魔方空缺的地方。

魔方猛地一震，光明大作。还剩下一块，魔方就能变得完整。段思成有了一种奇异的感觉，仿佛这个魔方和自己产生了什么联系。

他一点点收回手臂，惊喜的是，魔方动了！他能感觉到一丝粘黏的力量，就像魔方处于浓稠的汤汁中，需要用力才能拉过来。但他又不敢太过用力，生怕惊醒了这条沉睡的龙。

他小心翼翼，一点儿一点儿地拉动魔方。终于，当魔方离开龙大约三尺的距离时，他感觉到那种拉力突然消失！就像一根绷到极限的绳索，啪的一声断开！

龙突然动了动，似乎被惊醒了！

段思成大骇，他连忙朝天青珞做了个手势，反身向来路游去！天青珞气得要死，可她偏偏赤手空拳！

不得已，她也只好拼命往回游。

段思成一面游，一面回头看。突然之间，他发现黑暗中，出现了两团赤红的光，仿佛在水中燃烧的火焰！

龙睁眼了！

第五十二章

水流猛地激烈起来！

那条龙身体一晃，猛地向前窜出。段思成绝望地发现，自己拼命游了半天，对于龙不过一眨眼的工夫。

根本逃不掉！

他下定决心，朝天青珞做了个手势，示意她先逃走。段思成停下来，举着钢刀向龙劈过去！

但他想得太简单了。水的阻力让这个劈砍动作十分缓慢——事实上，他本也不是用刀的好手。龙爪一挥，长刀当一声飞了出去，带出一溜气泡沉入水底。段思成手臂剧痛，被这股巨大的力量扔了出去，就像一片水里的叶子，翻滚飘摇！

他在水中根本做不出任何反应，余光隐约看到一个巨大的阴影冲过来。段思成觉得自己完蛋了，突然感到一只手抓住了自己的肩膀，向后一扳，不自觉翻了个身。龙爪擦着脚底扫过去，涌动的水流将他再次掀起。

天青珞危机时刻救了段思成，但在这股水流下，两人被冲散。

龙再次扑向段思成，这一下，没有任何人救得了他。

段思成下意识把魔方挡在前面。龙迟疑了一下，收回了必杀的一爪。但龙爪带起的水流拍击在段思成胸口，他眼冒金星，昏昏沉沉向远处飞去……

呼——

或许只是眨了几下眼的工夫，段思成清醒过来，深吸一口气——他旋即发现，自己居然已经出了水面！

空气进入干涸的肺叶，那种美妙的感觉无以言说。他发现自己躺在一块巨石上，水流从下面淌过，似乎没原来那么湍急。突然之间，水面上轰然冲起巨大水柱，那条龙钻出来，居高临下俯视着他！

“果然在你手中。”龙用绵长的声调在说话。

“什么？”段思成一愣。

“星轴的核心。”龙低下头，用赤红的眼睛盯着他，“如果没有它，你夺不走魔方。”

“那是核心？”段思成有些诧异。他终于明白，为什么自己爷爷能在龙毫无察觉的情况下，屏蔽了一小块岛屿。或许，核心本身就具备特殊的权限。

但这个发现，并不能改变自己的处境。魔方在他手中，但不知怎么利用，而龙就在头顶上虎视眈眈。

“交给我！”雷霆一样的声音在头顶炸裂。

“那你为什么不自己过来拿？”段思成站起来，把魔方举过头顶，“担心它损坏吧？我知道这东西肯定不结实，否则就不会发生当年的事情了。”

龙沉默不语。

“其实我们可以谈谈。”段思成一面说，一面偷偷四下看着，想要找到脱身之策。“我也想离开这座岛，这一点儿我们没有矛盾。”

“我没法信任你。”龙沉默了一会儿，说。

其实我也一样。段思成想。这么一会儿工夫，他终于找到了一个或许可以扭转局面的东西，那把刀！他发现，那把刀就插在水体刚刚漫过的岩缝里，在龙的背后不远处。

“那么，我们都需要一点儿诚意。就像——啊！”段思成突然提高了声音，龙微微一愣，盯着他看。

“啊……我刚刚想起来，这个魔方不是还缺一块吗？给你也没用啊，我们得找到老瞎是不是？”

段思成拼命地说着，其实是想掩饰另外一件事——他看到，天青珞从水里钻出来，正悄悄地摸向那把刀！

无疑，天青珞弄出了一些声音。段思成不得不给她打掩护。然后他发现，拿到钢刀后的天青珞，似乎打算独自发起攻击。

“别这样！”他大叫一声。

“你说什么？”龙疑惑地问。

“呃，我是说……别这样子总想打打杀杀的。说到老瞎，我觉得你有些抑制不住仇恨。但事实上，这是一场男人之间的战斗不是吗？”

“看来你没有理解。”龙说，“我要杀死他是因为碎片。而仇恨这种东西，其实毫无意义。”

“这就好。如果你真有仇恨，也该扔过来，扔到我身上。对不对？因为我爷爷才是这件事的根由。三十年的因果，我可以承接。如果你愿意，咱们可以决斗，面对面来，直面要害，直面创伤。所以，就这样决定了。”

段思成把某些句子咬得很重，也不知道天青珞是否听懂了。说实话，对方的智商令他有些不信任。

“我能听懂你的意思，但我觉得，你表达得有些语无伦次。是因为恐惧吗？”龙问。

“有点儿吧。”段思成说，“我觉得你不会放过我，因为你需要排除一切不安定因素。这也是我们相互不信任的原因。”

龙点点头。

“那这样，我把魔方交给你，表达我的诚意。如何？”段思成说着，把魔方双手托起，做出一个向上抛的动作。

“等等——”龙有些紧张。旋即，它就看到那个魔方被段思成高高抛起，蓝色的星光滴溜溜旋转。

龙仰起头，目光追随着魔方。它胸部的伤口随即暴露出来，隐约能看到赤红的光芒在闪烁。

“现在！”段思成大叫。

天青珞踩着岩石，箭一样蹿起来。她双手握紧钢刀，直冲龙的背后！

“不……”段思成眼睛直了。我的天哪！刚刚那番话纯粹白说！我居然期待过她的智商！我简直是个傻瓜！

叮的一声。钢刀刺中了龙背后的鳞片。但这个地方，是龙防护最强的区域。天青珞自信满满，却无法对抗龙族碾压各种族的天赋。

钢刀没能刺进去，它弯曲了一下，然后猛地反弹，从天青珞手中飞出去！猝不及防的天青珞扑通一声，从半空跌进水中。

钢刀盘旋着飞出去，距离段思成越来越远。段思成大脑一片空白，心中只有一个想法：完蛋了。

龙转过身，看到了目瞪口呆的天青珞。它的眼睛里露出嘲讽，人类都是一些不自量力的蠢货。

它扬起爪子，准备把天青珞拍成肉泥。

“你赢了！”段思成突然大喊一声，吸引了龙的注意力。他说：“是的，你赢了，我们杀不了你，也救不下老瞎和连牧桓，我们现在一无所有——”他突然笑起来，带着几分疯狂，“可你知道吗？一个输红眼的赌徒，会干出些什么？”

他用双手高高举起魔方。“去他妈的！老子要掀桌了！”他狠狠地、用力将魔方摔向脚下的岩石！

“不！”龙发出一声怒吼。

魔方轰的一声砸在岩石上，破碎成满天晶莹的碎片！

……

段思成感到一阵眩晕，然后突然发现，自己失去了对身体的感知。他仿佛一团云雾，飘在无垠的空旷中。整个空间裂成无数片，仿佛一面粉碎的镜子，在段思成身边飘浮。每个碎片中都映出段思成的身影。

我在哪儿？段思成不知道。他身边什么都没有，又似乎有无数个世界。他动动并不存在的手脚，每一个身影也跟着动。

段思成朝着一个碎片，做出想要钻进去的动作。

轰！

段思成突然发现，自己又回来了。他就站在摔碎魔方的岩石上。但诡异的是，他的四面八方，是无穷延伸的重复景象。就像把两面镜子对放，中间的人能看出无数重复的身影一样。

密密麻麻，重重叠叠，无穷无尽。段思成无论朝哪个方向看，都是这方寸天地的无限交叠。这些交叠的影像汇聚成繁复的、变化的、堆砌的图形。就像在小时候，在万花筒里见到的景象一样，让他头晕目眩。

他看到数不清的细线从极远处汇聚，越来越大。终于，他看清那根本不是什么细线，而是龙爪。因为仿佛隔着万水千山的距离，便显得极为细小，又被映成无穷的数量。当龙爪到达段思成面前时，它终于恢复了本来的大小！

硕大的龙爪当头拍下！

段思成根本无法抵挡，只得咬着牙，向那无垠镜像之中奋力一跃！

那么一瞬间，他仿佛穿越了万水千山；那么一瞬间，他仿佛一步也没有挪动。轻微的眩晕过后，段思成出现在了另外一个地方。

依旧是洞穴。

水却很深。段思成一头扎进冰冷的水流，苦涩的味道涌入口中。他憋了一口气，用力扑腾出水面。他看到四面八方依旧是无垠的镜像，这段水体，宛如无数璀璨的蓝宝石镶嵌在一起。

他看到了一条慢坡。它几乎被水淹没了，只留下顶端一小块，上面和洞顶衔接在一起。有两个人伏在上面，一动不动。

段思成奋力地游过去，发现那是老瞎和连牧桓。两个人大半身子都泡在水里，只留下两颗头在水面上费力呼吸。

“这家伙快不行了！”看到段思成，老瞎大喊，“他一直醒不过来，是不是应该把他掐死，免得和咱们争夺氧气？”

“拜托！尽量救他！你行的！”

“扯淡，我怎么救？”老瞎突然想起来，“龙呢？你杀了龙没有？”

“你应该去问龙，它杀了我没有！”

“娘的！我早就知道，你这小子一点儿用都没有……”

老瞎一句话还没说完，就看到错乱的空间外，无数细线聚集成一条粗壮的龙尾，轰的一声拍击过来！

老瞎揪着昏迷不醒的连牧桓，另一只手在慢坡上发力一推！两人顿时朝水中滚落，龙尾砸碎了慢坡，碎石飞溅！

“呸！这他娘的……”老瞎抹了一把脸上的水，发现那条龙尾又贴着水面横扫过来，掀起的白浪铺天盖地。

他揪着连牧桓下潜，却被水流卷着连续翻了好几个跟头。好容易摆脱漩涡，从另一头钻出来，猛吸一口气！

突然，老瞎看到一颗脑袋，同样在水面上吸气。是段思成。老瞎愤怒地朝他叫嚷："这是怎么回事？"

"魔方碎了！"

"什么？"

"被我砸碎了，一切就变成现在这个鬼样子！"段思成看到那条龙尾再次呼啸而来，快速说："跳出去！带着连牧桓从这里跳出去！"

"怎么跳？"老瞎不明白。

"你可以的！因为你有方块！你一定可以！"段思成说着，纵身一跃，再次投身入那无垠的镜像中。

轰的一声，龙尾拍击在水面上。

空无一人。

段思成从一个方块跳到另一个方块。他明白了，每一个方块代表一个区域。星轴的力量将岛屿分割，又因段思成的行为，碎裂成无数不关联的区域。因为拥有爷爷传承的方块，段思成能在这些区域中自由跳跃。但终年浸染星轴的龙，则拥有更加强大的权限。

因此，段思成的每一次跳跃，都是在刀锋上游走。无论到哪里，他永远会面对龙的攻击，有时是爪子，有时是龙尾，手无寸铁的段思成没办法抵挡，只能继续逃亡。

一次又一次。

段思成越来越累。他觉得自己不是在战斗，只能算屁滚尿流地逃跑。他不甘心这样，但又无力改变。

终于，他觉得自己最后一分力气也几乎耗尽。段思成决定不再逃走，宁可堂堂正正站在那里，看着龙杀死自己，也不想累到瘫软在地上，像一条虫子一样被碾死。

但他等了半天，却不见龙来攻击。段思成这时才有时间观察四周，这是一个很小的山洞，边上有一张发霉的草席，中间是一个石头砌成的灶台。

竟然是之前那个山洞！他爷爷待过的地方！

段思成顿时明白了。那条龙根本到不了这里，它没有这里的星轴碎片！在这座岛上，龙可以无所不在，却偏偏无法抵达这里。

星轴成就了它，也束缚了它。

死亡危机暂时退却，段思成浑身一软，瘫倒在草席上大口地喘气。草席的霉味儿冲入口鼻，他甚至觉得有些亲切。

过了一会儿，段思成爬起来。他强烈地想要再看一看爷爷的那些话。那是他和爷爷在世间唯一的联结。

他走到那个灶台前，却露出愕然的表情。

黑乎乎的灶台上，赫然放着一枚湛蓝色的方块！

段思成瞪大眼睛。他不明白，这个方块为什么会出现在这里。方块上有特殊的纹路，显然就是之前，他爷爷留下的那一颗！

或许，每一个分散的空间，都有一颗方块。但段思成只顾逃命，根本无暇关注。他伸出手，把方块拿起来。

一种熟悉的感觉涌上心头。很奇妙，难以描述。就像身体的一部分重新回归，整个人自此获得完整一样。

但拿到这个方块，他依旧不知道如何打败那条龙。段思成又将爷爷留下的字迹读了一遍，感受到字里行间的恣意和狂放。

或许在爷爷的心中，生死从来不是艰难的选择。他给自己设计了惨烈的死亡，却再用孩童般的欣喜期待之后的结果。

大概他唯一的遗憾，就是不能亲眼看到这一切。

所以……我为什么要怕?

段思成握着那颗方块。感到浑身充满了力量。那是来自血脉中的，顺着时间延绵而至的勇气。

他跳了出去。

下一刻，段思成出现在一个区域中。他知道，或许下一刻就是死亡，但他毫无惧色。然而就在此时，不可思议的事情发生了。

整个空间微微震动，开始向内坍塌。就像一个纸盒，不断地折叠压缩，最后变成了一个小小的方块，落入段思成手中。

在段思成错愕的工夫，手中的方块已经变成两颗。

这是……段思成瞳孔收缩！

爷爷留下的这颗方块，居然……能吸引别的方块？那么……段思成顾不上多想，又再次跃入另外一个空间！

三颗、四颗、五颗……

段思成不知疲倦地跳跃着，吸收一颗又一颗星轴碎片。可容他进出的空间越来越少，而方块越来越多。

不知过了多久，他发现自己站在最初的岩石上。手中高举着硕大的魔方！而那条龙，正半转着身子，寻找背后的天青珞！

这是当初的那一刻！段思成不禁愕然，难道刚刚的一切只是幻觉，只是眨眼工夫的黄粱一梦？

他看到龙向天青珞扬起爪子，看到天青珞露出懊恼不甘的神色，看到那把弹飞的钢刀，仍然在半空中旋转、旋转、旋转……

啪。

一只手抓住了飞旋的钢刀。白发苍苍的汉子抬起头，那双浑浊的独目闪出精光。他盯住了段思成。

老瞎！段思成险些惊叫起来。

他为什么出现在这里？他明明刚才还在那段慢坡前，还带着连牧桓苦苦求生。难道他……

“我真的能跳过来。”老瞎露出可怖的笑容。“接着！”不顾自己鲜血淋漓的手掌，用力将钢刀掷向段思成！

一切都在电光石火之间。

那条龙一样经历了无数次跳跃和破碎，一样没有想到，时间再次收束到当初的那一刻。那时候，它感觉到背后一阵刺痛。并不强烈，就像被细针扎了一下似的。但它还是回过头，下意识向天青珞抬起爪子……

它看到，一抹银光掠过！

糟糕……它想。

段思成用双手接住了钢刀，锋利的刀刃险些刺入他的肚子。手忙脚乱中，他调转了刀头，双手攥上刀柄。

此时此刻，段思成突然安定下来。粗糙的刀柄给他一种无可比拟的信心。他大吼一声，倾尽全力，向前刺了出去！

嗤！

刀锋沿着伤口刺入。因为龙刚调转身子，位置不算正。但它依旧再次破开了脆弱的伤口，向着红色的光芒刺进去！

吼——

龙发出一声惊天动地的大吼。它的身躯猛然翻卷起来，卷起冲天巨浪。浪头撞上洞顶，翻卷下来，将一切卷入其中！

整个洞穴，顿时变成了水的世界。段思成被冲得天旋地转，根本不知道方向。他的身体在岩石上撞了两次，哇地吐出一口鲜血，旋即被迅猛的水流冲散。他拼命振作精神，告诉自己绝对不能晕过去！

连续的撞击带来巨大的痛楚，但这痛楚也帮他保持了清醒。痛苦是生命的兄弟，此时此刻，他清晰地认识到这一点儿。浑浊的水流中，他隐约看到了一丝蓝光。段思成拼命划动四肢，用一种将自己骨头都要扯断的力量，向光芒奋力扑去。

终于，他找到了目标。蓝色魔方翻滚着，带着一蓬蓬星辉。龙却失去了踪影，不知是死是活。他一把抓住了魔方，另一只手抠入岩石缝隙，将身体定住。

老瞎呢？

他需要寻找老瞎，好凑齐最后一块。但这么大的水，恐怕……

突然，借着魔方的光，他看到下方有个黑影在蠕动。他吓了一跳，还以为是那条龙，但仔细一看，好像是个人影！

段思成抠着岩缝，一点点向下挪动，终于看到了令他震惊的一幕。

老瞎！

居然是老瞎！

那个永远不服输的老东西，正抱着一块巨石，在水下一步步挪动。因为石块的重量，湍急的水流也没法子把他冲走。虽然这样做，并不能提升老瞎的生存率，但他就是不服输！

段思成能感觉到，砍了那条龙一刀后，老瞎已经无欲无求。他并不怕死，可三十年来，凝聚在骨子里的东西还在，他不愿向任何人低头！哪怕是死亡！

段思成奋力向老瞎游去，在被水流冲走之前，一把抓住了老瞎！他把魔方举起来，凑到老瞎面前。

老瞎有些疑惑，片刻后明白了他的意思。老瞎让自己的蓝色方块浮现出来，凑到魔方最后缺失的那一角。

嗒的一声，魔方从此完整无缺！

魔方散发出炽烈的光，它开始飞速旋转，无数截面交错掠过，就像一排排疯狂转动的齿轮。眨眼工夫，它又停了下来，静静地悬浮着。

什么都没发生！

和段思成想的完全不一样，拼凑完整的魔方，并没有发生变化！

为什么会这样？

天哪，这样下去，我们就都要死了！活活淹死！等等……对，要把魔方拼好！他注意到，完整的魔方虽然依旧散发着淡蓝色的光，但小块却已经成了各种不同的颜色，交错混杂，看着就让人眩晕。

怎么拼？

段思成胡乱地摆弄，来回旋转。魔方跟着他的手在变化，但毫无规律，根本没有任何意义！

段思成几乎要绝望了。万万没想到，最后死在自己的智商上！

突然，他感觉到有人推了自己一把。侧头一瞧，天青珞不知何时出现了。她一面划水，一只手还死死拖着一个人。

连牧桓！

连牧桓的脸色比死人还白，再被魔方的蓝光一映，简直像一具僵尸。但他却令人意外地清醒，一双眼睛显得很有神。

他吃力地朝段思成伸出手，并做出一个口型：我来。

段思成把魔方交给他。连牧桓一双手拨弄魔方，他是那样娴熟，仿佛从一开始，这具魔方就是他的一样。

不知过了多久，段思成觉得自己再也憋不住气了，开始眼冒金星。恍惚间，他看到连牧桓松开了手，死人一样开始向上漂浮。不单是连牧桓，老瞎，天青珞都已经无法坚持，开始无意识在水中漂起。

毕竟段思成有憋气的特长。但这有什么意义？魔方还没拼完！段思成急得发疯，更加觉得浑身发飘，天旋地转……

等等！

我懂了，我看懂了！生死之际，段思成的脑子出乎意料地灵敏。他从没发现，自己能有这么聪明！魔方还差几步，应该是……

他伸出手，却又犹豫了。段思成生怕自己想错了，如果弄错，他根本不可能再转回原位。但现在的情形，根本来不及犹豫！

段思成一咬牙，开始转动魔方。一步、两步、三步、四步……咔的一声，魔方成功地被他复原了！

复原后的魔方凝滞不动。

段思成绝望地看着它。他已经尽力了，但似乎毫无作用。他再也无法和窒息对抗，即将陷入昏迷。段思成感觉自己浑身上下渐渐发软，一切景物都在眼前飘荡。彻底昏迷之前，他看到魔方化作无穷蓝光，冲天而起！

这光芒越冲越高，直接天穹。它与天穹上的一颗星辰交汇，然后像雨点一样散布在整个世界。

如果不是幻觉，那该多好啊……段思成想着，渐渐失去了意识。

黑山从昏迷中醒来。

他有点儿奇怪，自己为什么还活着。那条龙没杀自己？那头儿呢？难道……想到这里，他腾一下爬起来！

然后，他愣住了。

这是什么地方？黑山纳闷地看着四周，这是一座很大的岛屿，远处是海，两侧是茂盛的丛林——这看起来有点儿眼熟——岛屿中间，是一座高耸的山峰。

“这是哪儿？”黑山挠着脑袋，自言自语。

“我怎么知道？”一个声音回答。

黑山低头一瞧，欣喜若狂地发现，骨头就站在自己脚下，用一脸无可奈何的表情看着自己！

“骨头！”黑山下意识伸出手。

“嘿！嘿——”骨头连忙跳开，“注意点儿你的动作！”

黑山连忙缩回手，咧着嘴笑。“好的，好的。但你知道……我怎么在这儿？你……你又是怎么来的？”

“不知道。”骨头摊摊手，一脸沮丧，“我简直倒霉透顶，和那两个家伙一起去找头儿，结果碰上了一群拿刀带枪的，我跑得连那个金骷髅都丢了！然后我就迷了路，走来走去就走出来了，然后碰到了你。”

“头儿呢？”

“没找到。”骨头指了指岛中间的山峰，“我从那地方出来的。喏，那个洞。要不你跟我去找找？也许能碰上头儿——还有我的金子。”

黑山点点头。把岛屿的变化都被抛到了一边，他想不了那么多。进洞去看看再说吧，其他的随它去！

两人一前一后走到洞口，突然听到里面传来轰隆隆的声音。

“好像……打雷？”骨头皱着眉头，探头往里面看。

轰！

一股水浪从洞穴里冲出来，把骨头冲起来老高！幸好黑山抓住了他，但随即，黑山也被汹涌的水冲了出去！

两人像是在玩儿一个冲浪游戏，被凶猛的水流冲击着，滑过树林，滑过沙滩，穿过大半个岛屿，直奔大海！

幸好，在沙滩处，水流终于失去了力量，黑山和骨头挣扎着爬起来。骨头晃了晃身上的水，尖叫起来：“还有比这更倒霉的吗！天哪，我简直——”

突然，他的声音戛然而止。

“天哪！天哪！”他指着沙滩上叫起来。

黑山看到，褪去的水流中，出现了一个、两个、三个，不，是四个人！天青珞、连牧桓、段思成、老瞎！

“他们……没死！”黑山上前探了探，高兴地笑了。

“天哪，那可真——”骨头向前跑，突然一个埋在沙滩里的东西把他绊了一跤，跌得满脸沙子。他刚要骂，却发现那东西亮晶晶的，散发着迷人的金色光芒！

黄金骷髅！

骨头连忙把它抱在怀里，使劲儿亲了一口。

“……可真太美妙了！”他说。

尾声

“所以是一场误会。”

“误会。”

“飞云号”上，一场重大的仪式正在召开。天青珞做主，释放了所有被囚禁着的业余海盗，看着他们陆陆续续上了停泊在下方的“远方号”。

和巨大优雅的“飞云号”相比，“远方号”像一个干瘪瘦弱，营养不良的苦难户。这种微妙的对比延续到甲板上，段思成和他的手下们，正被那些衣冠华丽的商会管事鄙夷。

“少主，您就不该这样仁慈。”一名管事低声说。

“哦，看上去你还挺有血勇的？”天青珞瞥了他一眼，“我遇到麻烦的时候，你怎么没冲下船去呢？”

“这……当时情况不明，‘飞云号’又太过重要……没有高层压阵，那怎么行呢？”管事支支吾吾解释。

“嗯，你是高层人物。”天青珞点点头，目光从另外几个管事脸上扫过，“你们都是高层人物，高得很哪！”

气氛变得尴尬。

连牧桓却视而不见，依旧在和段思成亲切交谈。几天过去了，他的伤距离痊愈还早得很，不过已经能够慢慢行动了。

“所以到最后，我还是不知道发生了什么。”段思成说。

“我有了一点儿猜测。”连牧桓说，“如果那条龙说的没有错，那么这个新生的星脉将在九州大地上出现，从此又多了一种可以利用的秘术。”

“叫什么？”

“叫什么都可以，但我觉得……”连牧桓想了想，“和空间有关，还有咱们的遭遇……就叫作乱离吧？”

“乱离？嗯，这名字有点儿意思。”

“对了。”连牧桓扫了一眼下面的“远方号”，看见维护桅杆的黑山，和蹲在角落里，抱着黄金骷髅嘿嘿傻笑的骨头，问道：“老瞎呢？”

“他啊……”段思成惆怅地说，“他不走。他要留在岛上。他说他的故事结束了，那个岛是最好的归宿。”

“那他不是……”

“他可不是要寻死。”段思成摆摆手，“他就是想在岛上隐居。他恢复了不少，又能欢蹦乱跳了。他这种人啊，在哪里都能生活得很好。”

“嗯。”连牧桓沉默下来。过了片刻，突然说：“好，我送送你。”

段思成一愣，问道：“真的决定了？”

“她的决定，就是我的决定。”

“好吧。”段思成点点头。

在段思成的帮助下，连牧桓从绳梯登上了“远方号”。“飞云号”上的众人有些诧异，但也没当回事——不就是去送人吗？

但管事们心里都觉得，这个连牧桓，未免太不注重身份了。

过了片刻，“远方号”升起了风帆，开始缓缓向前。“飞云号”上的众人才开始觉得不对劲——连牧桓这是……被绑架了？

“少主！”一名管事叫起来，“这……这怎么回事？连先生他……被海盗给带走啦？我们可得救他！”

“不是。”天青珞摇摇头，“他是入伙儿了。”

“啥？”所有人都瞪大了眼睛。

“入伙儿啦，当海盗去啦！”天青珞笑起来，“不单是他，还有我！什么买卖，什么商会，我早就不想干啦！”

突然，天青珞向前一跃！她抓住了一根绳索，脚下在船舷上一踩，荡出两丈多远！她已经跃到了“飞云号”的上方，和桅杆齐平！

天青珞松开手，抓住了桅杆，整个人吊在了桅杆上面！她吹了一声口哨，飞麟扑通一声从“飞云号”后面跃入海中，奋力游了起来。

很快，飞麟追上了刚刚启动的“远方号”，在海盗的帮助下爬上了甲板。它抖落身上的水，欢快地嘶鸣！

“再见啦！”天青珞站在桅杆上，张开双臂，像一只飞翔的鸟。她欢快地大喊：“从此以后，我要过自己的生活！”

在“飞云号”上所有人的目瞪口呆中，“远方号”鼓动风帆，渐渐消失在天边。

两个对时以后，“远方号”不出意外地发生了混乱。

天青珞站在桅杆上，高声宣布：“从今天开始，我就是这条船的船长！”

“凭什么？”段思成仰着头，跳脚大叫。

“凭我的本事！”

“你有什么本事？”段思成气坏了，“我是这条船的继承人！我是冰海之王的后代，这条船是我的！”

“船是你的。船长是我。这不矛盾。”

“矛盾得要命！”

“你胆子太小了。当海盗没有前途。”天青珞不屑地摆摆手，又继续对所有海盗演讲，“而我，可以带着你们去拥抱荣耀！我从不惧怕挑战，哪怕狂风暴雨，哪怕刀山火海，哪怕有巨龙来袭——”

不知为什么，一直微笑听着的连牧桓，有了一种不好的预感——因为天青珞乌鸦嘴的天赋。好吧，现在晴空万里，海上也没有刀山火海，而巨龙……应该已经死了吧？

随她说吧。他想。

海底。名叫冯星的巨龙仰头看着“远方号”的船底。那就像一支尖锐的梭子，正从头顶上迅速划过。

冯星想给他们弄出一点儿麻烦，但又放弃了。正如它所言，仇恨是毫无意义的。它需要脱困，而这个目的，已经完成。

它让巨大的身躯盘卧在海底，准备进入沉睡。段思成那一刀并未刺中心脏，就因为当时它微微偏了一下身体。

但是好险。

它需要一场沉睡，来修复沉重的伤势。

陷入梦乡前，冯星突然想到一件很重要的事情——新星脉的命名。它找到了这个星脉，并且现在星脉扩散到了整个世界，人们可以动用这种力量了。

作为发现者、做出巨大贡献的发现者，它应该有命名权。连牧桓那个家伙，凭什么胡乱给命名呢？

叫什么乱离？真可笑……

应该叫……叫什么？

冯星想不出来。它的意识已经开始昏沉了，无法动用更多的思绪。但在沉睡过去之前，它突然觉得，“乱离”这个名字，其实挺不错的。

“乱离……就这么叫吧……”它嘟囔着，陷入了梦乡。

（完）

独角兽书系

九州系列

唐缺

《九州·虿语》

《九州·天空城》

潘海天

《九州·铁浮图》

《九州·白雀神龟》

《九州·死者夜谈》

《九州·地火环城》

遥控

《九州·无星之夜》

水泡

《九州·龙之寂》系列

小青

《九州·大端梦华录》系列

塔巴塔巴

《九州·澜州战争》

苏离弦

《九州·浩荡雪》

新九州系列

水泡

《新九州·舞叶组》

斐多

《新九州·炽血王座》

麟寒

《新九州·荆棘之海》系列

荆泽晓

《新九州·狂舞》

秋风清

《新九州·乱离之域》

因可觅

《新九州·月见之章》系列

沉水

《新九州·荣耀之旅》系列

◎选题策划 / 邹　禾　◎装帧设计 / 谢颖设计工作室

新九州·乱离之域

THE TURBULENT OCEAN